寺田屋異聞

有馬新七、富士に立つ

千草子

東海教育研究所

目次

表紙絵＝葛飾北斎《富嶽三十六景　神奈川沖浪裏》（芸艸堂版）

◈主な登場人物

有馬新七　本書の主人公。薩摩藩下士有馬正直の息子。正義のほか、時に応じていくつかの名前を使う。
大西履道　讃岐丸亀藩士。富士登山に同行する。萬之丞。
桜任蔵《じんぞう》　水戸藩士。藩主・徳川斉昭《なりあき》の復権に奔走。新七と中山道を下る。
西郷隆盛　新七の親友。島津斉彬に抜擢重用される。明治初年まで吉之助と称した。
月照《げっしょう》和尚　京都清水寺成就院の僧。
坂木六郎　伊集院郷士。新七の叔父。貞明。
町田助太郎　伊集院石谷村領主職。のちの久成。
橋口壮介　薩摩藩士。
柴山愛次郎　薩摩藩士。
田中謙助　薩摩藩士。
伊地知季靖　薩摩藩士。
村田新八　薩摩藩士。
大久保利通　薩摩藩士。新七より五歳下の友人。通称は一蔵。

堀次郎　薩摩藩士。のちの伊地知貞馨。

山縣半蔵　萩藩士。吉田松陰門下。直彰。

清河八郎　出羽庄内清川村出身の志士。

平野国臣　福岡藩士。通称は次郎。

真木和泉　筑後久留米水天宮神官。

田中河内介　京の公家・中山忠能《ただやす》（のち明治天皇の外祖父となる）の家司。

橋本左内　福井藩士。蘭学を緒方洪庵に学ぶ。藩主・松平春嶽の意を受けて動く。

三岡石五郎　福井藩士。のちの由利公正。

島津斉彬《なりあきら》　十一代薩摩藩主。殖産興業の面から外国の技術取り入れを進める。

島津久光　斉彬の異母弟。十二代藩主・忠義《ただよし》の後見役として実権をふるう。

近衛忠熙《ただひろ》　京の公家。安政四年に左大臣。関白九条尚忠《ひさただ》と激しく対立する。

青蓮院宮《しょうれんいんのみや》　皇族。朝彦親王。志士と深く交流した。

井伊直弼　彦根藩主で大老となり、勅許なきまま日米修好通商条約に調印する。

お貞　新七の妻。

幹太郎　新七の長男。

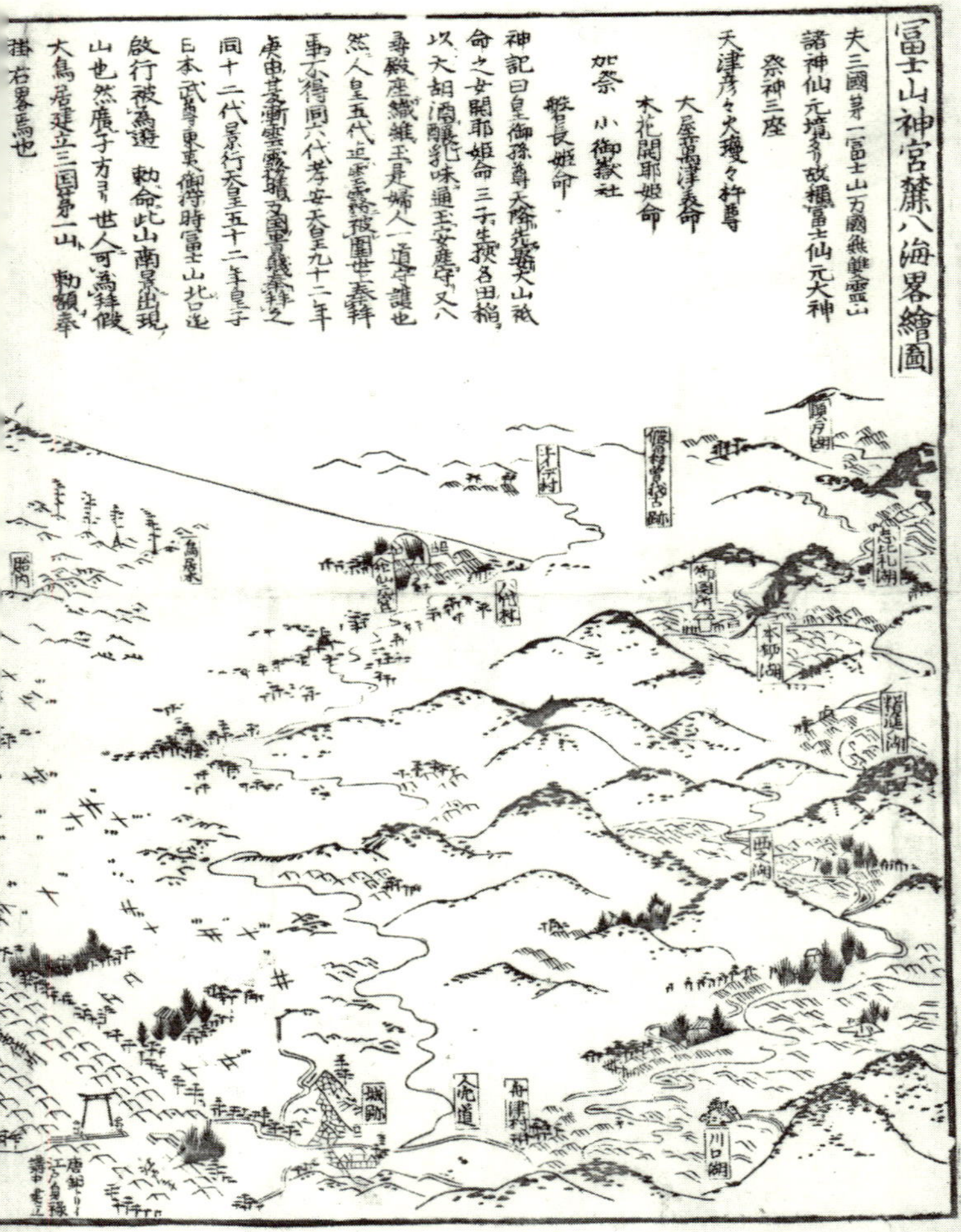

田辺豊久「冨士山神宮麓八海略絵図」(信州大学附属図書館蔵)

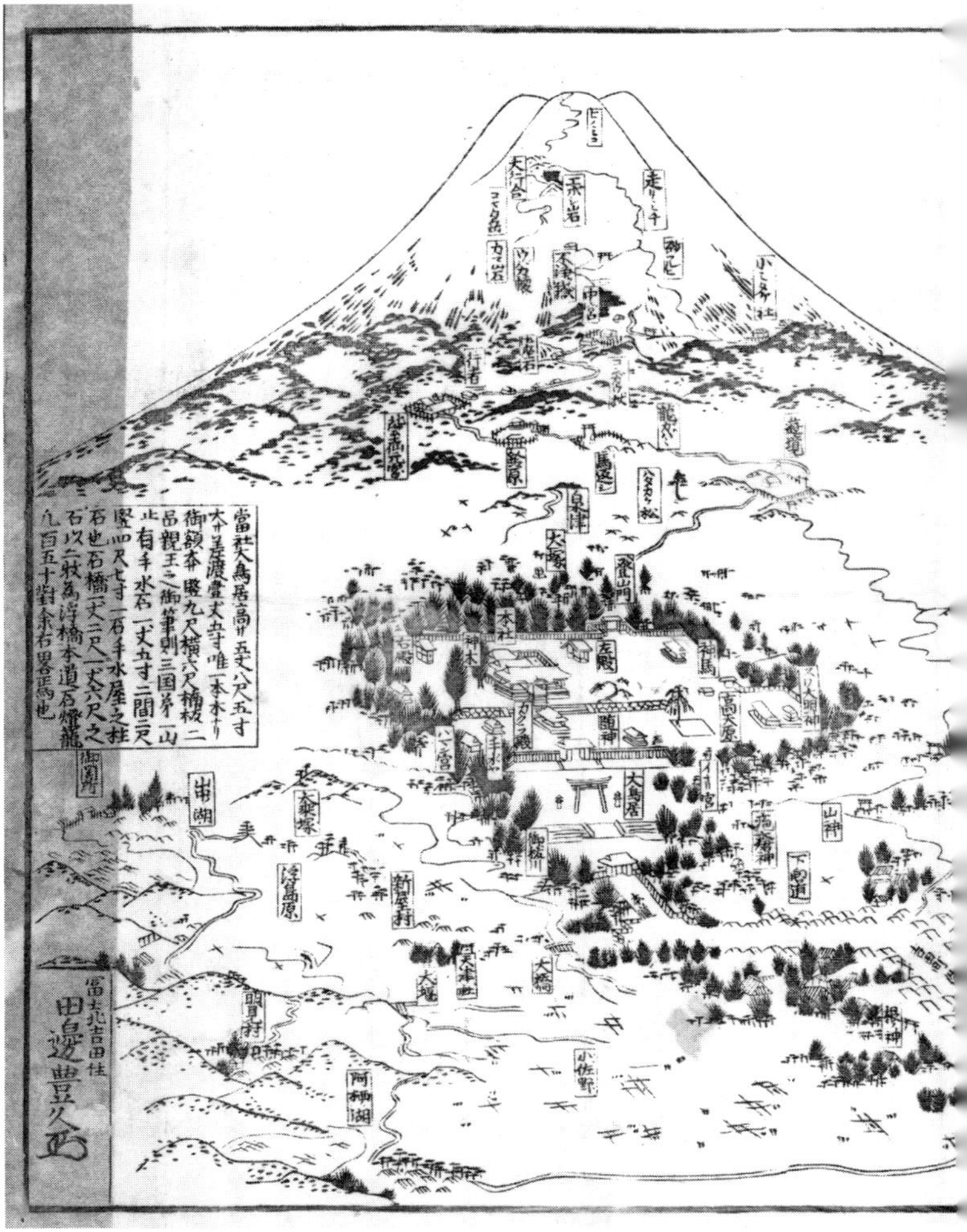
當社大鳥居高サ五丈八尺五寸
大サ差渡壹丈五寸唯一本木なり
御額本 竪九尺横六尺楠板二
品親王之御筆則三国第一山
止有手水石一丈五寸二間一尺
竪四尺七寸一石手水屋之柱
石也石橋一丈三尺一丈六尺之
石以二枚為浮橋本道石燈籠
九百五十對余右畧記焉也
富士北吉田住
田邊豊久画
本社
神木
随神
大鳥居
山神
下向道
大橋
小佐野
泉津

【東海道・中山道・甲州街道図】

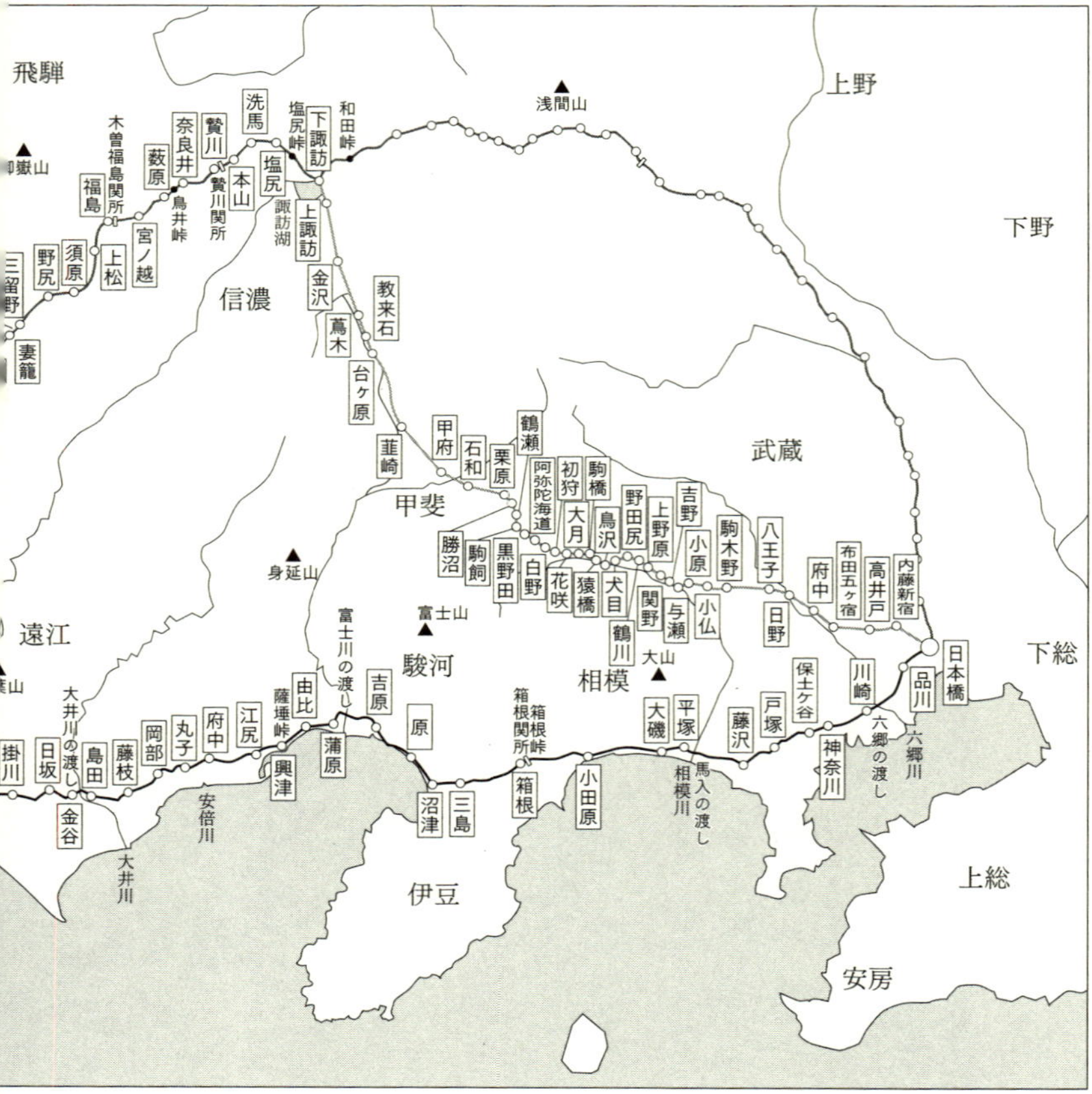

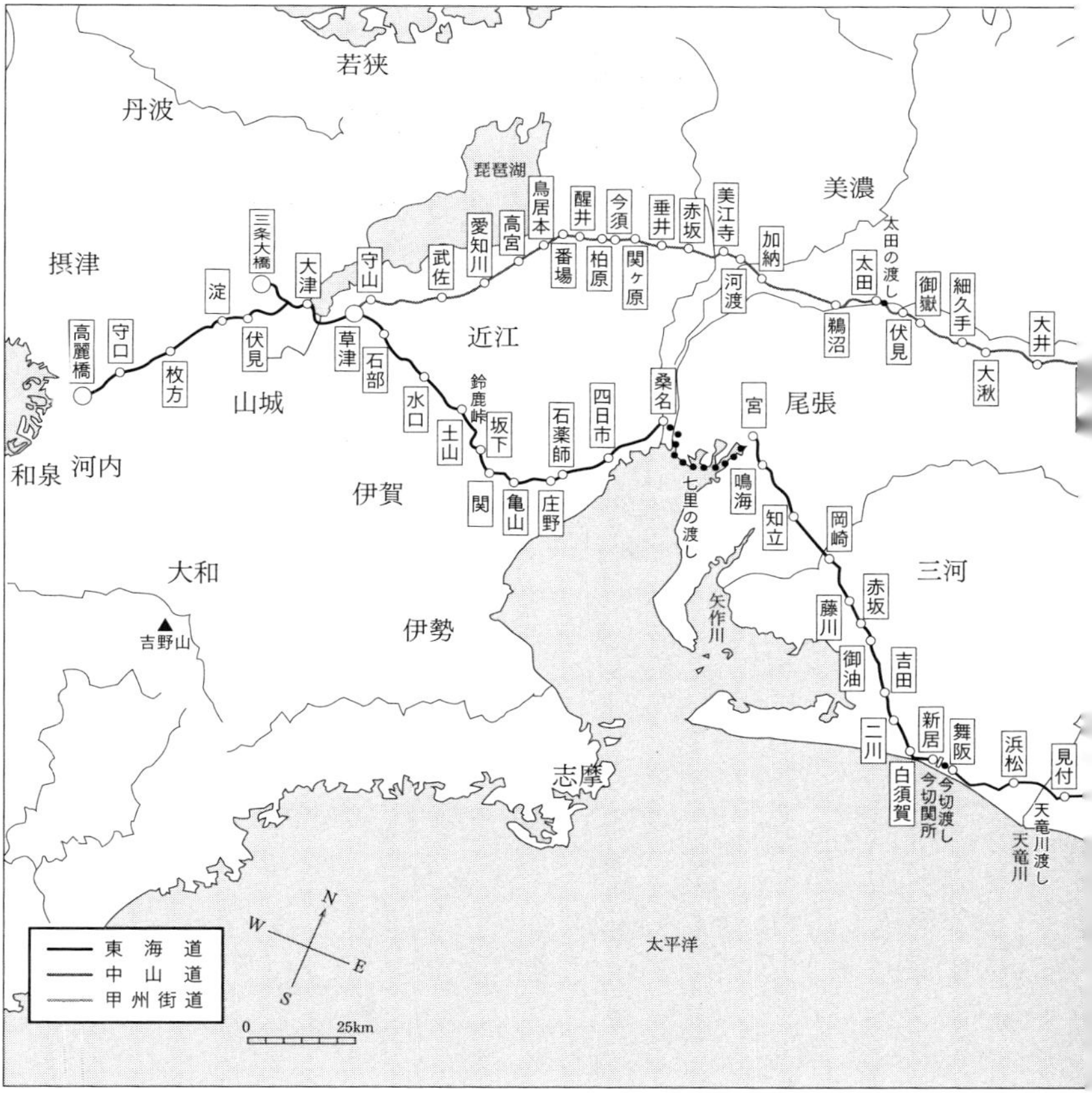
若狭
丹波
琵琶湖
摂津
三条大橋
淀
大津
守山
武佐
愛知川
高宮
鳥居本
番場
醒井
柏原
今須
関ヶ原
垂井
赤坂
美江寺
河渡
加納
美濃
鵜沼
太田の渡し
太田
伏見
御嶽
細久手
大湫
大井
高麗橋
守口
枚方
伏見
山城
草津
石部
近江
水口
鈴鹿峠
土山
坂下
関
亀山
庄野
石薬師
四日市
桑名
七里の渡し
宮
尾張
鳴海
知立
岡崎
和泉
河内
伊賀
大和
吉野山
伊勢
三河
赤坂
藤川
矢作川
御油
吉田
二川
白須賀
新居
今切関所
今切渡し
舞阪
浜松
見付
天竜川
天竜川渡し
志摩
太平洋
東海道
中山道
甲州街道
N
W
E
S
0
25km

【関連年表】

	歴史の主な出来事	有馬新七の生涯
文政 8　1825	異国船打払令(2月)	11月4日、薩摩・伊集院郷で誕生する(父・坂木四郎兵衛正直は、のち有馬家を嗣ぐ)
天保 8　1837	アメリカ船モリソン号浦賀入港、薩摩山川沖碇泊(6~7月)	
11　1840	アヘン戦争勃発(~42年)	
13　1842	外国船への薪水給与令が出される	
14　1843	老中・水野忠邦失脚	江戸に出て、儒学・国学を修める(満18歳)
弘化 2　1845	老中に再任された水野忠邦が再失脚	京都に遊学(20歳)
3　1846	浦賀にアメリカ東インド艦隊が初来航(5月)	薩摩に帰国(21歳)
嘉永 6　1853	ペリー艦隊が来航(6月)、翌年3月に日米和親条約を締結	
安政 3　1856	ハリス、下田に着任	再び江戸に上る(31歳)
4　1857	下田協約締結(5月)	6月5日、富士の山頂を目指す旅に出る
5　1858	井伊直弼、大老に就任(4月)	
	日米修好通商条約が無勅許で調印される(6月)	8月、『都日記』の執筆を開始する(32歳)
	安政の大獄始まる(9月)	
6　1859	横浜・長崎・函館で、5ヵ国との自由貿易許可(5月)	1月、薩摩に帰国する
安政7・万延元　1860	桜田門外の変(3月)	
	朝廷、和宮降嫁を勅許(10月)	
文久元　1861	水戸藩士、イギリス公使館を襲撃(5月)	4月、島津忠義へ最初の建白書を書く(35歳)
	芝・薩摩藩邸火災(12月)	
2　1862	将軍家茂と和宮の婚儀挙行(2月)	
	島津久光、薩摩を発つ(3月)	4月23日、寺田屋事変
	生麦事件(8月)	

寺田屋異聞

有馬新七、富士に立つ

第一部

有馬新七、富士に立つ

一　六月五日　旅立ちの日

明け烏が江戸の朝を開く。

安政四年（一八五七）六月五日、有馬新七は桜田にある島津家別邸内の阿田氏の離れ座敷に居た。

すでに顔も洗い、歯口《はくち》も清め、旅立ちのよそおいも完了していた。

大西履道を待っている。

大西は、名を萬之丞と言い、讃岐丸亀の藩士である。

やっと、辰《たつ》の刻（午前八時）頃、大西が到着。早速、出発するが、島津江戸屋敷の横目《よこめ》（監視役）をつとめる阿田源七が〝さか送り〟と称して、しばらく付いてくることとなった。

通町を過ぎ高輪に至る。成田屋で休憩をとったが、亭主自らが茶を点《た》て、品の良い菓子を出してくれた。「富士に登る」と言うと、「おうらやましい。手前《てまえ》どもは、ただ毎朝毎夕拝んでおるだけでございますから」と、わがことのように顔を輝やかす。

高輪より鮫洲に至り、梅本屋で酒をくみかわす。

「阿田さんは、この酒をば飲むために、わざわざ見送りにお出《いで》てくれなしたでや」

幸先を祝う形で、飲めぬ酒を一口含んだだけでもう目の下をぷっくら赤くした大西が言う。

阿田源七とそこで袂を分かち、大西と六郷川《ろくごう》の渡しをわたる。

晴天の川風がここちよい。

向こう岸は、川崎。そこの会津屋で昼めしとする。新七は、またもや徳利一つを流しこむ。胃袋がやんやと喝采している気がする。


再び歩き出す。加奈川《かながわ》（神奈川）を過ぎて保土ヶ谷近くなる頃、何やら街道がさわがしい。どうもお茶壺道中が通るらしい。山城宇治の新茶が将軍家へ届けられるのである。御数寄屋《おすきや》坊主が将軍を笠に着て、権柄《けんぺい》をこくものだから、駅所の役人たちはピリピリしている。妙ちきりんなことで足止めをくらうとかなわないから、駅所の入口にあった神社で一休みして、やりすごすことにした。

雨ざらしの長床几《ながしょうぎ》に新七はエイヤッと寝ころぶ。胃の腑におちた酒も横になりたかったものと見えて、またたく間に深い眠りに落ちた。

はたと目覚めて、大西に、「通ったとや」と聞くと、「まだじゃ」と言う。このままだと埒《らち》があかないので、「行こう」ということになった。

三町ほど進むと、保土ヶ谷宿の呼び込み人につかまる。高砂屋にしきりに泊まれと言う。いろいろねんごろに心くばりいたしますなどと誘われて宿の並ぶ半《なから》ほどに至ると、お茶壺道中の先払いの声が耳に入った。

案内人は手なれた様子で、左手にある小道へさっと引き込み、田んぼ道を半町ほど連れ歩く。青々とのびた稲が季節を感じさせた。

高砂屋におちつくと、新七は、またもや酒を楽しむ。旅の醍醐味である。

大西は風邪を引いたか少しぞくぞくすると言って、宿の半纏《はんてん》を着こんでいる。あらたな徳利を注文した新七をしりめに、大西は「先に寝るぞよ」とことわって、山田振出《やまだふりだ》しと大書した頓服《とんぷく》を口に含んだ。寝床に入る友の首を見つつ、新七は御猪口《おちょこ》を口に運んだ。

二　六月六日　保土ヶ谷から大磯

辰《たつ》の刻（午前八時）に宿を出る。大西は旅歩きになれぬということで、足をいたわりつつ進むので、ちょっと先で待っててくれとのこと。自分の歩調に似ずだらだら歩くのもかえって疲れるので、新七はさっさと歩いて先で待つことにした。

しばし、戸塚の宿駅《しゅくえき》で待つ。

近在の女か、女衆《おんなしゅ》の旅もかなり目につく。まんじゅ笠に半ば隠れた顔は、みな美しい。緑陰のせいかなどと考えているうちに大西到着。

二人して歩み始める。

「あん小高い所にある御堂が遊行寺《ゆぎょうじ》じゃっのう」

「ならば、鳥居の向こうは江島《えのしま》でや」

かくして藤沢を過ぎて一里半。海に面した茶店で中食《ちゅうじき》をとる。帆かけ船が二隻、三隻、沖を涼しげに走っている。

「よかねぇ。酒が一《ひと》しお旨《うも》ごたある」

あてがわれたさざえの壺焼きを食いおわった大西は、よくまあ毎回飲めるなあという顔で新七を見て、「眠《ねむ》うならんのが、ふしぎや」と茶を飲み干した。

大西の呪文が効いたのか、半里ほど行くと眠くてたまらぬ。街道が浜よりぐんと高くなっている両脇に松がいい具合にさし渡り、陰も十分、下草もやわやわとした緑の毛氈《もうせん》のような所があった。早速、仮眠をとることにした。

「ここでちっと寝《ねっ》ちょるけん、お前様《まんさあ》、先に行っちょいたもんせ」

大西の後姿が瞼《まぶた》に小さくなったと思ったら自分の鼾《いびき》で目が覚めた。二人連れの女が、くすり笑って通った。

半時《はんとき》(一時間)も寝入っていないつもりだったので、特別早足《はやあし》にもせず、跡を追う。街道の右側——陽のさし方から推《お》すと北にあたるのであろうか——には、青々とした田んぼが果てしなくつづいているようであった。そのずっと向こうを大山の連山が一重《ひとえ》、二重《ふたえ》と緑どっている。

小さな川を越してしばらく行くと、茅《ちがや》や葦のおいしげる原が目に入る。

少しだけくだると馬入川《ばにゅうがわ》であった。渡し場に大西の姿をみとめる。川を一所《いっしょ》に渡る。

それから半町ばかり歩いただろうか、急に空がかき曇り、大粒の雨が降り出した。雷鳴もすさまじい。

しかし、とにかく先へ進む。平地ににょっこり突き出た高麗山の麓《ふもと》を過ぎる時、鳥居が眼についたので、地《ぢ》の人らしき老人に尋ねると、忍穂耳命《おしほみみのみこと》を祀《まつ》ってあるらしい。天忍穂耳命と言えば、天《あま》の安河《やすかわ》において、天照大神と素戔嗚尊《すさのおのみこと》が誓約をされた時生まれた神のお一人で、瓊々杵尊《ににぎのみこと》の父神である。地の人はそれをどう伝えているのか、もっと聞きたかったが、大西が急げ急げの合図を送るので、あきらめる。

数十歩も歩かぬうち、雷鳴が頭上で轟いた。大西は、途端、一、二歩後へすさったようである。新七は、眼をしっかりあけていたので、山の中腹に青白い光が吸い込まれるように落ちて行くのを見た。

雨脚《あまあし》はますます強くなり、雷が絶え間なく鳴るので、大西は、山の麓の茶店で休もうと申し出た。ところが、新七は、

「なあに、もうちっとで大磯でごわんど。ここで雨待《あめん》っとっても、埒あかん。行きもんそ」

と言って、ずんずん先へ行ってしまった。しかたなく大西も眉毛をしたたる雨滴をうらみ顔に跡を追う。

新七は、糀《こうじや》店長五郎という宿で足を留めた。

「有馬さん、ここは妓楼《ぎろう》あらせんか。別の店にしようぞよ」

大西は、小声で新七の袖を引く。

「大磯の駅所の入りばなにあるけん、旅籠屋《はたご》にまちがいなか。思うてもみんしゃい、今時の東海道の宿駅宿駅、本陣をのぞくと、娼妓《しょうぎ》ふうの者を置かんとこ、あるか。なかでごわそう。

じゃっけん、何の気づかいが有りもんそう。もし、娼妓らが来よったら、おどんに考えがある。とにかく、雨を避《さ》くっとが眼目《がんもく》ごわす」

新七の例の義強《ぎごわ》が始まったと思ったか、大西は黙ってしまった。

宿着《やどぎ》に着がえて、濡れたものを青竹を吊るしただけの衣桁《いこう》に干しわたす。そのうち、膳が出された。首まで白ぬりした娼妓二人が給仕をする。

「玉でござりいす」

「つるでござりいす」

どちらへ名前をとりかえても問題のない、よく居る娼妓の風体《ふうてい》である。若くも年増でもない。

新七は酒を入れると、またもや眠気がさした。床柱に半身《はんみ》を添わせて寝かがまる。いつしか、鼾がもれる。

酒を飲まぬ大西が番茶まで飲み干すと、女二人脇に寄り添う。申しあわせでもしていたかのように、お玉は肩から胸にかけて、おつるは、両膝かけて撫で回し作戦に出ている。それと同時に、わが身を一そうすり寄せ、その動きで着くずれをねらっている。

「それがしらは――富士参詣をば志す道中であるさけ、今は、そういうわけにはいかんのじゃ。帰りには、必ず、ここに寄って、そなたらを呼ぶから……」

「帰りにはきいっとでござりいすよ」

「おう、きっとじゃとも」

「なら、お玉さん、行くべえ」

女たちが去って静かになった頃、新七は目覚めた。大西から以上の話を聞くと、

「まっこち、おいどんも、そう言《い》お思《おも》ちょってごわすよ。はら、こら、惜しかことしっちょいました」

と、笑うこと、笑うこと。

三　六月七日　大磯から矢倉沢

新七たちは、昨日の雨による遅れをとりもどすために、夜の明けないうちに旅支度をし、朝餉《あさげ》をとる。

宿の女将《おかみ》が給仕をしてくれている。娼妓たちは夜の勤めが入った日には、朝給仕《あさきゅうじ》はつとまるまい。ましてや、特別の早立《はやたち》である。

大西が自分の好みの女であったか、いやに女将に話しかけている。はては富士山に登る経路まで聞いている。新七は、女人禁制のゆえをもってしても女に聞いて何がわかるかと、おかしくてたまらない。もし、昨夜の娼妓の一人でも、この女将のような面立ちだったら、大西はどうなっていたかわからない。

「ああ、それなれば、うちの亭主長五郎にお聞きなさいまし。度々、お山には参っておりますから」

ということで、二人して長五郎に詳しく路程などを聞く。

卯《う》の刻（午前六時）にこの大磯の宿を出る。早朝のこともあり、空は曇っていた。二里ほど歩くと、相模国の旧府であった国府津《こうづ》に至る。崖の松が海に向けて一斉に枝を差し下ろしている。

国府津を過ぎると下り坂となって、おり切ると土橋があった。渡ると茶店が二軒並んでいる。その脇に小川に沿って小道がついていた。大磯の宿屋の亭主長五郎が、近道があると言っていたのはこのことである。

そこで、小道に近い方の茶店に一休みかたがた、これから先の行き方を確かめようとした。

「いや、とんでもないことでござりいす。この道は通れないのでござりいす。小田原へお回り下っせ。この頃、この小道を通る人がいるもんで、私どもがここに居《お》って、それをおとどめ申すために居るようなもので、ハイ」

茶店の亭主は、茶と団子を運んだ時の笑顔とはうってかわって、丁寧だが険《けん》のある言い方をした。

「なんで、そうなのだ」

新七は地方者とあなどられないために、江戸ことばで問いかえす。つけやきばではない。十九歳の秋、京都を経て冬に江戸に至り、山崎闇斎の国学の系統を引く山口重昭（菅山《かんざん》）の門下生として三年間江戸ことばに親しんできていた。微妙な薩摩なまりの音調（今でいうアクセント）を十分意識さえすれば、かなり隠し通せる自信であった。

「なぜと申しましても、このことは御公儀にお願いずみの上にての事でござりいす」

「どういうわけで、そんな願い出をなされたのか」

「へイ。近年、この小道を通る人が増えまして、ソノウ……小田原駅の商人衆《あきんどしゅう》にとっては大変な痛手となりましてノウ、それで四、五年前にお願い――お願い済みのことでござりいす。たとい、お侍さまがここをお通りになりましても、ソノウ……ずっと先でお役人さまたちが居《お》らっしゃって制《せい》せられまする故《ゆえ》、またここまでひっ返されることになりまっしょ」

新七は亭主の目をじっとにらみつけるように聞いていた。腰紐にたらされた手拭《てぬぐい》を用もないのに握っては放し、放しては握る姿も視野におさめていた。

がっかりとして俯《うつむ》いていた大西が、

「しょうあらせん、小田原に回ろうでや。もし途中から引っ返すことになったらば、かえって面倒じゃろう」

と、立ちあがる。その耳に、新七はささやく。

「いや。もし行先に役人らがおって、制止するなら、俺に心づもりがある。あいつの言うちょるのは、嘘でごわっしょ」

荷を肩にゆわえ、新七はスタスタと店を出ると、小川の道へ手折《たお》る。あわてて、大西もあとをつく。例の亭主がついて来て、

「どちらへお行きさっしゃる？　この道はあいなりませぬ」

と、きついことばを投げた。大西はそれ見たことかと、新七の横顔をながめた。ところが、

新七は澄ました顔である。天空まで見上げて堂々としたものである。

「それがしらは、それがしらの行く所に行く。そのほうが、関係のないことだ。路《みち》というものは、通るための〝道〟だ。城内とか、あるいは他に由緒ある所だと『ここは通ってはならぬ』ということも、そりゃあるだろう。この田んぼの中の道を——ほれ、見ろ、通る人がおるではないか。それなのに、俺たちだけが通ってはならぬという理由《わけ》はない」

まるで若い者に学問所で講釈するような口調に気勢をそがれたのと、間のわるいことに、たしかに近郷の百姓男が悶着《もんちゃく》している三人の脇を抜けて行ったので、亭主は二の句をつげないでいた。


その場の状況を追風に、新七は袖も軽《かる》らと先へ進む。小走りで追う大西。

新七の急ぐこと、急ぐこと。大西は、小走りである。先の茶店の亭主が仲間を連れて追いかけるのをひき離すためと思ったが、そうではなかった。さっき脇を抜けた農夫——これも足達者《あしだっしゃ》でずんずん姿が小さくなっていた——に、追いつくためであった。

「物をうかがいたいが、飯泉に行く道は、ここを通っていかに？」

「おお、それだったら、俺《おら》も飯泉に行くから、跡《あと》に付きさっしゃれ」

新七は心より嬉しそうな顔をした。それを見て、大西は、新七は決断したようなそぶりを見せているが、実のところは、不安がったり迷いがあったりするんだなと思った。そう思えば、あのたたみこむような論調、ここにそんな論調がいるかと思う場でのそれを、時に、うるさく感じていたが、それも、新七本人の迷いを説得する手段だったのだと気づくことができた。さらに、まる裸にした中の中は、俺と同じ弱虫かも知れぬと、急に親愛の情がじんわりと湧き出してきた。

黙々と早足の農夫に、黙々と従って行くこと一里余で、飯泉に出る。

農夫に深々と頭を下げて別れた二人は、茶店三、四軒の呼び声にも応じず、酒匂川《さかわがわ》の上流を舟にて渡る。船頭は、この川の水は「富士山の東より流れくだっておるべい」と言った。

渡りすまして三、四町ほど行くと、左手に小田原から矢倉沢への本路とぶつかった。

道しるべに、「左　小田原　右　矢倉沢へ」と彫りこんである。その石のてっぺんに両手を重ねて、新七はにっこり大西を見る。「どうだ、すごい早道だっただろう」と言わんばかりのそぶりに、大西は、心より笑み返した。たしかに三角形（△）の∠をさけて、＼のみ歩いて来たことになる。

東海道をやって来た旅人が酒匂川の増水で通行止めになっても、ここまで回って来れば、上流ということもあり川幅も狭く舟渡しが可能ということであった。そんな船頭より仕入れた話を種に、さっきの茶屋の亭主の姑息な制止などに花を咲かせていると、いつとはなく一里ほど歩いていたらしく、塚原村に至る。ここまで、ずっと平地であったので、はかが行ったのである。

ここで中食《ちゅうじき》をとる。

鮎の塩焼きが出た。大西は、串をもってしばし躊躇《ちゅうちょ》している。

「どうした、冷《さ》むっと、旨《うも》なかとよ」

頭からかぶりつく新七を、うらめしげに見つつ、「有馬さんはよい。思いきりがようて」と言う。

「何《なに》ごて？」

「いや……富士詣《もうで》というんで、精進潔斎《けっさい》を叫ぶかと思うと、生物《なまもの》を旨そうに食う。俺は、これ食っちゃあ、障《さわ》りがないとよいがと思いつつ、つい、つられて食うておる」

新七は、きれいに澄んだ眼をしている。キラリと笑う時、眼の透明感がます。まさに、今もその時。

「お前様《まんさあ》、思うてもみなされ。富士のお山に登るには、それ相応の体力がいる。気力十分でもいかんのじゃ。これを食うて、いざの時の力を、肝《きも》ん底《そこ》にたくわゆることこそ、富士山に登ったということでござろ。精進潔斎で、四合目にて戻りましたなどというのは、おいは好かぬ」

食え、食えの号令に大西は乗った。飯《めし》もおかわりしてしこたま胃の腑《ふ》に力が満ちた。

珍しく酒を飲まず、番茶を飲んでは楊枝を使っている新七に声をかけた。

「ここから、金毘羅に参って……道了権現《どうりょうごんげん》までそう遠くはないと思うから、行って見まいか、のう」

新七は余り乗り気ではなかったようだが、〝神〟とか〝権現〟には興味のない方ではないから、すいと腰をあげる。

右足、左足、気ままに重点をかけて立ちあがるのではなく、あぐらであれ端座であれ、立つ前に何らかの身ごしらえがあるらしく、そのわずかな間あいののち、新七は流れるように立つ。幼少よりたたきこまれた薩摩示現流《じげんりゅう》の極意かと思うが、大西はその身姿《みすがた》に羨望を禁じえない。男気に惚れると俗に言うが、あの義強《ぎごわ》な口を忘れさせるほどの簡潔な〝美〟であった。

今の茶店より左に入って、金鳳花《きんぽうげ》のあちこちに咲く野原を十八、九町ほど行くと、鳥居があった。くぐると、坂道となっており、さらに五町ほど進むと、石段の坂が目に入る。

この石段は、きつかった。勾配が半端ではない上、段の奥行きがない。つま先立ったまま登るようである。

登りきって、七町ほど行くと、社殿にたどりついた。思いもかけず、大きな社《やしろ》であった。拝しおわると、矢印に従って右に下る。神宮寺とおぼしき寺があった。御堂《おどう》があけ放たれ、涼風《すずかぜ》の通り道となっている。しばし、ぬれ縁にあがりこみ、気を休める。

ふたたび先の鳥居の所に出て、左に手折り山路《やまみち》を行く。一里ほどで、道了山の門に至る。脇に二軒の茶店があった。

山門をくぐり、二十八町ほど行くと、小さな室房《しつぼう》があった。中に一人の僧が居て、写経めいたことをしている。室のかたわらに立て札が立っている。

「なになに、此所《このところ》参詣の人は三十六銅差し上げらるべく候……」

そこで銭を与え、休むはめに。しかし、なかなかよい茶を出してくれた。足柄茶なる由。

室を出て、半町ほど歩いたところで石段があり、それを一町ほどたどると、道了権現の社に出た。神宮寺は洞家（曹洞宗）で、名を最乗寺と記してあった。大きな寺である。

太さは半《なから》ほどであるが天を突くように高く伸びた杉の上の方で蝉が鳴いている。新七は天空を一巡するように首を廻したあと、雑草をしゃがんで摘みとっていた僧に語りかけた。

「道了という神はいかなる神にてござる？」

「この山を開きなすった和尚ですが、後には行え知れずとなられました……生きながら仏になられたお人で、時々、あちらの客殿を夜中に前の方に引き出されることがありまして……そんな時は、御機嫌がわるいのだなと経をあげますと、本《もと》のようになります……と言うて、それがしら昔物語を聞いております」

実直そうな若い修業僧は、また下を向いて摘み始めた。

新七は、大西に向かって、

「この社の造りを見るに、左右に天狗の形を刻み立てておろう。あれから考えると、道了は天狗の類《たぐい》じゃなかか」

僧の耳がぴくっと動いた。あわてて、大西は、声をひそめて――これは、新七にさしさわりのある発言は小声でしろと伝える意味であったが、補いのことばを入れる。

「信濃の大山と道了山とはよっぽどの荒神《あらふるかみ》とて、参詣の衆がおびただしう居《お》る所だぞ」

うつむいた僧もこれで気が癒《い》えたと思われる。また、手指が動き始めた。

ところが、新七はおかまいない。

「この道了も、平田篤胤の講釈によう出る『天狗などに化した者』だろう」

と大声で言い放ち、果てには笑い出している。

個々の事実をつなげればそう推《すい》は落ちつくにしろ、大西は目の前の若い僧に気の毒でならない。半分は、天狗の神通力を売り物にしているにしろ、御本尊を直《ちょく》天狗とされたのでは、いい気分はしまい。

「いや、いや、すごい和尚でごわす。見上げた大寺でごわす」

無邪気な歓声をあげつつ、新七は本堂の前にまわり、「鉄券梅《てっけんばい》」と札の下がった梅の古木や「一擲石《ひとなげいし》」と記された周り四尺ほどの大石をながめている。

この地《ぢ》のところで発される素直な歓声まで聞いた者は、新七を奥の深いにくめない人だと思うだろうし、ちょっと前の曲《くせ》のある断言めいた物言いのみを耳にした人は、何て心のせまい嫌なやつだと思うだろう。跡を追いつつ、大西は、このように思った。

仁王門に真昼の太陽が輝いていた。だから、その方向が東なのである。

仁王門を東に見て、石段を少々下ると、右手に「慧春尼和尚火定石」と記されたものがあった。

ここにも夏草を刈る修業僧がいたので尋ねると、道了の妹が生きながら火をかぶって石と化した跡だということであった。

また何か新七が言い出すのではと大西は心配したが、神妙に手を合わせた後、すっくと立っ

てあたりを見回し、

「このお山は、ええ杉の木が多うござるのう！」

と、ほめたたえた。

「先年、稲葉美濃守さまが古杉を切って江戸へつかわされたのを、村の衆は、単に杉の木を切ったじゃすまされないぞとあやぶんだんですよ。案の定、木を積んだ船は沈没してしまいました……」

新七には、妹を道連れのように死なしめたのも、舟を沈めて杉を他所へやらなかったのも、道了という〝個〟の物惜しみのように思えた。その意味で、妹の壮絶な死は痛ましかったし、江戸で道了杉ともてはやされて建物の要《かなめ》を支える木材になるべきものが、ただ海の底に無駄に沈んだことは勿体ないと思った。物は生かされてはじめて、そこまでに払われた犠牲が相殺《そうさい》されるのである。道了が真《まこと》の神ならば、そこをわからねばならぬ……わからぬのであれば、真の神ではない。


道了寺よりひき返し、五町ほど山を下った所で左に入り、松や杉の繁茂した山中を越え、谷田に働く百姓にあちこちで道を尋ねて行くこと一里半。狩川に出た。

時刻は未《ひつじ》の刻（午後二時）。

狩川を渡る頃、急に大雨が降り出した。しかたなく、田間村の百姓の家で休ませてもらい雨をすごす。

広い土間には、これも雨をさけるべくあわてて取り入れられた麦の穂の束が所せましとなっている。麦の穂のかぐわしい気が胸肝《むなぎも》に快い。

半あけにされた入口より雨脚のみを見つめていた大西は、この近辺に宿を借りて泊まろうと言う。

「矢倉沢まであとわずか一里じゃっよ。そこまで是非今日中に行かねば」

今回も新七の意見が通り、小ぶりになったところで百姓家を出《いで》る。

ようやく日暮れ時に、矢倉沢に着く。早速宿泊を申し出ても、ぬれそぼった浪人風の武士二人を見て、何やかや今夜は都合が悪くてお泊めできないなど断わりを述べ立てて、泊めてくれようとはしない。

新七は、先ほど大西の意見をしりぞけて無理やりここまで連れ来たった責任も感じたし、何よりバツがわるかった。こうなると、奥の手。ことば合戦である。

早速、問屋場《といやば》に向かい、あらためて宿を請うた。駅亭では、眉あいののびた役人が小筆を舐め舐め、帳簿に何やら補いを入れていたが、二人を見ると気の毒そうな鼻声で言う。

「このあたり、物騒でのう……だから、宿を借したがらないのでござーる」

「どんな物騒なことがあったのでござる？」

「たまたま泊っても、旅籠代も払わず、夜明け前にこっそり逃げ去るものが多うてのう……」

新七は急に声をあらげ、怒りの相を表わした。

「か様《よう》な者は、盗人《ぬすっと》の類《たぐい》にて、もとより無頼の輩《やから》でござる。それを、拙者らも盗人の類とお疑いめされたものかな。匹夫《ひっぷ》だも盗みと呼ぶを怒《いか》る、いわんや武士に於《おい》てをや！　今一言を聞かん」

こう詰めかけられて、役人はあやまり出した。

「まあ、まあ、そんなに怒らんで下さいまっし。ただ、物騒な訳を申ただけです。あなたさま方を疑ったのではごぜえません。……お宿はどこでも御世話いたしましょう」

平身低頭とはこのことで駅亭の役人一同が下にもおかぬ扱いに変わり、長《おさ》役人の案内で常陸屋に泊ることになった。

このあたりは辺鄙《へんぴ》な山野であるから、食べ物もきわめてまずく、豆腐さえ黒くかたい感じである。一方、宿泊料は高い。風呂など立ててくれないし、第一、風呂場のあるのやら。しかたなく、水で足を洗った。夏だからよいものの、冬の客はどうするのだろう。もっとも、冬にここまで旅する者はいないか。

ただ一つ、よいことがあった。さすが、山の奥、蚊は一匹も出なかった。

四　六月八日　矢倉沢から須走御師宅

卯《う》の刻（午前六時）に矢倉沢を立つ。この地に、足柄の関所がある。小田原より役人が勤番しているとのことで、新七たちは上野《こうずけ》藩の浪人の由を申て通り抜ける。もちろん、番人はいろいろ尋問をしたが、新七を主として大西ともどもとどこおりなく応対できたので、すっと通してもらった。

大西は、新七より、上野ことばは、「行《い》く」を「行《い》ぐ」と訛《なま》るから、とにかく「行《い》ぐ」を多く使えと指南されていたので、その効果が出たものと思った。

矢倉沢より少し下って、また上《のぼ》る。内川と呼ばれる谷川を渡って上っていくと、地蔵堂が見えた。右の方に矢倉ヶ岳という大山がひかえている山道を二里ほど登った峠に、一軒の茶店があった。当然、ここで一休み。さらに行くこと半里ほど。右手に、豊臣秀吉朝臣《あっそん》が小田原陣の時に築いた出城の跡もあった。

坂田の金時《きんとき》で有名な金時山を左眼に入れると、陽の位置からして鷹山が西北に見えることが知られた。九町ほど下ると、思いがけず平地《ひらち》に出た。このあたりは、昔、足利尊氏が御帝に対し奉りて謀反をくわだてて新田義貞朝臣が征討の命《めい》をこうむって関東に下向した時、中《なか》務卿《つかさきょう》親王を御大将にしてここより向かわれ、脇屋義助の子息式部義治が少年ながら力戦したのも、この辺りなのだ……

幼き日より読み親しんだ『太平記』の一場面が、新七の心を温々《あつあつ》と浸してゆく。武蔵国だとか相模国だとか昔は遠い遠い幻《まぼろし》の国として読んでいたが、今自分はその地をわが足で辿っている。この存在感をどう表わしたらよいだろうか。一歩一歩、自分が、幻の世界から現実の世界へと歩んでいる実感……そのつみ重ねが今回なら、富士山頂に立つということだが、それをも一つの通過点として、もっと崇高で心の燃えたつ事に向かって自分は進んでいる気がする、確実に。

新七は考えごとをしていたので、珍しく大西の跡《あと》になった。竹の下に至り、茶店で中食《ちゅうじき》をとる。文字通り崖に細竹がなだれを打つように密集し、清らな渓谷であった。沢には鮎が多いとのことで、鮎の塩焼きが旨い。細筍《ほそたけ》のすまし汁も、山菜の和え物も美味の一言。

満足げな二人が十四、五町行くと、坂があった。この坂を登ると、左右に分かれる道があった。「右へは人馬不レ可レ通」の制札が立てられている。左への道は、古沢道と言って近道らしい。この道を使って下りきると、原野に出、その原を歩くこと三里八町ぐらいで、須走《すばしり》に至った。


この宿《しゅく》の札の辻より右に半町ばかり進むと、源頼朝朝臣が狩をした時の仮屋の跡だと記して、一町四方ほど土壇《どだん》を築いた所が有った。

須走の宿場町には、二百軒ほどの家が立ち並んでいるが、うち宿屋はたった三軒で、残りは皆御師《おし》の家である。世の噂では、旅籠屋に泊まる方がいいというのと、やはり御師の家に泊まるのがいいというのが、相なかばしている。新七はどっちでもよいと思っていたから、大西が「御師のうちに泊まろう」と言った時、異論はなかった。高村好大夫の所に泊まる。

新七は、この数日でのびた月代《さかやき》を剃《そ》るなど身の潔斎につとめる。御師は、神酒《みき》を下された。もてなしは十分丁寧で、二人ともここを選んでよかったと思う。富士の頂上になると飯をたいても平地のようにうまく炊きあがらないから、餅をついて登って焼いた方がよいと聞いていたから、好大夫に頼んで餅を二升分用意してもらった。

五　六月九日　富士山、七合目に至る

未明には起きて旅装をととのえていると、好大夫が
「少し向こうに清めの水という滝があるから、あそこで身を清めなされ。案内しましょう」
と、先に立たれる。そこで大西とともに付いて行く。宿を西方向に半町ばかり進んで左へ曲がり、又一町ほど行くと小さなお堂があった。ここで、銭八文を供える。ここを過ぎて少し坂を下ること、三十間ほどして、小さな滝が目に入った。

五カ所より分かれ落ちて、十四、五畳ほどの池に注いでいる。滝壺というには、きわめておだやかである。池のかたわらに高さ二尺五寸ほどの銅の仏が安置されている。この池で斎《さい》戒《かい》沐浴して身も心もシャッキとなったところで、好大夫宅に戻り、あらためて卯《う》の半刻（午前七時）頃出発する。

強力《ごうりき》と呼ばれる道案内者を一人連れている。

好大夫宅を出てしばらく行くと、浅間宮があった。拝殿が九間、宮殿が二間と四間の二つがそなわり、中間に木花開耶姫命《このはなさくやひめのみこと》を祀《いわ》い奉《たてまつ》り、瓊々杵命《ににぎのみこと》・大山祇命《おおやまつみのみこと》を相殿《あいでん》に祀い奉っているそうである。

二人はかしこみかしこみ拝し奉る。

ここから樹木の繁った山道を登りゆくこと十町余り、左右に赤松の美しく生い立った所に出た。下枝が見事に落とされ、常磐《ときわ》の緑が空を亭々《ていてい》と彩っている。

「見事なものじゃいかナア！」

思わず、新七にお国ことばが出る。

「うちの御師さまの所領の山でござりやす」

強力は得意気に教えた。

しばらく行くと、原野に出た。二里半ほど行くと鳥居が見えて来た。杉の木をすっぱり切ったままを組んでいる。そこに、「三国第一」という額が架けてある。質素であるだけに、古代を思わせ、厳粛な気分となる。

ここを馬返《うまがえし》と言うそうである。富士のお山に登る者がここまで馬に乗って来ても、ここから先は馬も行くことができず、しかたなく馬を返すので、このような名が付いたそうである。

強力の話だと、須走よりここまで三里八町ということ。ここより樹木はさらに森々《しんしん》と繁茂している。木の幹ならず、木の枝にさえ、苔がふいている。まるで、梅の古木を見るようである。

八、九町登ると、桜木が群生していた。

「春の頃はさぞかし美しかろうのう」

「はあい。この桜は、常の桜より葉が少なく、花もちいとばかりしかつきませない。よその桜が散りすました四月から五月のはじめ頃、花が咲きおりやす」

「じゃろうのう。高山ゆえ、雪のふりつもった中を成長するからん、そうあるのじゃろうのう」

新七のことばに強力は大きくうなずく。

楓《かえで》の類も、多かった。

忍ぶ草などもあちこちに見られた。

また十町ほど進むと、大日堂御供所《ぐごしょ》があった。少し登ると、浅間の社がある。とにかく富士の御祭神である。いくつあろうが、その度に心より拝み申して登りゆく。
八、九町ほど行くと、広大な道に出た。
「ここは、その昔、鎌倉の頼朝さまが狩をされた時に陣屋を張られし所と言われております」

「どっかでも同じようなことを聞いたのう」と、新七が大西に問いかけると、強力が、

「いや、それでござりやすよ、ここではない、足高山の方だというお人もござりいすよ」

と、すかさず補足のことばをつけ足す。

道はたで休むことにした。火打をして煙草などを飲む。平地で飲むのとちがい、清らかな空気を煙にして鼻から出しているという感じで、新鮮な気分である。

つづいて五町ほど登ると、雲霧不動社があった。ここを、東口一の宮と称するそうである。鳥居もあったが、これを二の鳥居と言うそうである。

ここに、左甚五郎《ひだりじんごろう》作の猪子《いのしし》と言って、よくわからない物があった。自分の足の痛む所の辺をなでて、また猪子の足をなでれば、足の痛みがなくなるということである。

「ということは、やはり、銭を出さねばならぬということじゃの」

新七のことばに、二人とも大笑いをする。信ずる者は、とにかくお賽銭から始まる。

ここより二町余り登ると、役小角《えんのおづの》の社があった。

「富士の登山道《とうざんどう》は、小角さまが初めて開きなすったから、それで、ここに祀《まつ》っておりやす。ま、里人の言い伝えでござりいすが」

強力も、新七がかなり学問をしてきた人に見え出したので、うかつなことを言ってはと、どこかに里人の伝説をにおわす言い方をとるようになった。

半町ほど登ると、参詣人改《あらため》の役所があった。小さなお堂である。のぞくと、中に僧が居て、参詣人より銭を乞いとるのみ。改めるというのではなかった。

ここを過ぎ行くと、中宮としての浅間宮があった。鳥居もある。これを三の鳥居という。深く拝礼して、少し登る。右手に、小富士と呼ばれる小さな岡が屹立《きつりつ》していた。草木も生えず、形が富士山に似ているから付けた名である。ここより五町ほど行って茶店の三、四軒ある所に出た。そのうちの三芳屋で休む。

「馬返よりここまで、どれくらい歩いたかしらん」

大西が問うと、強力は、「一里でござりいす」と答えた。大西にしては、もっと歩いた気がしたのだろう。無理からぬこと、道もけわしかったし、元々歩きなれぬ質《たち》の御仁《ごじん》にとっては、数倍長く感じたであろう。

「ここを、本山境と申しやす」

強力は、こうも教えてくれた。

ここで中食《ちゅうじき》をとる。

終わると、強力は、「ここより新しいわらじにはきかえて下《くだ》っし」と命じ、富士は霊山であるから、下界の土で汚《けが》すことをおそれてのことであると教えてくれた。

では、戻りはどうなるのかと思っていたら、少し登ったところに〝砂ふるい〟と称する所があって、下山の際には、またわらじをはきかえ、霊山でついたお砂をふるうらしい。

さて、ここより先には樹木はない。唐松だけはまれに生え、ところどころ、石の間に草が生えている。

ここを、一合目と称す。

石を立てて「一合目」と彫り刻んである。石窟もあったが、人は住んでいなかった。

このあたり、雪がいまだ消えないで、所々にかたまり残っていた。
八、九町ほど登ったろうか、二合目の石窟で休憩をとる。
石窟は「むろ」と呼ばれ、石を重ねてたたみあげてその中に家を作ったものである。上にも石を乗せている。泉とか井戸とかの形で水を得られないから、氷った雪を屋根に集めて置き、その溶けた滴《したたり》を樋に受けて貯めている。戸を閉めて石窟《むろ》の中で火を焚《た》くと、屋根の氷雪も溶け出して水になるというしかけである。

休憩中、新七は矢立《やたて》を取り出し、今日の天候を書き留めていたが、一口にうまく言い表わせない。「朝雨後少晴」では、不十分である。

くもりであることは確か……時に前も後もわからぬぐらいに霧がおおいかかって目と鼻の先さえ見えないこともあるし、時に晴れて四方すっきりと見えることもある。あるいは、風が強く吹きつけ、あるいは雨が降り、刻々と変化して、定まることがない。雨は、たいていの場合、下より上に降りあがっている。きっと、風のせいであろう。


ここから四合、五合目の距離が長く感じられた。一合、二合の間の町数――距離は定まっていないらしい。強力に聞いてもわからずじまいであった。

思うに、二十町ばかりであろうか。登山路は、険《けわ》しいの一言。

五合五勺《しゃく》の中窟で一休み。

宝永山が南に見えた。百五十年前の富士山大噴火の際、炸裂したお山の一部が新たな山となったものである。

雷鳴がはるか下でとどろいているのが聞こえる。風は冷たく烈《はげ》しい。空は少し晴れかけてはいたが、強力のすすめで休みをとり、飯にする。

強力の話によると、高き山に急いで登ると、脳天がやられる由。めまい、吐き気はもとより、頭はもうろうとし、歩くことさえけだるくなり、へなへなと倒れこむとのこと。わが身《み》力《りき》に自慢の若き行者など一気呵成《かせい》に登ろうとして、功をあせって、こんな失態をやらかす者があるとか。運の悪き者は、そこで絶命することもあるらしい。

雪水で炊いた飯は、常《つね》の飯のように旨くはない。しかし、よく噛み味わうことにした。

大西は、肌寒いと言って、綿入れを着こむ。

この綿入れは、御師の家から借りて、ここまで強力に背負わせてきたものである。富士登山道口にあたる宿郷の習俗で、綿入れを新調すると着る前に、御師の家に預けに来る。御師は預かった綿入れを参詣の人々に用立てる。その人々がお山から無事戻ると、吉兆として、その綿入れを宿郷の衆が身につける。すると、流行病《はやりやまい》にもかからずに済む。ありがたい信仰が根づいていた。おかげで、旅人は謝礼も払わず、気がねもせず、新しく清潔な綿入れに袖を通すことができるのである。

ここから六合目に至る道は、ますます険しい。岩の上を左、右にめぐる形で登ってゆく。

「ここをば、石滑と言ったり、八つが峯とも言いやす。富岳第一の険路《けんろ》でござりいす」

強力の息も少しはずんでいる。大西は顔をしかめて足元のみを見つめて登っているので、強力にちゃんと対せるのは、新七のみ。

新七は、頂上をながめやる。

この岩石は頂上よりずっとつづいていると見た。また、富士のまわりずっとめぐっても、この岩石群であろう。きっと、この岩石こそ、富嶽《ふごく》の〝骨《ほね》〟にあたるもので、この骨格こそが美しい富士の絵姿を保たせているものなのだ……

こう思い至った時、体の中にすっと新しい血が一条《ひとすじ》流れていく気がした。その流れ通ったあとが涼やかで、たまった疲れのドロドロが蒸発してしまったような感じである。

「五、六十年前までは、大縣渡という所がござんしてノ、路《みち》も今とはちいっと変わっておりやした」

強力の説明に、新七は大きく頷く。富士登山を心がけてから、その方面の本を何冊か読んだが、秋山玉山の紀行に、たしか大縣渡の険阻《けんそ》なことが記してあった。いずれにしろ、ここより頂上へは、正念場なのである。

気をひきしめるように、新七は、手甲脚絆《てっこうきゃはん》の紐を結びなおした。

五、六町ほど登ったあたりで、空がしばらく晴れわたる。

甲斐の国、山中湖。

吉田の点々たる湖水群。

それらが東北の方にあざやかに見えた。

西南には、鎌倉江島の景が。

また、足柄山、金時山が眼下にのぞまれた。

新七は、大西が嬉しそうに眺めていることで、幸せな気分になる。

ここまで来てよかった！　あと少しのがんばりだ。この決意を、天の晴れ間と富士の眺望が大西に与え給《たも》うている。ありがたいことでごわす……

景色を堪能して、六合五勺目の石窟で休む。その後、少し登って、やっと、七合目の石窟に至る！　そして、止宿す。

石屋《いわや》の番人といろいろ話す。

「いやあ、三日早かったら、お山には登れませなんだゃあのう。この六日には、大雪が降ったぢゃあに、一尺余りも積もったでござりいすよ」

冷気がひっしりと身に迫って来る。痩せ我慢など張っている場合ではない。新七も綿入れを着こみ、炉に手をかざす。

餅を焼いて腹におとした。

体の芯がぽかぽかとなった。再び空が晴れて来たので、石窟を出て、四方《よも》をながめる。

あの信濃の浅間が岳、八つが岳が北の方《かた》に見えている。

その下には、駒が岳が……

東北の方には、日光、筑波山が。

上州の赤城の山が、子丑《ねうし》（北々東）の方向に見える。

そのほか、山又山の連山が、はるか眼下に広がっていた。おかしなもので、富士に立って、下にひかえる山々を見ていると、この日本に山と言われる山はなかったかのような錯覚におちいる。

はるか下を、白雲が幾重にもたなびいている。

まるで、薩摩潟《さつまがた》に白浪が寄せているようだ。

新七は、白雲の高低差が気になり出した。じっと見つめているうちに、あることに気づく。四方に見える山々は、まさに頭を雲の上に出してそびえている。元の山の高さに応じて、雲は高い低いが生じているのである。何層にもたなびいて見える原因は、ここにあった！

その白雲の上に、富士の影が映っている。

映っているだけではなく、動いている。

新七の立っているのは東側だから、日の西に傾くにつれ、このように影が移ろうのであろう。

次第に、その影が遠く薄くなって、数十里の外に移ろい薄暮の中に消え去りゆくありさま、その壮観さ、どう表現したらよいのだろうか。新七は、寝つく前に記す日記のことさえ、心配しだす。

夜になって、月が照り渡る。

ここから、頂上が耿々《こうこう》と望まれた。

おそろしいほどの静寂の中に、無骨な頂上が平常心ですっと立っている。

趣きがないようでいて、乾いた趣きがあった。

六　六月十日　富士山頂に立つ

鶏鳴《けいめい》を過ぎた頃——つまり、午前三時頃に起き出す。四方を見わたすと、激しく風が吹いて雪がしきりに降っている。

いそいで朝餉《あさげ》をすませ、炉にあたる。

火のありがたさを全身で受けとめているうちに、いつしか東方が少し明かるくなった。日の光がきらめいているのではないか。

あわてて外に出た。

しかし、太陽そのものは薄もやをかけられたようにかげっており、日輪が神々《こうごう》しく昇る姿は見えなかった。

日の出をいろいろな形に見なし、世間では〝如来の御来迎〟と言うらしい。

鐘の音《ね》が聞こえるわけでもないから全くの勘であるが、六つ半過ぎ（午前七時頃）に再び外に出て四方を見回すと、風はあいかわらず激しかったが、雪は止んでいた。白雲の眼下をおおうことは昨日より深く、裾野の方からずっと四方にわたって全て白雲であり、まるで広大な平地《ひらち》に綿をしきつめたようであった。

やっと風もいささかおだやかになったので、この岩屋を出て、七合五勺の石窟に向かう。これまた、とても厳しい道であった。

風はあいかわらず激しいのだけれど、さいわいに雪が降ってこなかったので、やっとこさ八合目の石窟にたどりつく。

「このあたりを大行合と言いますダ」

強力の寒さのため十分伸びきらない指が三方をさす。

「南……大宮口、東……須走口、北……吉田口、三方が行き合うところだから、こう言うでござんす」

説明を受けている間に、又、雪が天より降《くだ》って来た。風もさらに勢いをまし、まるで雷鳴を聞くようである。大西が何か語りかけても、何を言っているのか聞きとれない。

新七は、風そのものに音があることに、あらためて気づかされた。草木に風があたってそれで声が生まれるだけではないのである。

こうなったら、八合目の石窟で休みをとるほかはない。

番人は、言う。

「この風や雪では、頂上までは、無理でござりいす。ここで足留めをなされまっし」

その申し出に、強力も賛同した。

新七の眼を大西はうかがう。そこには、否《いな》の強い意志が光っていた。

「いや、運よくやっとここまで来ていて、むなしく止めることはできまっせぬ。しばらくここで休んで体力をつけて、是非とも頂上に至りたいのだ」

薩摩ことばを排して江戸ことばをまねたのではない。新七の決意が、どこそこのお国ことばという狭さをつきやぶっただけである。

休むこと半時（一時間）ほどで、風や雪が少しおだやかになった。

おもむろに、新七は立ちあがる。そして、石窟に敷かれていた蓆《むしろ》を借りうけ、これを肩からおおい、縄で胴――腰のあたりにゆわえつける。頭を、これは道中用意して来た油紙ですっぽり包む。

「お前様《まんさあ》も、おれのごと、為《し》たもんせ」

大西はのろりと立ちあがり、とにかく、新七と同じ恰好になる。最後に、強力も「ならば」と言って、炉を離れた。

ここに至って、新七は、強力を「導者」と感じていた。荷を負《にな》う役よりも、頂上への案内者――導師なのである。特別ことばをあらためるわけではないが、深き尊敬の念が心中に育っていた。

導者を先に立て、互いに短い声をかけあい登りゆく。「エイ」「オウ」「エイ」「オウ」　丹田に声をおとしこめることで、体内の熱をここで凝集させ、寒を防ぐためでもある。

風雪はますます烈しく、行き手をはばむ。

風の余りにきつい時は、身を伏せてしばしこらえる。

そして、また、登る。

時おり、大西の「ああ」とうめく声がする。導師と新七の間にはさむ形で登っているのであるが、ともすればずりずりと新七の方に流れかかる。手もこごえ、手がかりとする岩よりすべるのである。

「天下第一のこん山に登るに、こうあろう事《こつ》は前々からん覚悟しちょっと。恥ずかしかなかとか、この体《てい》は！　精神《こころ》を太《ふと》かもちんさい！　わが励まさんで誰《た》が助けてくりょっと！」

とにかく新七は大西をがなり立てる。

そのせいあって、ようやく九合目に至る。


ここより頂上までを「胸付難場《むなつきなんば》」と云う由である。

岩と岩とがおり重なってつづく険阻な岩場を、ひたすら登る。

城壁をつたう蜘蛛のようにはいつくばい、岩にぴたりと胸を付けている。まさに、「胸付」とは、ようも言《ゆ》うたもの……

しばらく経つと、導師の声。

「よッし。六道だ」

新七は、やっと六道の辻か。ならば、本当の地獄の難所はこれからぞと、丹田《たんでん》に深い息を落としこむ。

六道には、小さな岩穴があって、銭を取った。

あの世の六道の辻には、いや、六道の一歩手前の三途《さんず》の川には、婆々《ばば》がいるというが、ここは爺々《じじ》じゃのと、大西に軽口を言おうと見かえると、大西はすでにぐったりと坐りこんでいた。唇が、安物花魁《おいらん》の紅のように紫色である。

導師は少し先の頂上の石窟まで、二人をいざなう。岩屋が五、六軒並んでいるうちの一つに入りこむ。

「とにかく休まっしゃれ」

こう言うと、導師は、すぐまどろみ始めた。

大西は正体もなくのびている。

新七は、頭が冴《さ》えて仮眠もできぬ。岩屋の入口の三重にしこまれた荒薦《あらごも》が風にあおられ外が見える。ますます風は烈しく、雪もしきりに降り来たっている。

都合がわるい事態にはちがいないが、生涯に一度のことをするには、これぐらい大変な事があった方が思い出じゃ。うん、こっちの方がずっと面白《おもしろ》か。新七の臍《ほぞ》のあたりで、〝元気〟の玉がぐんぐん大きくなる。

「さてと、参りますぞや」

導師が立った。新七は、無言で、大西の体を起こす。

岩屋を出て、第一の頂上を見やる。

日本一！

心ははやれど、風は行かすものかと、烈しさをます。

導師が、高さ四尺幅五尺ほどの大石が連なる石垣をさし、それを風防《かぜふせ》ぎとして、風の息づかいに合わせて進むと伝えた。

導師と新七にはさまれた形の大西は、ハーハーハーと夏の犬のように口をあけている。かえって風で口の中が乾くぞよ、おまんさあと、言ってやりたかったが、他人《ひと》のことを言う前に、我が足元が大事、大事。踏みはずせば、風の前の木の葉のように、ちりぢりと落下する運命《さだめ》……

大西のおかげで、新七は、自分に根性のあることがわかった。烈風に、頬をひっかかれながらも、少しは風の息づかいを知り、ばっちり眼《まなこ》を開いて石垣の上に二尺ほどの銅の仏が安置されていることも見ることができた。

どんな好事家《こうずか》が、こんなことをしたのか。あっぱれや。

未知の人を賞賛する余裕もあった。

この石垣を風防《かぜよけ》にして身を低く伏せ、風のゆるんだ時走り通り、烈しい時はとどまり、これをくり返し行くこと五十間余で、ついに頂上に至った。

鳥居があった。

この鳥居より五、六間行くと、頂上の噴火口である。

ここで、御神体を拝する。

噴火口の深さはどれくらいあるのか、皆目《かいもく》わからない。周囲は二十七、八町ぐらいあるのだろうが、今、雲霧朦々《もうもう》として、眼にとらえることができない。

「天気があっぱれ晴れた日には、穴の底の底まで見えることがござりいす。穴のまわりに、峯が八つござんして、薬師が岳、観音が岳、聖至が岳、文殊が岳、剣が峯、釈迦が岳、経が岳……でごんす」

最後の一つは、強風がかき消した。

導師の指さす八方を目で追っていた新七は、

「それよそれ。八つのとがった峰がほぼ等間隔で突き出ておるから、四方どの方向から見ても富士のお山の形は同じじゃっよな」

と納得した。

「八つの峰をずっとめぐれば、一里ござりいす」

「一里か、めぐられんこともなかな？」

新七は、二人を風防にして背後についていた大西を振り向く。そんなこと出来るはずもないという疲れた顔があった。

「こんな風や雪がきつか今日は、無理ごたあるのう」

大西を安堵させるために大きな声で導師に言った。

「無理でござりいす」

導師の返しに、実は、新七はがっかりした。もし何とかなると言ったなら、新七一人でも案内してほしかった気持ちがあったからである。

「残念至極じゃッ」

新七は心中で駄々っ子のように叫んでおいた。

気を変えて導師に問う。

「さっき言った八峯の名じゃが、ええと、薬師が岳、文殊が岳……それは、誰《た》がつけた名でごわす？」

「役小角《えんのおづの》さまでござりいすよ」

「役小角……か……」

新七には、役小角より後の名づけと思われた。

新七の学んだところでは、役行者は、奈良時代の人。修験道の祖で、大和国の葛城山に住み、吉野の金峰山《きんぶせん》や大峰を開いた御仁であるが、太古よりの神ながらの道と仏道とを山歩き修行を通じて一致感得した人だから、こんなに多く仏道に関わる名前をつけるはずがないというのがその確証であった。しかし、「役小角」と信じきっている導者のいさぎよさに敬意を表して、何も口にはしなかった。

頂上を少し左に下ると、石塔が建っていた。高さは三尺七寸ほどあるだろうか。東面には文字などなく、西面に、

「天保二年辛卯四月二十八日建㆓立之㆒傳法正嫡玉澤日桓謹誌」

と彫られ、南面には、

「天下泰平國土安穏五穀豊饒萬民娯樂」

と、祝言・ことほぎが記されていた。

また、北面には、

「一天四海皆歸妙法五百歳中廣宜流布」

と、石碑を建てた僧日桓《にっかん》の宿願が彫《え》られていた。

新七は思う。南面と北面の文字に託した思いのどちらがより熱きものであったかと。

重き石をここまで運ぶ苦行に見合う心の力は、北面の文字を彫る時の喜びを思いえがくことで湧きつづけたものではなかったか。

冷たく厳しい大風と雪の中で、手のこごえを融《と》かし自由に彫《ほ》り刀《がたな》を動かしめたものは、北面の文字への熱き思いである。

わが名を西面に彫ったのは、売名のためではない。鬼神のしわざでなく、一人の人間のいとなみであることを後の人に示すためである。五百年の星霜《せいそう》が経ても、ここまで登り来る者の数は知れている。そのような人に名を売る必要などない。

人の集まる大辻で、開祖日蓮のように大説法をした方がずっと効率のよい仕事であったかもしれぬ。しかし、日桓という僧にとっては、このやり方こそ、悲願を達するのに最も近く、しかも確実で、かつ、自分がやりぬけるものであったにちがいない。

他人には阿呆な仕事のように思え、当人にとってはどうしようもなく大切に思える仕事があるものだ……

石碑の文字を写しおわって大西を見ると、矢立の筆はとったものの手がこごえて写すことができなかったようである。

「おれが写したもんを、あとで写せばよか」

元気のない大西を押すようにして、石窟に入り、山頂をきわめた祝いの醴酒《れいしゅ》を飲む。一晩だけかもした酒——甘酒らしいが、頂上の湧き水で造ったという。新七は、三、四盃のどに落としこむ。

魂までがさわやかになった。

この水をみやげに持ち帰りたくなった。番人より、徳利を買い、西の方角にある湧き水まで行くことにした。

一尺四方ほどのくぼみが岩にあり、そこから水は湧いていた。

導師は言う。

「御天水と普通には申しますが、金剛水と言う人も、金明水、銀明水と言う人もござりやす。どんな日でりでも絶えませんし、雨が降りつづいても、このくぼみからあふれ出ることはないでござりいす」

新七は、不思議なる天の水を徳利に入れ、腰に下げた。下山の守りのようでもあった。

いよいよ下山である。

ここを〝走路《はしりみち》〟と言う。

ここで、いつものわらじの上にさらに大きなわらじをはいた。

「この大わらじを金剛藁履《ぞうり》と申しやす」

導師のことばに、大西が、

「金剛力士のはく大きいやつという意味じゃろうか」

と、耳うちした。新七は友の元気が回復したことを知る。

小石まじりの焼土の上を行く。ただし、道は急傾斜である。一歩踏み出せば、自然に三、四歩すべり落ちるから、急ごうと思わないのに、走るよりも早く前に進む。半町ほど下ったところで、急に激しい風が吹き出し、新七はかぶっていたむしろを吹き飛ばされてしまう。一丈ばかり高く吹き飛ばされたので、手も届かず、その間も足はすべりつづけるものだから、とうとう取ることはできなかった。

あっと言う間に、八合目の石窟に着く。

ここで休み、衣類を囲炉裏《いろり》の火に乾かす。特に、綿入れを丁寧にかわかし、皺《しわ》やよれを手でのばす。綿入れを作り富士登山者に貸してくれた願主の顔は知らねど、無病息災の祈りと礼をこめて。

新七たちは、ここより吉田方面へ下って行く。導師は、須走の御師《おし》高村好大夫の元に戻るので、ここで別れである。綿入れを託し、導師としての労を深く謝する。

再び会うことのない人影を二人はじっと見送っていた。

「ああ、去《い》った」

「去ってしもうたなあ」

二人は、こう言いつつ、岩屋に再び入りこむのであった。

七　六月十日　富士下山

さきほど、富士登山の導師でもあった強力の姿が見えなくなるまで、新七と大西は見送っていた。外気の冷たさよりも、何か身より衣類を一枚剥《は》ぎ取られたような心の冷えがあった。

「人ちゅうもんは、暖《ぬく》かもんじゃのう」

　新七が心でつぶやきつつ、炉に戻ると、

「それにしても、この雪風の烈しい中を、よっくも頂上まで上《のぼ》られたもんだのう」

と岩屋の主《ぬし》がほめそやす。富士詣の講中の人も、この天候ゆえ登ることをあきらめ、八合目に休んでいたのであった。

　主に吉田への下山道を詳しく尋ねる。

　ここにて腹ごしらえをして、いざ山を下り始めると、走路《はしりみち》がよくわからなくて、結局、登路をつたって七合目まで下った。

　七合目の岩屋であらためて尋ねると、「ここを左に半町ばかり行って、ほら、あっちに雪の見える所がありますげな、のう。あの雪のある所の左の脇を下ればよい」と教えてくれた。

ついでに、

「吉田では、いづくにお宿をおとりでござりやすか」

と聞いたので、

「まだどことも決めておらん」

と答えたら、

「それならば、亀屋岩尾という者の方《かた》へお泊まりなされませ」

と言って、丁寧にも書翰《しょかん》まで書いてくれた。

ありがたく文《ふみ》をいただき、教えられる通りに行って走路をとっとっとっと下る。

ついに五合五勺に至りつく。

ここでは、天候ものどかで、秋のおわり頃の匂いがする。

砂洗明神の社があった。左には、石尊権現の社が目に入る。ここより歩いて行くと十八町ばかり先とのこと。その社のあたりは唐松がひっしりと繁茂している。

ここでわらじを脱いで、新しいものにはきかえた。

ここをしばし下り行くと、普通の山路に入る。もう岩屋もなく、常の家作りである。三四町下るうちに家は三、四軒あったものの、今年はまだ本格的な山登りには早いので、中に人は住んでいなかった。

ここを過ぎて一町ちょっと行ったかしらん、鳥居があって、「天地の境」と称しているようである。ここをまた下りて一町ちょっと行くと社があった。

富士浅間宮と額《がく》打った鳥居があった。心をこめて拝礼をなす。

この辺を四合五勺と言うらしい。

二合目に下りると、また社があって、僧たちが経を誦《ず》していた。社名をあおぐと、仙元大菩薩と記してあった。ここでも、神拝をして、しばらく休む。社の宮殿は二間四方ぐらいであろうか、両脇に富士権現の社があるが、これは武田信玄が造営したとのことである。

そこより下りて一合目に至る。

大日如来の社があった。何と脇に天照太神命《あまてらすおおみかみのみこと》がまします。脇侍などとは、もったいもなきことかな。これも、あの仏僧たちが本地垂迹《ほんじすいじゃく》の説をふりかざして、日本に古来からましま す神をけがし奉っているのだ。

下界に下り立つにつれ、新七の中に、崇高なもの——神々を利用して乗っかる者に対する腹立たしさが湧きあがってきた。

少し下りると、又、鳥居があって、六、七町下ると茶店が四軒あった。いまだ参詣者が少ないからだろうか、実際に主《あるじ》が店開きをしていたのは二軒のみ。そのうちの一軒に入りこみ、飯とした。このあたりを、馬返《うまがえし》と言うそうである。

「吉田まであとどれぐらいだ」

「ここより、三里八町ごぜえますだ」

さあ、あと一《ひと》ふんばりである。

地形《ちぎょう》は、ここより広き野に出る。いわゆる〝富士の裾野〟である。

一里半ほど行くと、遊興石なるものがあった。ここにも茶店が一軒あったので、休みがてら聞いてみる。

「昔、鎌倉の頼朝殿が狩をなさっし時、しばらく、ここに休まれてござるゥ、だによってのう、遊興という名がつきましてござりいすゥ」

何人の客に、同じことを言っているかしらんが、謡《うたい》の調子めいて聞こえた。

ここから左に入って十八、九町歩くと、「胎内」という所があった。ここの岩窟は広くて、入って半町ばかり来て先をうかがうに、ずっと奥へ延びていて、ずん止まりがどのあたりか測ることができない。

胎内の茶店で一休みして、また二十町ほど進む。

赤松の林に入った。

すっかり、すっかりとほどよき間隔をとって、赤松はすらりと天空へのびている。幹のサビ朱の色と、日本画の顔色《がんしょく》の緑を散らしたような松葉のひろごりは、屏風絵の中に居るようだ。

十三町ぐらい、松林を歩いたであろうか、神社に出た。

木花開耶《このはなさくや》姫命《ひめのみこと》をまん中に祀り、西に天照太神を、東に富士権現社を祀っている。松林を抜けてすがすがしい気が胸に満ちたところで、深く神拝をなして、吉田の宿《しゅく》に出る。

実は、富士の裾野に至った午《うま》の半刻（午後一時）頃から大雨が降り出して、雷鳴さえ轟《とどろ》いていたのである。つまり、遊興石・胎内・赤松林と雨中行であったのである。

富士登山でへとへとになっている大西との会話もこれといってなく、雷の轟くなか、やっと亀屋に到着。

衣類はすっかり雨にぬれていたので、火にかわかす。亀屋到着が未《ひつじ》の半刻（午後三時）頃であったから、雨の中を一時《いっとき》（二時間）も歩いていたことになる。

宿の浴衣《ゆかたびら》に着がえ、新七は日記をつづる。

「抑《そもそも》富峯に登るの路は、役小角が初めて踏みひらきしといへるは実否は不二分明一どもさも有りなむ歟。因《よっ》て其が後々に至りて、佛名を付て種々の社を建てしにや。且《かつは》固より国神なるをかくせしにや。且《かつは》頂上の八峯も釈迦が岳、観音が岳などの仏名を付けたるも、其が後に付会せしにや。将《はた》、小角が所為なりや、不レ可レ知なり。」

富士山頂で導師に尋ねた折のことを思い出し、わが意見を書きつらねている。

――富士山の神は木花開耶姫命《このはなさくやひめのみこと》……この命《みこと》を本社として祀り、大山祇命《おおやまつみのみこと》は開耶姫命の父神でいらっしゃるから同一所に斎《いわ》い奉っているのであろう……瓊々杵命《ににぎのみこと》は開耶姫命の夫君でいらっしゃるから、これまた同じ所に祀り申しあげているのであろう。だのに、あの仏法が次第に盛んになって、神を実は仏の一つだなどと言うようになって、富士山の各所にある社の中にも仏の名をなすりつけられなさった神も多い――そのように新七には思われた。そこで、その条《くだり》の結びを、

「神司に有志の人有らば此を正してよ」

とする。

筆を置きつつ、新七は一人笑みをした。ごろんと仰向きになって鼾《いびき》をかいている大西の姿が眼に入ったからだけではない。自分が、この日記を誰に見しょとて、「此を正してよ」な

ど結んだのか、我ながらおかしくなったのである。

漢文で綴ったものでなければ正文ではないと新七は思っていた。この日記は、読本《よみほん》のような文章で綴っており、私的なものである。しかし、道中記にはこういった文体《ぶんてい》のものが出版されている。江戸では大それた話だが、ふる里の郷《ごう》の若者のために、梓《しん》にちりばめるのもよい。いや、面《おも》はゆい話じゃ。やはり、これは、わが一人の日記じゃ。

しばし目をつぶって、新七も、いつしかごろんと畳の上の人となっていた。

八　六月十一日　吉田の宿より猿橋に

辰《たつ》の刻（午前八時）頃、吉田を立った。大西は、「天目山《てんもくざん》、甲府などをちょっと見物して江戸に戻る」と言って、ここで別れた。

苦難を共にした者としては、あっさりとした別れ方であったが、新七はそれはそれでよいと思った。それぞれがそれぞれの目前の目的があり、それに素直に進むのが、日常なのである。

三里ほど歩いて、十日市に出た。

ここで、そば切《きり》を食う。左に、城跡が見えた。

新七の目の動きで察したものか、隣席の里人《さとびと》らしき老人が、

「あれはの、秋元様――今はの、上州舘林のお殿様じゃがの、そのん殿様が、ここを治めて

ござった時分の城跡でござりぃす」

と説明してくれた。

ここより十四、五町行って橋を渡る。

桂川の上流にあたる。

川の流れはきわめて早く、岩の高さもあり、流れ下る水が滝のようになっている所もある。景色が余りに見事だったので、しばらくここに休んであたりを眺めていた。

そこより右の方向に山路を行く。

三里余り歩いただろうか、百姓の家が三、四軒並んでいる所を過ぎて、「あちらは大山で木々がみっしり繁っていて路《みち》は細そうである。きっと、この路が街道につづくものなんだろう」と思って先に進んでいると、一人の少年がうしろで声をかけている。「なんだ」と振り返ると、「どちらにお行《ゆ》きぃ……　そのん路は、杣人《そまびと》らぁの行く道で、先はお山で行き止まりだっちゃあ」

「拙者は、江戸へ行きたいんだが、どの路を行けばよい？」

「なら、こっちの方を行くべぃ」

少年は、原野の向こうの小高い岡の方を指して教えた。

そこで、ここより左に入り、教えた通り歩いていくのだが、きわめて小さな径《みち》で、いつ人の通ったかわからぬような野の草間を分け行く状態がつづく。「ひょっとして、あの小童《こわっぱ》、人をだましおったな」とまで疑われて来る。

雨は降るし、野の草は足にまといつく。とにかく、しんどい歩みであった。やっとのことで岡を越えて下り行くと、少々大きな道に出た。あの子を疑ったことを、ちょっぴり後悔した。

農夫が土を耕やしていた。

「ちと物を尋ねるが、江戸への道は、どうなっておる」

「この川に添ってお行きなさいまっし」

と丁寧に教えてくれた。

ことば通り、川に添って左に行くこと一里半ばかりで、飯食の地に出た。ここでしばし休んで、さらに一里余り行くと、大月の駅に出た。

ここから、甲州街道である。

駒橋の駅の茶店で、餅を三つも食ってしまった。腹もすいていたし、第一、旨かった。

猿橋の駅に至り、大黒屋に泊まる。

「猿橋」の名の由来である掛橋の左の方にある宿屋で、涼しくてしのぎやすい。

猿橋碑文を読む。錦江鳴風卿が草したものである。猿橋は、水面より三十三尋《じん》の高さに架けてあるという。下を流れる川の深さは、測れぬということであった。

九　六月十二日　猿橋から八王子

卯《う》の上刻（午前六時前）頃、猿橋を立つ。今日もすごいどしゃ降りである。

「この雨だと、鶴川は渡れねえべえ」

という会話を耳にはさんだ新七が、

「ならば、川を渡らずに行ける道筋があるか」

と問うと、

「鳥澤の駅の札辻から右に曲がり、川に添って行く路《みち》がございやす。ここをずっとしたって行けば〝川つかえ〟の難もなく、かえって近道だし、上野の原――つまり、関所のあちら側に出るでござりやす」

と教えてくれた。

ありがたいと思って、その教えの通り十町ちょっと歩いたろうか、百姓風の男が二人連れで行くのに出会った。

これもありがたし
とばかり、声をかける。

「ちと物を尋ねたいが、そなたらは、どちらへ行くのだ」

「へぇ、おらは内藤新宿でござりいす」

「ほう、内藤新宿か……」

「いえ、怪しい者《もん》でねえでがす。そこの人足でござりいすもんだで」

新七が微笑《ほほえ》んだものだから、二人連れは安堵の表情を見せた。残る一人が、早口でつけ足す。

「お、おらは、あの原の向かうの在《ざい》の百姓だ……庄屋どんの使いで江戸さ行くところだ……でございやす」

新七は、彼らと同道することにした。江戸とここを行き来している人足とは、まことに願ったりの道案内人である。その上、連れの百姓が、また朴訥《ぼくとつ》で、気の張らない相手であった。

二里半ばかり歩くと、川があった。

「これは？」

「鶴川の上流でございやす」

「なんだ、やはり、川渡りはあるのか」

「へぇ。うんにゃあ……いつもは、橋があるのでがんすが、大雨で水があふれたもんで、はや引いたのでがんすよ」

「引いた？」

無口だがしゃべると早口の百姓が、川の上下《かみしも》をにらみながら水勢をはかっている人足に代わって答えるようだ。

「は、橋が流れると、困りますものだ。作りなおすには、がいに銭っ子が要るもんだで、そいで、水があふれると、綱を片岸に引っ張ってぐるぐる巻きにしておくだ、なあ」

最後の「なあ」は、連れの人足に同意を求めたもの。

「んだ！　さあてと、どうするべい」

三人の目が、川辺に一軒だけある茶店に向かった。

「しばし、休もうか」

新七の声が、三人の足をいざなう。

辺鄙な地にある茶店にしては、煮端《にばな》のよい茶を楽しみつつ、しばし、雨脚をながめていた。

「おい、どれぐらい川の面《おもて》が下がったら、橋は掛けられるのだ」

茶を酒でも飲むかのように目をつぶって味わっていた百姓は、ギクッと目を開けた。

そして、助けを求めるように、店の亭主の姿を追う。

亭主にも新七の大声は届いていた。

紺地に、鶴の字が丸にふちどられて染めぬかれた前掛けをぬぐいながら、こちらに立つ。

「へえ。すぐにとはまいりませねぇだ。どうでござんしょ。ここを少し上《かみ》に戻りますと、がいに浅瀬がありましてのう、そこを歩行《かち》渡りなさいますとのう、早くはなりまっしょ」

「んだのう。おらも、それをしたことはあるっサ。なんてったって、人足だもんだからのう。なれど、お侍《さむれい》さまだから、お刀《かたな》がぬれべいと思うと、すすめられないっちゃあ……」

人足のあいづちを聞いて、新七は決心した。

「ならば、それで行こう！」

「へえっ！」と元気に答えたのは、例の百姓の方。のんびり茶を喫してはいたが、きっと庄屋から急ぎのものを頼まれているのだろう。元の二人連れなら、すっぐこの方法ですでに川を渡りすましていたものを、新七のために、ここで時をすごしていてくれたものらしい。

川上に至り、岩場で衣服を脱ぐ。

人足は手なれたもので仕度が早い。次いで、百姓。それとなく見ると、二人共、丸裸である。着衣その他は丸められて頭の上。

「お侍《さむれい》さま、それも濡れると、いやなものでござんしょ」

と、人夫が指をさす。

いたしかたないかと、新七も赤裸《あかはだか》になった。

「おらが先頭、お侍さまが中、百姓どんが後《しり》で、わらで結んで渡れば、もしもの時によいだんべが、水練《すいれん》の上手なお侍さまつかまえて失礼にもなるだんべいかと思って、それはやらねえだ……」

新七は、目を細めてうなずく。

頭の中には、伊集院の叔父――坂木六郎の屋敷の脇を大曲りして豊かに流れゆく神之川《かんのかわ》が浮かんでいた。下士《かし》有馬家の一員として城下に住んではいても、新七は、伊集院のここがわが家だと思っていた。川竹の一叢《ひとむら》をぬけて、岩場から飛びこむ。そして、流れにまかせて、やや下《しも》の川原、小石のすきまにひるがおの花がびっしり咲き敷くところで言いあがる。

童《わらべ》じゃ、みんな素裸《すっぱだか》の……


雨が気にならなくなった。

いざ渡りはじめてみると、水量《みずかさ》は腰のちょっと上。

難なく渡りすます。

ここから坂を下る形で半里ばかり行くと、上の原関所のこちら側に出た。

ここに茶店が二軒あった。

しかし、空が晴れてきたので、先を急ぐことにした。

関所を過ぎて少し下る。

桂川に出た。

名で、新七は、都《みやこ》の桂川を思い出す。上流は、大堰《おおい》川、嵐山の渡月橋より下《しも》は桂川と呼ばれる川である。さらに下で淀川に合流し、ついには、大坂——難波江《なにわえ》に注ぐ……

しかし、ことばの連鎖はそこで止まった。都だの、朝廷辺《みかどべ》だの、先には進まず、目に入ったのは、川のほとりに立つ四、五軒の茶店である。

そのうちの一軒に入る。

大西の時とちがい、新七はすすめに従うかたちである。何度も往来している人足の眼の方が確かである。

人足や百姓に合わせて、たらふく飯を食った。

「川水で、腹冷やしただんべいから、酒くらって温めてこまそうぞい」

このさそいにも、乗った。

この川の名物は、鮎であった。七、八寸（現在で言うと、二十一〜二十四センチメートル）ほどの、ぷりぷりに肥えた鮎を二匹もたいらげてしまった。

いや、その旨かったこと、旨かったこと。大西にも食わせてやりたかった。


ここから関野、吉野の駅を過ぎて、小仏峠に至る。

三里ほどの坂道であるが、並の険しさではない。三人とも無言で足を運ぶ。

やっと、峠に至る。

ここにも予想外に茶店が四、五軒も軒《のき》をつらねていた。

通る人が多いからにほかならない。新七は、人と店、人と物の集りを学んだ気がした。江戸での崎門《きもん》学派の修業では、繁華の江戸の町を当たり前と思って、日々通り過ごしていた。はっと気づくなどということは、久しぶりの気がした。

またもや人足おすすめの店で足を伸ばす。

醴酒《れいしゅ》——甘酒が売り物だという。

飲まぬわけがない。

また、新七は眼を細めている。

本人は、富士山頂で強力や大西とともに祝いとして飲んだ醴酒を思い出していたのだが、人足と百姓の眼には、〝いい男〟に映っていた。人が良い・悪いの方ではなく、いわゆる〝いい男〟なのである。

ここから駒木野の関所を通って、八王子駅に至る。真木川屋に泊まる。もちろん、人足のいざないによる。

亭主は、京都の者だということで、都の話をあれこれしてくれる。新七は、都にしばし居たことも隠し、ひたすら聞き役に回る。本来なら、こんな役回りは間が持たないはずだが、亭主の見ている角度が大いに異なり、新七の知らない京の人々の生活が彷彿とした。

いや、素直に面白かったと言おう。

人足も百姓も、京に憧れた風である。

十　六月十三日　八王子から桜田御邸

夜中、また雨が降った。

六つ半過ぎ（午前七時頃）に八王子の宿を出発する。

すぐ川があった。

雨で水量《みずかさ》が増し、川越《かわごえ》人夫におぶされたり、台に乗せられて二人がかりで舁《か》かれたり、まるで大井川の渡しの様である。

六十四文支払ったが、あとで聞くと、侍が六十四文で、連れの百姓たちは八十九文であった。

「おかしいのう。同じ川渡りに」

と新七が言うと、二人は、

「決まりでごぜえますで……」

と声をそろえた。

この川を渡って、日野の駅を過ぎると、又、川があった。

ここは、舟渡しであった。

三人とも運賃は同じであった。

府中の駅で、彼らと別れる。六社権現の神司《かんづかさ》猿橋近江《おうみ》父子《おやこ》を訪ねるためである。

小雨も止み、晴れようとしていた。

たった一泊二日の同行であったが、新七は、遠ざかりゆく二人の影を見つつ、寂しく思った。大西との別れが向こうの都合で仕切られていたしかたのないものであったのに対し、今回は、江戸まで同道もできたのに、たまたま晴れても来たし、ふと立寄りたくなったという自分の都合で、ぷちっと縁が切れたからかもしれない。

二つの影が止まり、振り返ったようである。

あわてて新七は、手を振り、深く辞儀をすると、踵《きびす》を返した。

文《ふみ》で連絡していたわけでもなし、あいにく子息の豊後《ぶんご》は江戸市中に出かけて留守であった。社には木村達三氏《うじ》が居られ、しばらく談笑しているうちに、近江が戻って来た。

富士登山の話に花が咲き、馬返《うまがえし》あたりの桜木の群生に話が及ぶ。

「私が登りましたのも、ちょうど六月でござったが、ああ、いささか有馬殿より早かったものやら、いやあ、見事な桜の盛りでございました……」

近江のことばに、新七は思い出の桜に花をつけてみる。

「まさに、あの辺は、六月入りっぱなの頃が春三月ごろの気候なんじゃのう」

新七のことばに、近江が大きくうなずく。

このようにして、あれこれ話しこんでいるうちに、ちょっと立寄ったつもりなのにかなりの時が経っていた。

立とうとした新七に、ま、昼食《ちゅうじき》でもと近江はひきとめ、酒まで出して丁寧に接待してくれた。

息子の友人以上のもてなしであった。ありがたいことである。

午《うま》の半刻（午後一時）頃、猿橋家を出て、内藤新宿まで黙々と歩く。

途中、黙々と歩く自分がおかしくなった。

大西もおらず、あの人足・百姓もおらず、たった一人スタスタ歩く自分……その影を見て笑いそうになったのである。

もう少しで内藤新宿という手前で、茶店に入る。早めの夕食のつもりで、飯を食い、酒を飲んだ。無事旅を終えたことの一人祝いのようなものである。

日暮れ過ぎに、桜田の薩摩藩別邸に着く。藩邸内の阿田氏の宿舎に泊まる。

現存する『富士山紀行』の末尾には

此の紀行はしも予が所ニ見聞一のかぎりを筆にまかせて書記せる者なり。されど聞見る所限り有りて、其が中にはもれたるが甚《い》と多かるべし。且富峯は霊山にして、其さま筆に記されざるも有るべしと思ふめる。うち見む人、此を以て富峯の事を委しく記せりと思ふべからず。

丁巳夏六月十五日

武満呂記す

という本人の奥書《おくがき》が記されている。

自分の見聞には限界があり、洩れも多いことでしょうと記しているところにこそ、ともすれば驕《おご》りがちに見られる新七の真実を見るべきであろう。

富士山は霊山である。

筆の及ぶところではない。

これも、新七が体験で得た本音であろう。

それにもかかわらず、このような清書を残そうとしたところに、教育者としての思いがある。糾合方《きゅうごうかた》という名目で、薩摩藩江戸屋敷の学問教授の一人であった新七は、若者が富士山を目ざす時の一つの目安を示そうとしたのである。

署名が有馬新七ではなく、「武満呂」と万葉調の雅号でなされているのは、霊山富士のもたらした新たなる復古への想いからであろう。

これ以後、しばし、阿田氏の宿舎にこもって、島津江戸屋敷蔵の刊本『万葉集』に読みひたった新七は、いつしか長歌、反歌を自ら詠ずる歌人《うたびと》となっていく。

仕事柄、公的には漢文を度々物《もの》していくが、習作された万葉歌は、翌安政五年（一八五八）の『都日記』で花開く。

富士の桜木のように、おそ咲きであり、かつ、世の人々に知られぬ万葉歌人の誕生であった。

第二部　都日記

富士より戻って

安政四年（一八五七）六月五日、江戸桜田にあった島津家別邸を出《い》でて富士登山に向かった有馬新七は、悪天候にみまわれつつも、六月十日、ついに登頂に至る。

江戸に戻った新七は、藩主島津斉彬《なりあきら》へ建白書を送って、勤王攘夷思想にもとづく治政の必要なことをうったえる一方、江戸で親しくなった友人たちとの別れにあたって、しきりに漢文体の文章を贈っている。その折には、藤原正義、あるいは、埴鈴叟正義と署名し、すっかり江戸の文人墨客《ぼっきゃく》の風体である。平正義を名乗る時もある。

故郷《ふるさと》薩摩、伊集院《いじゅういん》の叔父坂木六郎貞明に手紙を送る際の名のりは正義。本名正義、通称新七のうち、新七よりも正義を好んで記すのは、父の有馬正直《まさなお》（元、坂木四郎兵衛貞常で、坂木家長男）の嗣子《しし》という意味合い、もっとも濃い血族としての親しみと甘えを、叔父六郎に抱いていた証拠であろう。

坂木の叔父――それは物心ついた頃すでに京都にあった父よりも肉親としてのぬくもりをもつ人であった。

父は厳父、尊父として、手紙《ふみ》をもって新七を教導する人であり、坂木の叔父は、父の実家をつぐ大黒柱であり、新七の経済的庇護者でもあった。

父が、薩摩藩下士《かし》という以上に、京都の公家近衛家に嫁した郁姫《いくひめ》のお付き（守《も》り役）として勤めるという〝格《かく》〟を与える存在なら、叔父は郷士《ごうし》として〝実《じつ》〟を与える頼りある大人であった。

「お殿様《とんさあ》がお御女姫様《ごじょひめさあ》を都の近衛さまの所へ嫁《とつ》がすっにあたって、有馬殿《どん》をお付けになったのは、まっこち正解でごわしたのう」

鹿児島城下の古老たちは、新七を見るたびにこう声をかける。父の評価はずっと変わることがなかった。

「坂木殿《どん》はまこと偉《えら》か御仁《おひと》じゃ。われら百姓の心も、父様《とっさま》が都におじゃってさびしかかもしれん新七様《さあ》のお心も、手にとるごとわかっておくれじゃっし」

伊集院の古老たちは、少年の頃の新七にこう語りかけた。さすが三十歳を越え、妻をもち子をもった今は、「さびしかかもしれん」とは言わないが、「まこと偉《えら》か御仁《おひと》」は今もかわらぬことばである。

実は、埴鈴子、埴鈴叟という号は、表向きは何とでも理屈をつけられる。たとえば、埴鈴（土鈴）と解して鈴屋《すずのや》と称した本居宣長を慕う気持を表わしたなど。日本語は調法である。音を兼《か》け、字の連想を利用すると、まだまだ想いをこめられる。鈴菜《すずな》（かぶら大根）を植える百姓、あるいは、すずの子（すず竹などの細長い竹の筍）を育て殖《ふ》やす山の民の意をこめた……なぜか。それは、叔父の生き方に人間の最終のあり方を見つけたからである。百姓もしつつ、郷人《むらびと》から慕われる叔父に、国家治政の原点を見出していたからである。

叔父は十九歳の時より五年間、江戸で神影流《しんかげりゅう》長沼亮郷の門に入るとともに、『左伝』などの漢籍を学んでいる。しかし、〝机上の学問〟というより〝知〟の豊かな人であった。神之《かんの》川《かわ》が坂木の屋敷で大きな曲りとなり深淵なくまを成しているのを見つめて、「何《な》ごてここでそげん曲るんじゃ」と聞いた少年の問いに、叔父は、

「一つ事《ごと》じゃ答えられん。土地の高さ低さ、土のかたさやわらかさ、川水《かわんみず》の勢い、その方向、いろいろがからみ合《お》うて、最後《さいごん》こうなっちょる。何《な》ごてこうなっちょっとかは、いろいろ調べてみんとわからんが、まずは、こうなっちょるという事《こつ》は、目にまことはっきりと見ゆる」

と答えた。

「ふぅん」と言いながら川面《かわも》から目を移した時、大竹の繁茂する土手で落ちた竹葉《ちくよう》を掃き集めていた叔父は、かのかぐや姫の翁《おきな》のように見えた。

有馬家に養子に行った父の頑固なまでの実直さと叔父のふところの深さ穏かさ、この二つが新七の性格をつむいだと言ってよい。ところが、神之川が坂木屋敷のある古城で急カーブを描くように、〝時代〟というはずみが、新七に二人にはない〝激しさ〟を加えていたのである。

新七は成長してのちのことであるが、母からこういう話を聞いた。新七の乱暴がおさまらぬ少年期、父は困った子《わろ》じゃとなげいたが、叔父は、

「なぁに、お前様《まんさぁ》、これからの世を渡るには強かにこしたことはなか。おまあんさあの血《ちい》が流れてあるけん、そんうち、ここは心のおさめ所《どこ》じゃちわかってくるち。もとは、あん子は

静かぁな子じゃ。心弱《よわ》かけん、ああ、強ぶっちょる。心弱かちゅうのは、わるいことじゃなか。人の見落《みお》いたことにも目がいくし、第一、和歌とかゆうもんは、心よわか人が上手《うもう》なるちゅうて、何かに書いてあったんを読んだこっがある」

と言ったそうである。

新七は、今も、自分は気が小さいとか弱いとかは全く思っていなかったから、それは叔父の〝よみちがい〟だと思っているが、意外に、心が繊細な部分があるというのはその通りだと思っている。最近、とみに、万葉調の和歌をよみたくなる。

坂木屋敷の青竹の中に立って川のせせらぎを聞いていると、恋に似た情感が胸にふつふつと湧く。それが、叔父の言う〝心弱さ〟から来るものだとしたら、自分はまことに歌人《うたびと》向きである。都の公家に生まれていたら、よかったかもしれぬ。

安政五年は年はじめから、幕政、つまりは日本の行末を注意深く見つめる者たちにとって、ゆゆしき一大事が生じていた。昨年末、アメリカ総領事タウンゼンド・ハリスが日米通商条約の締結を強く申し出、それへ向けての交渉がつづけられていたのである。

正月(一月)八日には、老中堀田正睦《まさよし》が条約締結の勅許を求めるために京へ向かった。

朝廷では、不平等なる条約締結は国を売る行為だと反対するも、たった一人関白九条尚忠《ひさただ》は外交のことは幕府にまかせようと言い出したが、孝明《こうめい》天皇は「御三家以下諸大名の意見を聞いた上で再び京に参られよ」と勅答された。事実上の拒絶である。

天皇の勅答を得て堀田が江戸に戻ったのは、四月二十日。その三日後、彦根藩主井伊直弼《なおすけ》が大老に就任し、勅許なきまま、六月十九日、日米修好通商条約に調印をする。勅許なしで、言わば手ぶらで戻った堀田は、当然、罷免される。

幕府の動きはあわただしい。病弱の家定に代わって、紀州藩主徳川慶福《よしとみ》（のち、家茂《いえもち》。この時、十三歳）を将軍とするが、この後継問題で大老井伊と対立した徳川斉昭《なりあき》らを謹慎処置とする。いわゆる一橋派の粛正である。

七月六日、かねて病弱であった将軍家定が死去。有馬新七ら倒幕派にとって、一隅がくずれたようなもので、よろこばしい流れであったが、現実には、新七ら寄りの一隅――いや大黒柱をえぐりとられる不運がみまう。それは、新七を高くかってくれていた藩主島津斉彬が病のため亡くなったのである。齢《よわい》、五十歳。くやんでもくやみきれぬ不運であった。

人には、定業《じょうごう》がある。

新七は強く意識しだした。ならば、思い切ったことは、早めにすませておくことである。尊敬し、信頼し、全てを賭けていた斉彬の死は、新七に、新しき藩主に頼るよりも自分で事を起こす必要性を教えた。それこそ斉彬の御遺志に報うことであるとの確信を得たのである。

無常感が、新七を激流に変えた。

一　安政五年八月二十九日

陰暦八月は、すでに秋の半ばである。その二十九日、新七は、江戸の日下部《くさかべ》氏の家にいた。京への旅支度は整っていた。明けがた陽の出と同時に出発と決めていたので、それまで飲みあかすのみ。

日下部伊三次《いそうじ》は、新七より十一歳ほど年上。経歴が変わっていた。父は海江田連で、薩摩藩を昔に脱藩した人。水戸藩に身を寄せている中で生まれたのが伊三次で、海江田の本姓である日下部を名乗っている。まずは水戸藩に仕え、水戸学を十分に学び、安政二年（一八五五）に薩摩藩に戻ったばかりであった。水戸に長く居たので、薩摩ことばは聞き分けても、自らしゃべることばは水戸なまり。水戸なまりと言えど、薩摩の人間から見れば、江戸ことばとほとんど変わりなく聞こえる。

その伊三次であるが、今年の七月、京に上っていたので、その様子を聞こうと立ち寄っていたのであるが、伊三次の方は、まずは七月十六日に亡くなった島津斉彬を弔《とむら》う。水戸藩と薩摩藩の仲立ち役としての彼の立場である。

「御丁寧に、かたじけのうごわす。まこち、惜しか殿を亡くしました……」

その話に及ぶと、どうも目に涙がにじむ。

「武麿《たけまろ》さんは、斉彬公に大いにかわいがられたお人《ひと》だもんのう。噂で聞きましたよ。去年の初冬であったか、斉彬公へ建白書を出されたとか……その第一条は……」

「私も聞きましたよ。その噂。尊王攘夷は根源だが、中国だけでなく夷狄《いてき》——西洋諸外国の学文もわかった方がよい。特に西土《せいど》（中国やインド）の知識・学術はやはり、国典や国体を学ぶように、学ばなければいけないと、第一に言われたとか」

そう口をはさんだのは、水戸藩士鮎澤《あゆざわ》伊《い》太夫《だゆう》である。新七より一歳の年長。日下部伊三次を兄のように慕う姿が見てとれる。

新七は他人の眼に自信家に映るが、こと斉彬公に話が及ぶと、女のようにはにかむ。酒の酔いにくずれた姿勢をしゃんと直し、その上ではにかむから目立ってしょうがない。

頭の中では、漢文を含む書簡調で記したその時の文章がめぐりゆく。

一　学文の儀、華夏夷狄の分を致㆓明弁㆒候儀勿論にて、
本朝を尊び外邦を賤み候事、固より当然の儀に御座候得ば、彼の西土の周孔の教
も、
本朝に折衷し、風土人情の宜に随ひて致㆓取捨㆒候様有㆓御座㆒度、依而造士館に
於ても、本朝の御国典を読み、御国体を致㆓弁明㆒候儀を第一と致し、西土の経
籍賢伝をも致㆓講究㆒候様被㆓仰付㆒度奉㆑存候。

「武麿くん」

また、日下部が呼びかける。日下部は、最近、万葉歌に凝っている新七がこの名前で呼ばれると、思わず嬉しそうな顔をすることを知っていた。

「君のところの殿様は、磯の別邸に、西洋のマニファクチュアとかいう町内を作られたのだよな」

日下部は水戸斉昭公に近く仕えたことを誇りとしており、幕府による斉昭公の謹慎を一日でも早く解きたくて、薩摩―京―江戸を駆けているようなもので、「君のところの殿様」は、現在属する薩摩藩でのおのが身分を忘れた言い方である。

新七は、そこのところは、許そうと思った。

「じゃっど。お前様《まんさぁ》は、中《なか》、見いごとならんかったか。出入りはうるさかけんなあ。集成館ちゅう名でごわんど。金メッキ、綿火薬、写真など、西洋のよかとこは真似せんといかん言《ゆ》うて、薩摩ガラス、知っちゃいやすか。きれいかガラス造りの工房もごわっど。エネルギア言《ゆ》うて、小高《こだか》か所から水を落として水車を回して力にかえたり……」

「そこには、どれだけの人が働いていたのですか」

途中から加わった幕府旗本の勝野豊作が聞く。

「多い時は、千二百人ほどありもした……じゃっどん、殿様《とのさぁ》が亡くなられたもんで、少《すく》のうなりまっしょ」

また、新七がしょんぼりし始めた。

「写真を、自ら撮られたと聞くが」

鮎澤が話を斉彬に戻す。

「じゃっど。それは、大騒ぎでごわしたろか。写真を撮らるると魂がぬけて、二、三日中《うち》にけっ死ぬと信じちょる人が多か中で、殿様は、科学ちゅうもんは、そんな馬鹿なことを呼び起こしはせん。何回も実験して、大丈夫とわかったら、広めるもんじゃっち、仰ったと聞いとります」

「本当にサ、英明なるサ、主君でおられるのだ」

勝野のことばは羨望に満ちていた。

わが主とあおぐ将軍家のこのところの脆弱さを恥じている風でもあった。

「百姓らには厳しかお殿さまじゃったどん、それはずっと先を見すえてのことじゃった。米のあがりで、科学を究《きわ》め、よか道具作って、結局は、百姓が米づくりに楽でくるよう、考えとってござった……」

「武麿、ほれ、一盃のめよ」

また悲しげな新七に、日下部が酒をすすめる。

「ところで、勝野さん、御家人《ごけにん》衆はどういう感じですか」

水戸の鮎澤が話を転じた。

「僕ら貧しい御家人はサ、新しい世を待ってはいるんだが、扶持《ふち》米をサ幕府よりいただいているのは事実だし……ごめんして下され、僕はサ嘘を言えない性質《たち》だから」

「いや、よかごわんど。それで。幕府の間者《かんじゃ》でなく信を置ける人じゃっち我らが思うたのは、君のそういうところじゃっから」

新七のことばに、集まった面々も一緒にうなずく。

「勝麟太郎という人が、御家人の組頭《くみがしら》の一人でいらしてサ、その先生がオランダのみならずエゲレスの学問にもくわしくてサ、みんなの行くべき道を考えて下さっていると思います」

新七は少し不快だった。江戸に来て、勝麟太郎の名はすでに二、三回聞いた。自分と余り齢《とし》もちがわず、そいつが「先生」と呼ばれるのは、なぜか妬《や》けた。島田虎之助から学んだ剣術の腕はめっぽう強いと聞く。しかし、会いたいとは全く思わなかった。会ったら、さらにねたましくなるにちがいなかったからである。

しばし沈黙がつづいたが、日下部のお袋《ふくろ》があたたかい玉子雑炊を出してくれた。四人で鍋を囲む。

「黄色か卵に、にらの緑がよう合《お》うちょる。くずしたくなかごたある」

新七の声が明るい。

「とは言え、くずさないと、食べられませぬからのう」

言いつつ、日下部はぐいぐいと掻き回した。

「掻き回してもうまくなる料理はよかんべい。政事《まつりごと》はかきまわすと、うまくいかないことが多い」

鮎澤のことばに、新七は「じゃっど」と同意する。

「水戸の中納言（徳川斉昭）も結局、ことばは悪《わる》かが、太田備中守や間部下総守らの老中に結局のところ嵌《は》められてごわすなあ」

「そして、井伊大老がのしあがった！」

天下の形勢《ありさま》を語りつつ、四人は一方で、雑炊に舌つづみを打った。

「うまかのう。母上は、こげん遅くまで起き給《たも》んしたものよのう。よろしう言うて下され。京まで辿りつく力を得てごわんど」

新七は下腹《したばら》があたたまると、大老は逆賊なりということばが心《しん》の臓《ぞう》でこだましているのを聞いた。この奸賊を誅伐し、夷狄を平らげ、朝廷による政事に復《ふく》することこそ、亡き大殿の御遺志をつぐことだと確信した。口で同調するだけではなく、自らの丹田に刻みこんだ自らへの約束である。

寅《とら》の刻（午前四時頃）に日下部宅を出立《しゅったつ》した。


新七の心は、はやっていた。京への道の長さがはがゆいほどであった。

鳥が啼く東の空ゆ飛ぶ鷲の
　翼をがもよかけりても行かむ
〔まだ未明の江戸の上空を鳥が飛びかっている。鳥か、何の鳥だろう。私は、鷲の翼がほしい。江戸から京へ一気に飛んで行きたい。〕

想いは、歌となった。
袖が浦（品川海岸）のあたりは海風が余りに激しく、寒くもあった。

独り行く旅の夜嵐烈しくて
　露置きまさる袖の浦波
〔夜一人旅する私に激しく嵐が吹きかける。冷たさが目にしみて涙が出そうだ。いや、思うことのなかなか叶わぬもとよりの涙かもしれない。折しも、ここは袖の浦。旅の衣《ころも》の袖も、露《つゆ》しげしだな。〕

いつしかと身にしむ秋の風寒み
　ちぢに心をくだく比《ころ》かな
〔知らず知らずのうちに身にしみてくる秋風の冷たさ寒さ。そのためだろうか、あれこれと心を悩ませ痛めることが多い今日この頃だなあ。〕

体験がすぐさま歌の詞《ことば》と変化《へんげ》する。これは何なのか自分でもわからないが、止めることのできない内なる動きであった。
　寒かったが、内なる歌心《うたごころ》にかえってあたたまりつつ、品川の駅につく。そこで、今後の主たる休憩所や宿泊、駕籠、馬の予約などをする。これら直前の旅の手配は、当時、「先触《さきぶ》れ」

と言われていたが、忍んで上る旅であるので、姓名を「中根仲之助《なかねちゅうのすけ》」と改めて記す。

この名を選ぶにあたって、新七は、幕府御家人にありそうでそうは多くないものを考えていた。江戸で知り合いになった勝野の話に一、二度出てきた中根市之丞《なかねいちのじょう》という名前が変に頭にこびりついた上、日下部や鮎澤らとの話で一橋派の御家人として中根という姓を度々《たびたび》耳にしていたので、少くとも三人はいるということで、中根でいくことにした。下の名前は、変に頭にこびりついた方《ほう》、市之丞から〝之〟をもらい、仲之助とした。「ナカネチュウノスケ」——漢字で記すと「中」と「仲」、ちょっとつきすぎた命名であるが、ゴロ合わせの名前の方が、とっさの時に口をついて出やすいと考えた結果である。

川崎の駅についた時、夜は完全に明けた。

二　空白の安政五年八月三十日

現存する有馬新七『都日記』には、謎の空白がある。それは、安政五年（一八五八）八月三十日の行動である。

新七が日下部宅に向かったのは、二十九日の夜。そして夜もすがら、鮎澤伊太夫、勝野豊作と酒宴をし、寅《とら》の刻（午前四時頃）一人旅立ち、品川の駅を経て川崎の駅に着いたのは、暦で言えば、八月三十日。

ところが、原文を示すと、こうなる。

○九月朔日天気いとよく晴れたり。川崎の駅より加籠に乗りてかゝせたり。

八月二十九日の夜もすがら飲んで、そのまま旅立ち、「川崎の駅に至りて夜は明けたり」なのであるから、「九月朔日」（九月一日）の前に八月三十日の記録がなければおかしい。このことに、渡邊盛衛『有馬新七先生傳記及遺稿』も久保田収『有馬正義先生』も何ら触れるところがないが、ドキュメンタリー歴史小説を書き進める者として、この謎は解いておかなければならない。

幸い、八月三十日付で、新七が伊集院の叔父坂木六郎にあてた手紙があるので、この手紙を書いていたことが明らかとなる。どこで？　それは、川崎の宿場にあるとある宿でである。八月二十九日付でも、前便としての同一人物宛の手紙があるので、八月二十九日付は、新七が日下部宅に向かう前にしたためていた下書きであり、八月三十日昼近くに起き出した新七が川崎の宿で清書しなおして、まずは封をする。封をしたあとで、ある決意がさらに加わり、三十日付の手紙においてそれを書き加えた。そして、この二通、および、おそらく、秘密にしなければならない決起に関する書状を京やその他必要な所に送り出したのである。

名前を中根仲之助と改名してすぐでもあり、身元の割れることを恐れる新七が選んだのは、過去の東海道中で使ったことのある宿場ではなく、いささかいかがわしいぐらいの宿であったにちがいない。

小説の扉を開けよう。

旅をする人間は、大なり小なり事情をもつ者が多い。藩とつながりの深い旅籠《はたご》は街道に面し、構えも大きく名前も通っている。街道の場末に至る少し手前の裏筋には、人夫・人足の溜まり場にまじって、三流どころの小さな宿がひしめいている。もちろん、妓楼《ぎろう》のごとき嬌《きょう》声《せい》のかしましい宿もあるが、新七が選んだのは他所の駆け落ち者や御当地の逢い引き者が使いそうな小料理屋を表看板とする「鮒屋《ふなや》」。うまいぐあいに、斜め前が飛脚屋「船屋《ふなや》」。つまり、どちらが本業かわからぬが同じ亭主がしているのである。

わざと「先触れ」でも、三十日の宿は予約しなかった。目で選ぶ必要があったからである。「中根仲之助という者じゃが、筆耕を職としておって、夜までに仕上げねばならぬ随筆と詩文がある。静かな部屋はないか」

と言うと、

「小さくなりますが、奥の奥の一間《ひとま》は少々静かでござりやす。裏が……何さまとも申せませんが、下《しも》本陣となっておりますので、時々、エイトナの剣術の声があるやも知れませんが……」と、宿の亭主。

新七は、早速、奥の奥の間に入りこみ、まずは、一眠《ひとねむ》り。夜もすがら酒宴をし、川崎まで歩き通した疲れが出た。

午《うま》の後刻（午後一時すぎ）に起きあがり、昼飯をかきこみ、〝筆耕〟にのぞむ。

壺庭《つぼにわ》に小さな楓の木が植えられていた。
まだ色づきはしない葉が、天より洩れくる光を必死で受けている。
まずは、叔父より最近もらった手紙の返事として昨日したためた下書きを読みなおす。

〝秋冷がしのびよってきておりますが、叔父上には、まずもって、お健やかにおつとめあそばされる御様子、珍重の御事と恭賀いたしております。

さて、私も東国遊歴ということで、江戸を基点にしつつ、富士山に初登頂いたしまして、そこより甲府辺を遊歴し、水戸まで足をのばし、水戸の風俗が強健であることを目のあたりにし、かつ、昔の農兵の余風今《いま》にあって、百姓は村里の学校に出て文武盛んにたしなんでおります。

だから、只今話題となっている会沢・豊田等のように百姓の身分より出て名を世間にとどろかした者も出てくるのです。しかしながら、これら、とにかく、その上に英傑の主が出てよろしく導かないと、かえって害になってくると言ってよいでしょうか。水戸の事、いろいろめんどうな事が生じているのも、これらが原因かと察せられることもございます。

水戸遊歴をすませ江戸に戻ったところ、時論、大いに変じておりました。尾州・水戸・越前侯のように英明なる御方はみなこぞって隠居御つつしみを幕府より仰せつけられ、井伊大老の権威・権力はいよいよ盛んに強くなってしまいました。

つまりは西の丸の一件（召しもなしに江戸城西の丸に登城《とじょう》し、幕政を批判した）の事ではありますが、右にあげた尾州・水戸・越前三侯は、平素から朝廷を深く崇敬され、段々に京都には手を回し事をお運びでしたから、幕府もよっぽど憎んでいて、何か言いがかりをつけて三侯を押しこめようと思っていたところ、ちょうど西の丸の一件があったものですから、このような顛末になってしまいました。

京都より、先日亜夷（アメリカ）処置の件につき、詳細は朝廷への奏聞をお願いしており、ついては徳川御三家大老の中から、早急に京へ上るように仰せ出されました。しかし、いまだに幕府は大老を京へ送らず、井伊直弼公の臣長野主膳という者に金子など必要以上に持たせつかわし、公卿方に賄賂をしこたまくばり、幕府の都合のよいようにこしらえてから上京する手はずだと聞き及びます。

それで、いまだ将軍宣下の噂も全くないのです。天下の事紛々《ふんぷん》として、心配なことばかり。日本はどうなっていくのでしょうか。とにかく、遠からぬうちに敵の首領の首をとるか、敵の翫《もてあそ》びとなり殺されるかの大難がやって来ると推察しております。

まずは、ご報告まで申し上げました。恐惶謹言。

八月二十九日　　　　　　　　　　　　　　　　　　　正義〃

新七は、壺庭の楓に目をやる。一葉だけ天からさし来る陽光が凝《こ》ったものが、初々しい朱に染めあがっていた。

「先んじて散るか……」

新七は、姿勢を正して、清書にいどむ。

清書をしすますと、
御前様御事も当月廿日暁御卒去被レ遊候。来月十三日表向御喪式有レ之筈御座候。

と、本文より大字で追って書きをする。

つまり、徳川家定が八月二十日早朝に亡くなったこと、来月（九月）十三日に正式の御葬式が行なわれるはずであることを情報として足したのである。

史実では、家定の死は七月六日であるので、しばらくそのことは隠され、新七たちが耳にした情報がここに記されている。

これを足すことにより、徳川家そのもの、将軍家そのものに対しては、敵意をもっていないことが言い訳として立つ。もし不運にもこの手紙が詮議されても、叔父に迷惑はかからないであろう。叔父が、「ほれ、ここ、かしこ、江戸の噂・雑説《ざっせつ》を〝一左右《いっそう》〟として報告してくれただけでごわしと。〝兎角不レ遠中には首を獲るか〟とこも、新七がやるとは書いてなかでごわすよ」と、言いのがれてくれる文体になっている。

新七は書きあげた手紙を、江戸の古物屋《ふるものや》で手に入れた艶書《えんしょ》（恋文）の中に折り隠し、封をする。叔父はそのからくりをすでに承知である。おどろくことはないはず。

書きあげた封書を机に、一たんは立ちあがり、濡れ縁に出て、畳《たたみ》二畳大の天空を仰ぎ見る。

「あ痛《いた》しこ！」

陽光は、新七の眼を射て来た。

ぼうっと靄《もや》のかかった眼をひっさげて部屋にひっこみ、ごろんと寝ころぶ。

頭にいろんなことが駆けめぐる。

「そうじゃ！」

新七は掛け声を立てたと思ったら、机に再び向かっていた。


〝君公お亡くなりあそばされたことについては、誠に闇夜に燈《ともしび》を失ったような気持ちがいたし、叔父上も同じお気持ちだと思うと、なぐさめることばもありません。

さてまた、江戸の動静も大きく変化いたしました。

井伊や真部の姦賊どもの暴政が、天朝の御趣意にそむいたことは、かたがたきわめて不《ふ》届《とどき》なことです。とにかく、朝廷の人臣といたしましては、許すことのできないことですので、機会を見て、井伊・真部の両人を打ち果たす手段もありえます。同志にはこういう考えもありますが、ま、この件はさておきまして、右に述べた姦賊どもをしりぞける手段に今は心をつくしております。私もはばかりながら少々志《こころざし》もありますので、天朝のために全身全霊を尽くしたい心構えでして、できるかぎり真心をつくし申す所存です。

このような時ですので、家や家庭をかえりみる時ではありません。もはや必死でというより、死は必ずわが身にふりかかるという覚悟でおります。

ついては、心に唯一かかるのが老いた母のことですので、私に万一の事がありますれば、どうか老母一人だけは老いの身を過ごしていけるよう、手を合わせて頼み申し上げます。

皇国のために身命を尽くすということは、すなわち亡き君公の御遺志を継ぎ申すことでありますので、忠孝の道、これより大いなるはないと存じます。

なお、今後、情勢が変わりますれば、大小にかかわらず詳しく申し上げます。まずは、右、御願いかたがた記しました。

恐惶謹言

八月三十日　正義

叔父上様

参人御中　〃

もちろん、ここでも、あいまい表現をわざとしこんでいる。冒頭の「君公」は、七月に亡くなった島津斉彬をさしてはいるが、同じく亡くなった将軍家定のことも逃げる道を用意する。きっと叔父は幕府の密偵に言うだろう、「ほれ、見んしゃい。君公御薨被ㇾ遊候儀に付而は、誠に以闇夜に燈を失ひ候心地仕候。まこち、亡き将軍様のことをいたんでおっじゃなかですか」と。

先に封印した手紙にも「正義」の下に花押《かおう》を添えたが、今回も同じく花押をすえる。筆体で叔父は新七の物であるかどうか見分けられるが、この花押まで添えると一切の疑いは生じない。

この手紙も又、遊女がらみの懸《け》想文《そうぶみ》の中に小さく折りこみ、封をする。

同じ飛脚屋だと万一の事故を考えて、一つは宿の向いに預け、もう一つは、ぶらりと本通りに出て、脇本陣の末の末にある二軒並びの飛脚屋のうち、小ぎれいに見えた方を選ぶ。戻ると、夕膳であった。給仕の下女をさがらせて、足元行灯《あんどん》が照らす楓をさかなに少々の酒をたしなむ。

食事がすむと、ゆっくり湯をあびる。髪は宿屋の三助に丁寧に梳《す》き洗いをしてもらう。身ぎれいになって、浴衣にどてらをはおった新七は、先触れに出した書きつけの控えと「東海木曾両道中懐宝図鑑」と題された道中記を広げて、しばし京までの足取りを確認する。「天保十三年壬寅正月吉日　日本橋南壱丁目　須原屋茂兵衛蔵」と刊記の入った道中記は、すでに何回も役立てたもの。しかし、今回はちがう。もし幕府につかまりそうになった時、逃げ隠れる山、飛びこむ川の確認なのである。どこで、そうなるかわからない。各所で目印になる神社や寺を丹念に見つくろう。今まで、折にふれ、自ら書き足したものもある。寺よりも神社の方が、入らずの森がある分、逃げこみやすい場合がある。裏山づたいにどこへ出るかも、おさえどころである。

このような確かめに三十日の夜は更けていった。

三　安政五年九月朔日

見事な日本晴れである。

川崎の駅から駕籠に乗る。人に顔を見られたくなかったからである。駕籠を神奈川台で降り、そこの茶店で、すでに待っていた常陸の鈴木安太郎と会う。しばらく休らいつつ、酒をくみかわし、今の世の形勢を互いになげいては、つい、古き昔——とどのつまりは神代の世のよきことを語れば、時のたつのを忘れてしまう。

そもそも鈴木安太郎がなぜここで待っていたかと言うと、水戸藩士鮎澤伊太夫などの計画では、新七とこの鈴木を一所《いっしょ》に都へのぼらせて事をすすめたいということであったが、新七は思うところがあったので、同行は無理だと断わっていた。そこで、水戸藩の都の留守居役鵜飼《うがい》吉左衛門宛の書翰を新七に預けて届けてほしいということになり、ここで待っていたのである。

鈴木に別れて再び駕籠に乗り、うとうとしつつ保土ヶ谷に至る。ここからは歩くことにしていた。旅の当初から駕籠にばかり乗っていては体がなまる。

戸塚の駅で飯を食う。

しばし歩いて藤沢の駅でゆっくり休む。

休み所を兼ねた宿に、太田道灌集が置いてあった。遊行寺が藤沢寺と記されているところに目が留まった。

永禄年間のことらしい。藤沢寺合戦の際、太田道灌の部下中村某が、敵の良将の首を討ちとって、道灌の前に来て、「この首に歌を手向《たむ》けて下さい」と頼んだ。すると道灌は、

かかる時さこそ命の惜しからめ
かねてなき身と思ひ知らずは
〔思いもかけず敵に首をとられる寸前は、きっと命が惜しいことだろうな。常日頃から、
わが身をすでに亡《な》い身だと悟りきっていなければ〕

と詠んだとのこと。

中村某が詠んだ歌も有った。この時の様子を記した詞書《ことばがき》はきわめて興味深いのであるが、この日記には略す。

この「かかる時～」の歌を、道灌の辞世の歌だと世間に言い伝えているのは、大きな誤りである。

新七は、思いなかばで、わが意志に反して討たれてしまった敵将に対して、この歌を詠んだ道灌に思いを至していた。

敵将の討たれた首は、いさぎよさに満ちていたにちがいない。日頃より諦観が修行されていたと見て、道灌は心より死を痛んだのである。

自分の臨終の時にこれを詠んだとするなら、わが日頃の諦観の修行を、他人に自慢したことになる。かねて亡き身と思い知った自分は、かかる時に命が惜しくないと――これでは、道灌の人間の大きさが吹き消される。

自分は……もし思わず生命を落とすことになった時、敵の大将に、道灌が詠んだような歌

を手向けてもらえるか。見事ないさぎよさが死相にも涼やかに現われているか……

新七にとって、合戦における死とは……

そうなんだ、侍——つまり物部《もののふ》は皇祖神命《みおやかみのみこと》のご命令なさったことに従い、天日嗣《あまつひつぎ》の皇子《みこ》が現御神《あまつみかみ》（天皇）となって天地同様未来永劫まで代々つづいて、この日本国を治められるという根本の理《ことわり》をしっかり認識し、雄々しく勇猛な大和情《やまとごころ》をふりたたせ、朝廷辺《みかどべ》を崇敬して、何かあれば大君《おおきみ》（天皇）のためにこそ死のう、安閑としてはおるまいと、かたく動《ゆる》がぬ想いを心の底津磐根《そこついわね》に突き立てよう。

平和な世にも乱れたる世にも、これっぽっちも命を惜しむ心があっては、絶対に不覚をとり、末の世まで汚名を流す例《ためし》が多いので、根本の心に立ち戻って、物部《もののふ》（侍）の本意を決して失ってはいけない。

藤沢駅では、太田道灌の歌集から、侍としての自己が勤王をわが行動の御柱《みはしら》とする理《ことわり》をあらためて得た気がする。丹田にぐっと力を入れて藤沢の駅舎を立ち、駕籠に乗る。左手にゆるやかにつづく浜辺を見つつ、少しまどろんだのか、大磯小磯のあたりに来ていた。平安朝の古歌に〝こよろぎが磯〟と詠んでいたのは、ここだと思い、駕籠を止めて、しばしながめる。

夕景の中に、こまかなさざ波を敷きつめたようであった。

夜、酉《とり》の刻（午後六時）過ぎに小田原の駅に到着。梅屋という宿に泊った。

四　安政五年九月二日

よい天気である。寅《とら》の刻（午前四時）頃、宿を立って徒歩《かち》で進む。旅の衣類を風呂敷にまとめて背に負い、かの難所として有名な箱根路を越えて行くのは大変である。

早雲寺の惣門に「金湯山」と雄々しく揮毫《きごう》された額をながめ入る。旅立ち前に読本屋《よみほんや》から借りた道中記で、北条五代の墓のほかに連歌師宗祇《そうぎ》の墓があることを知っていたが、今回は、用を前に当てて急ぐ旅であるので、山門のみにて通過。

しばらく行くと一里塚があり、風情のある石だたみに足は踏みこむ。

ふたごの山の狭間《さま》を抜けて行く……

頭上には、青い空にしっかり浮かぶ白い雲。

滝の音が聞こえる。

妻呼ぶ鹿の声もする。

ここだけに吹きこもる深山の秋風が頬をなでる。

白雲を分けつつのぼる箱根路の
　ふたごの山の秋のさびしさ

両脇の山肌には、すすきが銀色の穂をゆらせ、その根元を締めるように曼珠沙華《まんじゅしゃげ》が鮮やかに赤く群れをなす。

それぞれが、おのれを主張しつつ、山そのものを、天を犯さず……この孤独……この寂しき安らぎ……

やっと箱根の山を越えた。

また歌が生まれた。

箱根山さかしき路も大君の
　御心思へば安くぞありける

今や、新七は、万葉集の防人《さきもり》のように、大君（天皇）の御心を思うと、どんなつらいことがあっても心満たされるようになっていた。

関所の手前で役人が旅人を制してものものしく騒いでいる。今年の夏、大将軍家慶卿（実は家定卿）が亡くなられたので、その弔問のため都より伝奏《てんそう》広橋中納言卿（他にもう一人）が関東に下向《げこう》されるということで、その警備が厳しいのである。

まさにその時に当たっていたが、混雑の中に待っているのもいやだったので、茶店に立ち寄り、休みがてら餅などを食う。

そうこうしているうちに、勅使が通過されたので、急いで関所に向かう。

「元《もと》伊勢国の生まれで、浪人をしている岡本治三郎と申す者でござるが、皇国学《みくにまなび》を志し、この度、修業のために上方にのぼり申す」などと、あれこれ申し立てて、やっとこさ、関所を通り抜ける。

住む所の名主、五人組の証明によって出される通行手形である「切手《きって》」がないと、関所を通ることはならぬというのは定法である。しかし、今回は、やむをえず、このような嘘をついて新七は通過したのである。中根仲之助が仲間と連絡をとりうる仮名であるとしたら、この岡本治三郎なる名は、その場しのぎのもので、闇で手に入れた「切手」に記されていた他人のものであった。余り気持ちのよいものではない。


箱根の関所より駕籠に乗る。

三島の駅で日は暮れた。

ここから歩くことにして、沼津の駅を過ぎようとしたら、

「富士川は夜の渡しはござらぬ」

と言われた。そこで、少し先の吉原の駅で鍵屋に宿《やど》ることにした。

ところがである。後で聞くと、富士川の夜の渡しはないというのは、国々の飛脚の荷物などが多くある時のこと、人ならば夜でも渡してくれるそうである。

五　安政五年九月三日

今日も快晴。暁《あかつき》（未明）に宿を出て、富士川を渡る。

この川はことさら急流で、まるで白い矢がびゅんびゅん射られて飛んでいるようである。天正年間の頃であったろうか。豊臣秀吉卿が小田原の北条氏康《うじやす》を攻められた時、我が島津の先君又一郎久保《ひさやす》公は、今以上に富士川が増水して諸手《もろて》の軍が渡りかねていたのを、物ともせずに一番に薩摩軍をお渡しなされたと聞く。

この島津久保公の富士川の先がけの話は、あの平家物語で佐々木四郎高綱《たかつな》と梶原源太景季《げんだかげすえ》とが宇治川の先陣争いをして一番・二番になったことと比べて、劣るものではない。だのに、佐々木・梶原の先がけの話は世に広く流布し誰でも知っているが、島津久保公の先陣された話は、世の中に知る人さえ稀《まれ》であるのは、なんと口惜しいことではないか。

世に名の伝わる伝わらぬの別れ目は何なのだろう。人がそれを覚えて後代に語り伝えていく……そのきっかけは、はずみなのか、必然なのか。はずみなら、運の良さは天運にまかすほかはないのか。必然ならば、その必然を呼び起こした常日頃の心もちとはどのようなものなのか。

しばし考えては見たが、よき答えは出せなかった。

蒲原の駅より馬に乗る。薩陀《さった》山から遙《はるか》に富士を仰ぎ見たが、その景色はすばらしかった。去年の六月、苦行して頂上に至った貴重な経験はそれとして、つまりは、一回経験すれば十分で、やはり富士は仰ぎ見るのが一番である。

薩陀山の茶店で朝食兼用の食事をとる。

「大井川は夜渡りござんせん。急がさっしゃれ」

貸馬屋の馬方《うまかた》の教えに、「では、絶対、日の落ちる前に渡るぞ」と思って、馬に鞭打って急いでいくうちに、興津坂で、先月の二十九日に江戸を立った薩摩藩の飛脚に追い付いた。そ知らぬ体《てい》でさらに馬をはげまして、江尻府中の駅を過ぎ、舞子（丸子《まりこ》）の駅において飯を食い、また馬に乗って急いだのであるが、岡部から藤枝の駅を過ぎたあたりで、早《はや》、日が落ちてしまった。

鞍に蒲団をしかないで馬を速めたので、股ずれを起こし、痛くてたまらない。

島田の駅に、夜酉《とり》の刻（午後六時頃）到着。駅の役人に本日の宿の件を頼むと、

「ここは全て、宿の件は本陣より取りはからうことになってござる」

とのことで、本陣まで行って、やっと宿を借りた。一人旅は、とかく怪しまれ、宿の主人がいろいろ嫌なことを言いたてて、うるさいたらない。

六　安政五年九月四日

曇っており、今日は雨が降りそうである。

夜のうち――丑《うし》の刻（深夜二時頃）に起き出して、急いで宿を出発する。

川役所に行って、すっかり寝入っている役人を起こし、

「申しわけないが、是非とも川を渡して下され」

と願うと、気のよい役人ですぐさま人夫を手配してくれた。

四人して担ぐ台に乗せて渡してくれたが、四人の衆の立ち泳ぎの様《さま》を見ていると、水深はとほうもなく深い。

この大井川も、荷物さえなければ、つまり、人渡りだけなら、夜でも渡してくれるのである。ただし、川役人に十分頼みこむことがコツである。先の富士川の渡りでしこんだ裏知恵であるが、世の中というものは、おかしいもんだ。

渡りおわって西岸の加奈屋（金谷）の駅に至ると、今度前宰相公（島津斉興《なりおき》）がお国に下られるので、それに伴なう女中方が駅に宿泊していて、荷車人夫や馬人夫らが集まり、対応に役人たちが大騒ぎをしている。

新七はその横をさっと歩いて通り過ぎてゆく。佐耶《さや》の中山で、夜が明けた。

佐耶の中山について、人はよく「さよの中山」というが、これは誤りである。『続日本紀《しょくにほんぎ》』

の養老六年条に、遠江国佐益郡八郷を分けなおして山名郡を置いたとある。『延喜式《えんぎしき》』にも、「佐夜郡云々」と書いてあるし、その他『古今集』に収められた歌にも「佐夜の中山」とある。こんな例よりしても、「さよの中山」と言うのはまちがっていると、知るべきである。

新七は、うろおぼえの部分もあるが、京に着いたら、文献に当たって、こんな感じにまとめたいと考えている。

佐耶の中山の茶店で休み、ここの名物の〝あめの餅〟を食った。このあたりの茶店は、街道中特ににぎわって、華やかであったのが、先年の天保の末頃、水野越前守が老中であった時、いわゆる天保の改革で、世間の奢侈《しゃし》を禁じられてから今に至るまで、とにかく質素になったとのことである。

質素になることは美徳の一つだが、商売の活気をなくす。

政治とは、むずかしいものである。

菊川を渡る。

里の名にふさわしく、菊がことさら多い。

菊をながめている新七に、また歌が浮かんだ。

たち渡る霧吹払《ふきはら》ふ朝風に

かほる籬《まがき》の菊川の里

まさに先ほどまで川霧が立ちこめていた。その霧を一陣の朝風が吹き払う。ぼうっとしていた視界に、黄や鉄朱《てっしゅ》の菊があざやかに乱れ咲く。風にのって、胸肝がすうっとするような菊の香もしている。

このような情景を詠んだものであるが、これは、万葉調ではなく、どちらかというと新古今調である。

新七は、自伝に「天性急烈く暴悍くして」と記すが、それは表面であって、内面は、この和歌で知られるように、きわめて繊細である。

朝風を頬に受け、かすかな菊の香《か》に歌心をくすぐられる男なのである。

「菊川」という地名で、新七は、もう一つ、大きく心を動かされていた。それは、『太平記』巻第二「俊基朝臣再関東下向事」の章段にある一件である。

新七は、後醍醐天皇を正統の帝としてとらえているので、北条は賊臣として記されているが、新七の記憶をたどると、こうなる。

元弘の乱に、藤原俊基朝臣が賊臣北条のために捕われた。それより以前、承久の乱の時に、鎌倉幕府を敵対する院宣を書いた罪だと言って、藤原光親卿を京より鎌倉に護送した際、ちょうどこの菊川で処刑した。

その辞世の句として、光親卿は、

昔南陽縣菊水。汲下流而延齢。

今東海道菊河。宿西岸而終命。

と記されたのであるが、やはり護送中の俊基朝臣は菊川でこのことを思い出され、

「古《いにし》へもかゝる例《ためし》を菊川の同じ流れに身をや沈めむ」

と詠まれた……

そのことを新七は、運命的で哀しいが澄みきった感動を呼び起こす話として思い出していた。

脳裏は、さらに冴えわたる。

――そもそも、北条が罪人としてひっ立てた俊基朝臣は朝廷に忠誠をつくし、いろいろ勲功をあげられているのみならず、人望も才略もあり、後醍醐天皇を補佐され、かつ、時には、お諌《いさ》めもなされている。このような朝廷への貢献は、藤房朝臣にまさるとも劣らない傑出した人物である。それなのに、藤房朝臣・親房朝臣のみ世に称揚して、俊基朝臣の同じぐらいすぐれておられる所以《ゆえん》を知る人はまことに少ない。

それがくやしい！

新七は、実は、もっとこのことを書きたいと思った。しかし、旅の途中で手元に十分資料がなかった。そこで、

「此《これ》は己《おの》れ別に其が所以《ゆえん》よしを所考有《あ》れど此《ここ》には略《はぶ》きぬ」

と注記をした。

新坂《にいさか》で有名なわらび餅を食す。

葛《くず》の粉《こ》をわらびの粉だといつわって出しているという話を聞いたが、そうではなかった。わらびはアクが強いので、谷川の水でよくよくさらすのだそうだ。

茶店でいい話を聞いた。

この地名を、今、〝西坂〟（に・し・さ・か）と言うが、元は、新しく開いた坂――新坂（に・い・さ・か）であった。しかし、いつしか、「にいさか」が「にっさか」となっていったとのこと。

新七は、現代ならば、ことばの学問――国語学の範疇《はんちゅう》に入る話題に強く反応している。『富士山の記』における、富士の峰々の名前の件もしかり。

たまたま侍であり、刀を帯し、薩摩示現流にも達していたが、本来は、文学の人である。

茶店で、もう一つ、いい話を聞いた。

「この宿《しゅく》のずんど果てに、お社がありますだでや。今は、八幡《はちまん》さまと申しておりやすが、任《こと》事《のま》社《まのやしろ》というのが、元でござりやす」

のちのことになるが、新七は『延喜式』でこの社名を調べ、「麻知の神社」とあるのがこれだと確定する。

任事社に詣でる。この社の名の通り、全てが「天皇のおことばの通りに成りますように」と祈る。

今の世に、「八幡の社」と言っているのは大きな誤りである。「八幡」は、もとは、八幡神《はちまんじん》

——応神天皇を主座に、神功皇后、比売神《ひめがみ》、または仲哀天皇を合わせた三神をさし、武人の神であったために、今は、将軍家の守り神にかたよってしまっている。新七にとって、まずは、このような誤解から訂《ただ》していくべきものであった。

ここから、駕籠に乗る。

駕籠と言うのは、馬よりまどろっこしいが、御簾《みす》がおりているので、外からは見えず、内からは外の様子がよく見えてよい。

見附の駅で、同郷の三原彦之丞が関東に下るのと行きちがったが、新七は、駕籠の中よりそれと認めつつ、知らぬふりをして過ぎた。今回の大事が、三原の口より洩れぬとは限らないし、へたをすると薩摩藩内で面倒なことになるのは御免であった。

滔々《とうとう》たる天龍川に至る。

この川を昔は「天の中川」と言っていた。古歌に「天の中川」と詠んでいるのは、この川のことである。

新七は、古学が、旅をする中で自分の体内で生命《いのち》を帯びてくるのが嬉しい。学んだことが、身に添うてきてくれている。ありがたいことだ。

この川を渡って浜松の駅に至る。

土手の松が絵に描《か》いたようにつづく。

と思うと、急に大雨が降り出した。

今乗っている駕籠は、宿が用意している駕籠で防水が不十分で、屋根より雨が漏り、しかも底は水が逃げないときているから、衣服がびっしょり濡れてしまった。

この状態で、やっとのこと、夜の酉《とり》の刻（午後七時）過ぎ、舞沢《まいさわ》の駅に至る。

本陣に宿し、火にあたり身を暖めるとともに、衣服をかわかす。

ここで、新七は、今人々が「舞坂《まいさか》」と言うのは誤りで、「舞沢」がなまって「まいさか」となったことを知った。早速、日記に書き留めた。

七　安政五年九月五日

昨日の雨が嘘のように、よく晴れている。

夜が明けるのを待って、宿を立った。

船に乗って今切《いまぎれ》の渡しを渡って、荒井（新居）に向かう。大引佐《おおいなさ》、小引佐《こいなさ》などという山が水上より見わたせた。

万葉集に「引佐細江《いなさほそえ》の水をつくし」と詠んでいるのは、きっと、あの山の辺りにある入江のことだろう。

新七は、万葉集の歌を思えば、心の臓のあたりが熱々《あつあつ》してくる。そうなると、必ず歌が生まれる。あわてて、矢立を取り出す。

名にたてる引佐細江《いなさほそえ》の水をつくし
　まがはむ道の標《しるし》にはせよ

今自らが使命と思い動いていることは正しき道、その信念こそが、「澪標《みおつくし》」――まがわぬ道の道標《みちしるべ》なのである。

「信念を決してゆるがしてはならない」

新七は、我知らず、うなずいていた。

卯《う》の刻（午前六時）過ぎ、荒井に着いた。安政二年に出来たばかりの関所は、木の香《か》も初々《ういうい》しい。

高師山《たかしのやま》に雲がかかって時雨《しぐれ》が降っていたので、この景を歌に詠む。

浮雲のかゝる高師の高根より
　橋本かけてしぐれふるなり

『万葉集』で学んだ、現在行なわれつつある事態が継続している様子を表わす「なり」を末尾に使う。高師の山の峰から、この荒井の大橋の下までしぐれている景観が、うまく詠えているだろうか。

古今集や新古今のことはわからないが、『万葉集』では、このような広域の自然現象を一瞬、切りとったような描写がうまいと、新七は考えていた。それを真似したいと思った。

ここから、歩く。

白須賀《しらすか》の駅を過ぎ、二川《ふたがわ》の駅でしばらく休み、吉田の駅で飯を食う。

御油《ごゆ》・赤坂・藤川の駅を過ぎて、岡崎の駅に着く頃、日が暮れた。ここで夕飯を食って、駕籠《かご》をやとって乗ることにした。

腹も満ちて、眠気のままにうとうとしていると、鳴海《なるみ》の駅を過ぎたあたりで雁《かり》の鳴き声を聞いた。

駕籠の御簾をかきあげ見上げると、秋風に雲を吹きとばされたのか、澄んだ青い空がつづいていた。早速、一首。

鳴海がた秋風寒し在明《ありあけ》の
　清きみ空にかりがね聞《きこ》ゆ

空は澄んだまま夜明けを迎えた。宮の駅で駕籠をおり、山本屋という旅籠でしばし足をのばし、朝食をとった。

八　安政五年九月六日

六日である。――昨夜夜通し駕籠で来て、夜明けてここ山本屋に仮眠のため一休みしているのだから、すでに暦日としては六日を迎えているようなものであるが、日記の意識はそうはいかない。仮眠からねざめて、雨戸を開《あ》け空を見あげ天気をたしかめてからが、六日であった。

よく晴れた天気である。卯《う》の刻（午前六時）頃、宮の駅近くの船着場より船に乗ったが、風がうまく吹かず、ようやく午《うま》の刻（正午）ごろ、桑名の駅に着いた。

間のわるいことには、朝の天気が嘘のようにかき曇り雨まで降ってきたので、徒歩《かち》歩きをあきらめ、駕籠に乗ることにした。

〝杖つき坂〟は、その名の通り、路《みち》が悪い。駕籠かきの息の荒さが嫌味ではなく、受けとれる。駕籠の乗り心地がわるいなどと文句は言えまい。

それよりも新七は、日本武尊《やまとたけるのみこと》の古事などを思い出していた。

東国平定の折、駿河国で賊徒らに野っ原におびき出され火を放たれた時、あわてずに風向きを考え村雲《むらくも》の剣《つるぎ》で草をなぎ、からい生命《いのち》を助かった。そのため、剣の名を草薙《くさなぎ》の剣とあらため、尾張の熱田の宮に収められた……しかし、伊吹山の荒ぶる神を討ちに向かって、その毒気にあたって病《やま》いを得て伊勢の能褒野《のぼの》で死去。魂は白鳥となって河内《かわち》に飛んで行った……

あと一息で全てが成しとげられるという時の、あっけない死は、運命なのか。「尊《みこと》」という神の血を引く者とて避けられなかった……いたましいし、切なくなる。

四日市の駅を過ぎたあたりで、日が暮れた。いささか人恋しくなったものか、新七は駕籠かきに話しかける。いや、その男が筑紫《つくし》なまり――九州なまりだったので、つい話しかけたくなったというのが、本音かもしれぬ。

「お前の生国《しょうごく》はどこだ」

新七は江戸ことばで問いかける。

「薩摩国《さつまんくに》、谷山の里の者でごわしと」

「そうか。お国なまりで筑紫の者だと思ったが、やっぱりの」

それから、いろいろ聞き出すと、根が正直者らしく、つつまず話す。

「数年前の事《こつ》でございもすが、相良四郎兵衛さまちゅう人の下僕となりもして、江戸に下ったのでござりもすが……いや……はあ……ま、隠し立てもなんでおじゃるで申しますが、品川のおいらんに通いなれて……あれやこれやでお屋敷に居《お》れんごとなってしまい、ついに逐電いたしてございもす……お恥ずかしいことでおじゃっと……まこち恥ずかしか」

新七も正直になる。

「おいどんも似たようなものじゃっち……訳あって故里《ふるさと》居られんごとなって……そいどん、故里はなつかしかなあ」

轎夫《きょうふ》――新七は、もはや駕籠かきと一律には記せなくなった。この薄運の男に、せめて漢語の轎夫を用いて、花開かず終わったその資質を敬してやりたかった。

その轎夫は、新七の薩摩ことばを聞いて声を湿めらせた。

「おいは、今、悔いとりまっす。なんごてあんな女《おなご》にだまされたかっち、くやしゅうて、くやしゅうて。相手が、見込んだごと筋《すじ》のある女で、のちこちらの非あって捨てられたんなら、諦めもつきまっする。なんごて、あんな女に……そいでん、みんな、おいの目の無かったとです。おいの至らんかったとです」

最後には声をしのばせ泣いていた。

「桜島んごと、生きたかなぁ」

新七は、これしかなぐさめのことばがかけられなかった。

「恋しか、恋しか、恋しか」

駕籠かきの一人が、「サ、立つぞい」と、休みを打ちきった。

動き出した駕籠の中で、新七は、「恋しか、恋しか」を反芻《はんすう》していた。あの男の胸にある桜島と、おのが胸にある桜島は全く一致している。これだけで、同志を得たように胸が熱々《あつあつ》として来た。冷えきった下腹まで力が入ってくるようであった。

石薬師の駅で、駕籠を降りる。別れぎわに、若干の銭をふところへねじこんでやると、涙にむせんで礼を言った。

駕籠を乗り換える。当初から、石薬師までという約束であったからであるが、これはかえって二人にとって良かったと思う。新七は、心中深く大事をかかえ、それ以上腹を割って語り合うことが出来ない。つじつまを合わせる嘘も、この男にはつきたくなかった。ちょうどよい、別れ頃であった。

荘野《しょうの》（庄野）の駅につく頃に、夜が明けた。

九　安政五年九月七日

夜が明けると、空は晴れていた。

新七にとって、ここで七日が始まる。すきっ腹を我慢して、亀山の駅に至って朝食を取る。ここから徒歩《かち》である。もちろん、早足である。坂の下の駅を過ぎて、鈴鹿山を越える時、時雨が降り始めた。山の天気は変わりやすいと聞くが、鈴鹿はその中でも特別である。峠のあたりで振りかえると、背中が晴れ、前が時雨なんてのもある。

しかし、この時雨が、今まで辿って来た道のどこよりも紅葉を美しく染め出していた。偉大なる摂理……もはや心の動きは口をつく。

鈴鹿山時雨はまなくふりぬとも
　あかずだに見む峰のもみぢ葉

向こうからやって来る御老人に道をゆずるために山ぎわに寄る。やり過ごすと、手の位置に垂れている紅葉があった。上つ枝《かみえ》にも勝る色あいである。

崖をしたたる露がほんの小さな流れをつくっている。その冷気を受けた染色《そめいろ》である。

新七は、山の神に一枝もらうことにした。

すずか山時雨に匂ふもみぢ葉を
　　都のつとに手折りてぞ行く

田村川を渡る。

田村の社に詣でる。

近くを流れる谷川の音が、涼しめの鈴の音のようである。大きくもなく小さくもなく、苔を結ばせぬほどの速さをもっているであろうことは、その音で推しはかられた。

古代の武人坂上田村麻呂《さかのうえのたむらまろ》という人の性質《たち》を今に伝えるような社であった。

わが心まですがすがしくなって来た。

水口の駅に至って、時雨は、すかっと晴れた。

この駅で新たな情報《しらせ》を得た。

前宰相公（島津斉興）は薩摩への帰旅の途にあり、今日は大津の駅にお泊りなさるとのことだったので、急いで矢馳《やばせ》の渡《わた》りを渡って、一足先に大津に着きたいと思い、駕籠を使うことにした。

ホイホイと声を掛け合って、徒歩《かち》の旅人をけちらかす駕籠の方が、やはり速い。駕籠かきを四人やとって、とにかく急がせた。

とは言え、新七も、駕籠かきも腹は空く。そこで、石部の駅で飯をかきこみ、又駕籠に乗り、急ぎに急がす。

草津の駅で役人にそれとなく尋ねると、

「前宰相公様は、今、ようやく瀬田をお過ぎになったあたりでござろう。貴殿、公的御用事でも御座有《ござある》かな。どちらの御家中《ごかちゅう》でござろ。ひょっとして薩摩御家中の方でいなはるか……」

新七は、これ以上、やりとりをしていると、かえって面倒になると思い、薩摩の殿さまの行列を一度見てみたいと思っていたなどとごまかし、そこを去った。

待たせておいた四人懸《よにんがかり》駕籠に再び乗り込み、矢馳に至り、琵琶湖を船で漕ぎ出す。

船はいい具合に空いていた。四方をゆったり見わたせるぐらいである。

日枝《ひえ》（比叡）の山はすくっと高く、膳所《ぜぜ》の城は湖《うみ》につき出し、その石垣の切り石が湖の青によく似合っている。世に近江八景と言うが、それらが全て見渡すことが出来る。

新七は単なる〝旅の者〟を装う必要もあり、いくつかの道中記の袖珍本《しゅうちんぼん》を懐に入れていた。もちろん、急に胸元を斬りつけられた時、これらは鎖帷子《くさりかたびら》の役割も果たしてくれようというもの……

近江八景は一枚刷りのものなので、膝元に大きくひろげ、船頭に確かめつつ、筆で合点符《がってんふ》を入れていく。

さすが近江八景、全てが形になっていて美しい。

比良《ひら》の高嶺《たかね》には、はや、初雪が降りつもっていた。

案内図の裏に、口をつく歌を書き留める。

さざ波の志賀の浦ゆ漕出《こぎい》でて
　比良の高根にみ雪ふる見る

読み返して、少し微笑《えみ》がもれた。

田子の浦ゆ打ち出て見れば真白《ましろ》にぞ
　富士の高嶺に雪は降りける

万葉歌人、山辺赤人大人《やまのべのあかひとうし》のまねをしたわけではないが、矢馳で船に乗り琵琶湖を少々漕ぎ出《い》だした時、目に見えた情景をそのまま歌に出すとこうなる！「こうなる」というのは、言いわけではない。「こうなる」ことを、まずは初めて詠いそめた人が偉大なのである。

そのような意味では、新七にとって敷島《しきしま》の道（和歌の道）の最初である『万葉集』の歌人《うたびと》は、傑《けつ》であり、雄《ゆう》である。

歌にかまけているうちに、未《ひつじ》の刻（午後二時）過ぎに大津の駅に到着。早速、前宰相公の動静をうかがう。いまだお着きではなかった。そこで、やっと休憩をとる。かわいた喉に、お茶よりも酒の新七であった。

体も温まり、すっくと立ちあがり、歩き進めると、逢坂山のあたりから日が落ち始めた。追分より粟田山《あわたやま》を越えて四条縄手《なわて》に出て、夜酉《とり》の下刻（午後七時）頃、四条錦小路柳《やなぎ》の馬場《ばんば》上《あが》るにある鍵屋《かぎや》という宿に到着。

すでに、ここに宿《やど》っていた友人の西郷隆盛、伊地知季靖、有村兼俊の三人が、新七の到着を知ってこちらにやって来た。みんな対面を大喜びし、道中をねぎらってくれた。

この三人は、もとから忠誠心厚く、深く朝廷を崇敬しており、勤王の志《こころざし》が雄々しく真心《まごころ》が堅固な人々であり、かつ、心をへだてなく開き合った親友たちだから、あれこれ語るうちに、新七は、東海道の長旅のつかれもつい忘れてしまった。

新七は、江戸を含む関東の、西郷たちは京・大阪の実情を語り合って、現実のきびしさをなげき合う。そうこうして、深夜まで酒をくみかわした。そして、寝た。

十　安政五年九月八日

天気がよく晴れている。宿の戸障子《としょうじ》をあけると、ひっしりと軒を並べた町屋が目に入り、京の音色《ねいろ》のことばが風にのって来る。京に居ることを実感する。

隆盛はさらに早く目ざめ、月照《げっしょう》和尚の元に新七が京に来たことを文《ふみ》をもって伝達していた。同じ京内《きょううち》ということで、間もなく和尚が来られた。

この月照和尚という方は、近衛殿下（近衛忠熙《ただひろ》）の御信頼のきわめて高い方で、人柄はおだやかで謙虚で、朝廷への忠誠心が堅固で天皇の御力を全国に振るわせたいという大志を抱いており、そのための時間を得るため、清水寺の住職をずっと以前に勇退し、隠居の身となられていた。と言っても、のんびりとした隠居生活というわけにはいかず、この春よりずっと、一日も安閑に過ごすことはできず、いろいろと朝廷のために心を尽くしているのであった。

新七は、関東の状況・情勢についてくわしく語った。それに加えて、その旨を詳細に書いたものをさしあげたので、月照は、これを懐に入れて、近衛殿下の元へ行く。

新七は御所を拝してから父正直《まさなお》の墓のある東福寺即宗院に参ろうと、有村兼俊とともに宿を立つ。

御所の南門で深く拝礼をなし、仙洞御所のあたりを過ぎて鴨川を渡る。

聖護院の鳥居の前を過ぎた時、この辺の近くの桜木町に近衛殿下の北の方郁君《いくぎみ》の別荘があったことを思い出す。

「お前様《まんさぁ》にも話したこっか知れんが、俺《おい》の父が郁君御方様《いくぎみおかたさぁ》の付き人として、鹿児島《かごんま》より出て、ここん屋敷に住んでおじゃった。俺も、若《わか》か頃京に上《のぼ》ったおり、父と一緒に三月《みつき》ばかり居《お》ったたっち……」

「じゃっとなあ……なつかしかござろ」

有村は応じる。

「父もうっ死《し》にやって、そのあと、郁君御方様も亡くなられておじゃった。今、こんごつ、御別荘ばっか残って……」

新七の声も湿《し》める。

父や郁君が健在だった昔を思い出しているのであるが、もし二人が今在《あ》るなら、この挙儀ももっとすみやかに運んだものをと思うと、亡き人がさらになつかしく、思わず涙がこみあげてきた。

有村は、新七の涙を見るにしのびず、少し歩みを前に進める。

いつしか追いついた新七は、京を南に下り東福寺即宗院に詣でる。

即宗院は、東福寺境内の北東の奥つきにある。慶長年間に架けられたという味わいのある木の橋――偃月橋《えんげつきょう》を渡って右に折れた先にあるが、墓はさらに坂道を上った小高い所にある。

父の墓の前で、再び京にまい戻った事情を報告する。そして、谷川に添った薮《やぶ》に乱れ咲く菊を数本手折って、手向けた。水は深井戸にこんこんと湧いているのを使う。新七の袖は、しっぽりと濡れていた。水を汲んだ時に濡れたのではない。野の菊は、谷川から立ちこめる秋の霧によって花も枝も露を帯びていた。摘む新七の手も袖もいつしかしとど濡れそぼったのである。

詣来《もうでき》て花を手向《たむけ》の枝ごとに
　露こぼれつつぬるる袖かな

口をついて出たのは、万葉調ならぬ古今調の和歌であった。このあたりがまだまだだと、父の墓を前に涙ぐんでいたはずの新七の心に少し笑いが差した。

即宗院からの帰りは、谷川添いの細い土手道をつたい、洗玉澗《せんぎょくかん》に出て、通天の紅葉《もみじ》の木の下でしばらく休んだ。

紅葉はほんのりと紅《くれない》に染め始めた頃である。下を見ると、流れる水は清らかで、すがすがしい音を耳に運ぶ。心まですがすがしくなったような気がする。

ふと父のことばを思い出す。

「俺《おい》は都の土となる事《こつ》が、本意じゃっど」

まさにその通り、故郷《ふるさと》薩摩にもどることなく、この京の地で亡くなった。

新七自身も、この都の地を死に場所と平生から決めている。

有村が、ころあいを見て声をかけた。

「有馬君、うなぎを食いに行こうぞ」

有村としてみたら、日頃になく沈んでいる新七を力づけたかったにちがいない。新七のうなぎ好きは仲間では知れたことであった。


今度は、北上である。四条橋に至る。その橋をわたって南側にうまい店があった。二人してうなぎめしを食う。

未《ひつじ》の刻（午後二時）頃、宿に戻った。

しばらくすると、月照和尚が参られ、またまたさまざまな話となる。話というより論談である。

「有馬はんがしたためなさった関東の事情の説明書《がき》は、近衛殿下が預かられて、おりを見て叡覧にそなえるとおっしゃっておます」

小柄で細い月照の体から出る声は、男にしてはやや高い上、大坂と京のことばがふんわり合わさったような不思議な音色を帯びている。今、月照のことばを聞いて、新七はうれしくてたまらない。わがつたない書が帝のお目に……ふるえるほど心が躍った。

和尚は申《さる》の下刻（午後五時）に帰って行った。

実は九月二日、九条殿下（九条尚忠《ひさただ》）が病気の故《ゆえ》をもって関白内覧を辞退していた。これにも裏があって、九条殿下が新七たちとは意見を異《こと》にする輩《やから》と内通していて、このようなことになったらしい。三日に、主上がこの辞退をお認めになり、その代わりとして近衛殿下を内覧に任ずるという宣下をなさった。これで、近衛殿下は、内外の機務をとりしきられることになった。

この近衛殿下という方は、朝廷への忠誠心が堅固で、幕府側がいろいろと謀計をめぐらし賄賂《わいろ》を送ったりしてわが味方に引き入れようとしても、少しもぐらぐらなさらない。特に、主上が東宮《ひつぎのみや》にいらっしゃる頃より東宮《とうぐう》の傅《ふ》（皇太子の補佐・忠言役）として忠誠を専《もっぱら》にしてつかえられたので、主上の思し召しも他に異なるから、今回の内覧宣下もあったとか。

その上、三条殿下（三条実万《さねつむ》）、鷹司殿下（鷹司輔熙《すけひろ》）お二方も忠誠心厚く、左右の大臣になっておられる。

親王としては、青蓮院粟田宮《しょうれんいんあわたのみや》（朝彦《あさひこ》親王）がいらして、聡明で群をぬいた素質をお持ちで、朝廷を輔佐されているので、幕府側はこの方をとても嫌っている。

その他、中山中納言卿、大原三位卿、久我大納言卿、二条大納言卿、阿野宰相卿はじめ、忠義の志ある方々は少なくない。

このように朝廷が正しく剛健に機能していれば、幕府側がいかに暴逆をふるい、むちゃなことをしても、必ず大直日《おおなおび》の神が見直し聞直して、そのうち奸賊の無道はやむにちがいない。そうなると、日本全体に皇道がゆきわたることになるはず。そう新七は思っている。

夜になって、大坂の薩摩屋敷より島津豊後《ぶんご》（島津久宝《ひさたか》。家老）のしたためた書翰が来た。内容は次のようなものである。

わが前宰相公（島津斉興《なりおき》）にも近衛殿下より勅命の御写しと近衛殿下直々《じきじき》の手紙が届いたが、勅命をお受けいたす所存であることを伝えるために豊後に都に上るようにおっしゃってきたが、豊後にはどうしても京に行けない事情があるので、「お受け申す」ということを前宰相公が自筆で文《ふみ》をお書きになるそうだから、都で上手に申しあげておいてくれ。

新七は一方でがっかりし、一方で嬉しかった。というのは、亡き斉彬公の父上である前宰相公のおことばをたずさえて家老の島津豊後が直接京に上って申しあげてくれた方が、薩摩藩としての面目が立つのにと思って、残念であった。また一方で、自分に対して、前宰相公が「都のことは宜《よろ》しく計らえよ」とおっしゃったと思うと、嬉しくなるのである。

新七は、豊後の書翰を読みなおしつつ、「勅命の御写し」は、実は、写しに見せかけた天皇の「御内勅」であることを、直々に申しあげる機会の得られなかったことが悔しい。あの源頼朝公でさえ、また楠正成公でさえ、天皇の御内勅を受けて身もふるえんばかりに感激し、挙義の道をまっしぐらに進んだではないか。

「近衛殿下直々のお手紙」というのは、先月、つまり八月に、日下部氏が関東に万難を排して持ち帰ったあの手紙のことである。

水戸藩の京都留守居《るすい》役鵜飼吉左衛門よりも書翰が来た。文面は、新七に会いたいのだが、世の中が騒がしくなっており、それでなくとも二人とも幕府筋の嫌疑をかけられているから、あえて今回は会いませんとのこと。文面はそっけないが、いろいろと心づくしの果物が添えられていた。ありがたいことである。

十一　安政五年九月九日

天気は快晴。朝まだ暗いうちに月照和尚がやって来た。

新七たちは、このような結論を月照に伝える。

「世間がこうなっている以上、一刻も早く、有志の国々の国主城主たちにあらためて勅命を下していただいて、朝廷に敵《てき》たう幕府らの奸賊を征伐すべきである。特に越前や土佐の国主等は、水戸に勅書が下ったのを聞いて、願わくはその写しでも拝見いたしたいと望まれたではないか。だから、今回、断然と国々に勅命を下されたならば、長門の萩、因幡の鳥取の城主等もすぐさま京に馳せ参じて、勤王の道にはげまれるであろう。そうなったら、東西一時に立ちあがり、幕府側をやっつけるのに何のむずかしいことがあろうか」

じっと聞く月照の頬が障子の光を受けて、さらに白々《しらじら》とする。

「いや……勅命を再び下《くだ》さっしゃりますことは、こちらが言うほど容易なことではないのんや。朝廷にもお苦しみなはっての……これは、やはり無理なことや」

新七たちも、下々《しもじも》よりうかがい見る以外に朝廷にとってもいろいろ御事情がおありであろうということは察しがつくので、月照のことばをあらがうことが出来ない。

和尚のことばはつづく。

「先月の八月、水戸に勅命を下された折、近衛殿下、三条殿下などが御相談しやはって、それぞれが所縁《ゆかり》を頼って勅命の写しをつかわされたんやけど、越前と土佐等には三条殿下よりそれをつかわす手はずやったが、ひょっとして、それはなされなかったんやないかと思うんやけど……」

月照は、越前や土佐の藩主が動かないのは、勅書の写しや三条殿の直書が届いていないのではないかと不審げである。そこで、新七は、

「いや越前土佐にはちゃんとつかわされておりますぞ。疑いはございもはん。これは、俺《おい》がたしかに聞いちょることで、両藩主さまも度々このことを口にされておられてごわす」

と、自分の知っている事実を話す。

そのあと若干のやりとりののち、和尚は近衛殿下の許《もと》に出向かれた。


新七は一人になると、文机《ふづくえ》に向かう。「都日記」とゆくゆくは名づけたいと考えている冊子に、早速、今日の一件を記す。

しばし、頬杖《ほおづえ》をついたあと、あらためて筆を硯《すずり》の海におろして、いずまいを直すと、「此《こ》の時《とき》都の所司代は」と記す。

「此時」と書いた時点から、この日記はわが歴史なのだと思う。後になって見た時の「此

時」である。このようなつき放したような書き方をしておかなくては、自分たちの現在《いま》とっている行動は説明できないと思ったからである。「世態」（世間）が現在こうであるから、挙義するのだという、嘘一つない真実を書き留めるのが、自分の一日を記す日記と不即不離のものとなっていることを感じている。どちらを隠しても、真実ではない。

私たちも、新七のこの時の思考にそって、彼の書き記した跡を少しく追おう。

安政五年九月九日時点での、京の所司代は若狭国小浜城主の酒井若狭守（酒井忠義《ただあき》）であった。九月一日に前所司代三河国吉田城主本田美濃守（本多忠民《ただもと》）の代わりとして京に上っていた。この美濃守は前々代の所司代脇坂中務太輔の代わりとして去年の夏五月に所司代になっていたのであるが、何かあったらしく罷免されて、今年六月に江戸へ戻されていたのである。

当代の若狭守は、天保辰年《たつのとし》（天保三年。一八三二年）より所司代となり、九年も京にあった者だ。かなり学才のある人で、山崎垂加の学説を崇拝している者であった。なぜ新七がこの人のことを詳しく知っているかというと、新七が漢学（宋学）を学ぶために山口貞一郎（重昭。号は菅山《かんざん》）先生の所へ住みこんで学問稽古したおり、山崎闇斎学派のこともいろいろ聞き、ついでに酒井若狭守のことも耳にしたからである。

今までの流れだと勤王の考えにも大いに理解を持っているはずの若狭守が、こともあろうに井伊直弼等の奸謀に与《くみ》して、近衛殿下に対して帝が内覧宣下なさったことを江戸面《おもて》へ申し出ることはちょっとお待ち下さいと、しきりに拒《こば》んでいる。

なぜかというと、九条殿下を再び関白内覧にしないと、幕府側の奸謀が進まないからである。もっとも故事では、内覧宣下をする時は、関東へ朝廷より仰せ下されて、将軍が了承するということになっている。だから、幕府の容認できない人を内覧宣下するのはいかがかと、若狭守は京都でしぶっているのである。

いや、それだけならばまだよいが、都にいる忠義勤王の志士を探して厳しく捕えるようになっている。

先《せん》だって捕われたのは、梅田源二郎（雲浜《うんぴん》）、山本楨太郎、池田大学等の人である。捕われた人、あるいは、魔の手をひそかにのがれた人もあり、我ら薩摩の同志をも探し出すのにやっきらしい。

もしわが党を捕えようとしたら、やみやみと何もせずして捕われたりはしない。敵対する奴原《やつばら》をことごとく討ち取って切り死にしようぞと、仲間たちとは、ゆるゆる酒などを飲みつつ、話しているほどである。

そう、なんと勇々しいことであろうか！

新七は、あらためてわが仲間を誇りたくなる。

なぜ、あの若狭守が、このように暴逆に与するようになったか。もっと深いところに根があると新七は見ていた。たいがいにおいて、京都所司代をつとめあげた人は、次は老中になり江戸城に詰めるのであるが、若狭守にはそれがなく、溜間詰《たまりのまづ》めにとどまっていた。家格も侍従がいいとこであったが、この度、井伊直弼が酒井を味方に引き入れるにあたって、少将の官位を申し受け、かつ、金子三万両を与えて京都所司代に再任させたのである。

それで酒井は井伊に頭があがらなくなり、その手下となったのである。位官財宝に本心（真心）を失い、朝廷を軽んじ、暴逆をほしいままにするなどとは、まことに「禽獣の所行《しわざ》」である。

「抑《そもそも》今の大名ちふ物は」――新七の思索は大名論に及んできた。

そもそも現今の大名などというものは、上代の国造《くにのみやつこ》・縣主《あがたぬし》などと同じものである。この国造・縣主の制度は、神代よりの定めに拠《よ》っている。つまり、皇孫邇々芸命《すめみまににぎのみこと》が天下ります時に、天神《あまつかみ》が諸部《もろべ》の神たちを副《そ》え送って、それぞれの職《つかさ》にいそしむこと、天上にある時と同じく儀《のり》を守れと命ぜられた詔命《みことのり》のままに、世を経ても改め替われることなく承《う》けついできた。この制度が神代より定まったことは、明らかである。だのに、世間の儒者が、大津の宮（天智天皇六年から五年間、皇居が置かれたことをもって、天智天皇の御代をさす）の頃から定まったと言っているのは、大きなまちがいであると、新七は考えていた。

大津の宮のずっと以前、橿原宮瑞垣宮《かしはらのみやみずがきのみや》（橿原宮で神武天皇は即位されたことをもって、神武天皇の御代をさす）に至って、ますます皇祖神命《みおやかみのみこと》のおことば通りに国を治められ、制度も正しく定まることとなった。その制度とは、伴造《とものみやつこ》・八十友緒《やそとものお》には、臣《おみ》・連《むらじ》・首《おびと》などの差別があって、階級《しな》正しく別れていた。

天上界より付いて下《くだ》った職掌《つかさつかさ》の部々もその下に配属され、臣のかばねの上には、別に大臣《おおおみ》を置いて統率させた。連のかばねの上には、別に大連《おおむらじ》を任じて統率させ、この大臣大連の人を八十友緒の棟梁たる臣として、帝は政事《まつりごと》をなされた。国々里々に国造を置いて、その中に君別《きみわけ》、縣主《あがたぬし》、稲置《いなぎ》、直《あたい》などの差別をつけ、級を正しく分かち、その所々《ところどころ》を治めさせた。

これは現今の大名の中に国主城主の差別があって、その中に官位の高下があって、階級が正しく分かれているのと同じであるというのが、新七の考え方であった。

新七は、この日の日記で、これ以降も、鎌倉から室町、そして戦国時代へと思いをめぐらし、徳川家康については、「乱を鎮められた功業《いさおし》は、もとより偉大である」とほめつつも、結局、「皇室の衰微に乗じて天下の政権を執《と》り、彼の賊臣であった北条や足利の旧制にならって自分の権勢をふるい皇室をさらに衰微させたのはどうしてか」と批難している。また、再び、『太平記』の時代の楠正成のこと、建武の中興のことに論を及ぼし、「江戸幕府の存在のみを知って、太古よりの朝廷の深い大恩恵を忘れ、めめしい心に引かれて自分の身の栄華だけを考えて、君臣の大義を失ってはいけない」と、最後を結んでいる。

十二　安政五年九月十日

天気がとても良い。

朝、月照和尚がやって来た。

越前や土佐の藩守の件で、昨日近衛殿下から三条殿下に問い合わせられたところ、まだ勅書の写しは遣《つか》わしてはおられないことがわかった。そこで、新七が伝えた関東の状況などをじっくり相談され、今回はちゃんとそれらを遣わされることに決定《けつじょう》したとのこと。

「しかも、この使いには有馬はんを起用なさるとの御内定《ないじょう》であらしゃいます」

新七は、月照のことばを聞くと同時に、深々と頭を下げる。

「それでは」と、さらに具体的な打ち合わせをして、和尚はその結果を持って、近衛殿下の元へ行く。

しばらくして、午《うま》の刻（正午）に月照より文使《ふみづか》いが来て、隆盛（西郷）に「近衛殿下の所に参上しなさい」という文面であった。早速、西郷はそちらへ向かう。

待っている間、新七は二階の窓より、通りをのぞいていた。今日も人が、鍵屋の玄関先に貼り出したコレラ治療法を見ようと集まっていた。

先ほど茶を出しがてら御機嫌うかがいに来た手代《てだい》の話だと、その数は、今日まで千五、六百人に及んだという。

この貼り出しには、いわく因縁があった。江戸でよく効《き》いたコレラ治療法を水戸藩の侍で医者の息子の桜任蔵《じんぞう》が上梓したものを、水間氏という医師がさらに一法を加えて都で上梓した。それをさらに都の人々に読ませようと西郷が言い出し、看板は新七の筆で、文章自体は伊地知季靖が雅《みや》びなる文体で面白く作った。それを鍵屋の店に出したというわけである。

この年の五月に長崎で発生し、あっという間に伝染して九月には江戸でも三万人近くの死者を出した「コレラ」は、「ころりと死ぬ病い」「ころり」として、京の人たちの関心の的《まと》であり、よく効く治療法と聞いては一見せざるを得ないのであった。

申《さる》の刻（午後四時）頃、隆盛は帰って来た。

「月照和尚は、所司代より嫌疑が深かけん、奈良のつてを頼って、そこでしばらく難を避《さ》くっとの事《こつ》……」

新七たちもそれがよいと思っていた。

「有馬君は、勅書のお写しと、三条殿下の御直書をたずさえて、早々に関東に下って土佐守にわたし、越前・宇和島の両侯には、土佐守より伝えてもらうように言えと、近衛殿下はおっしゃってごわした……」

西郷の太い声の前に、また新七はかしこまる。

「まだ、ごわすと……」

西郷のことばじりも、いつになくおごそかである。

「かつ、阿波・因幡両侯の御受書《うけしょ》の事《こつ》も、詳《くわ》しゅう土佐守に言えと、近衛殿下はおっしゃってごわした……」

そのほか、西郷は、朝廷の機密に関するようなこと、主上のお考えもそれとなくわかるようなことまで近衛殿下より聞き及んで来ていた。おそれ多くて、日記にはとても書けない。

西郷のことばは、新七の中でいつしか、近衛殿下や主上のお声となり、自分のような卑賤な者にこのようなことをお命じ下さっているありがたさに、涙がにじんでしかたがなかった。

新七は仲間に約束する。

「たとい身は砕《くだ》け骨は粉《こ》になってしもても、こん使いを首尾ようつとめ終わって、我らの挙義の具体策を決めて、再び都に走り帰って来るでごわすぞ」

「有馬君が戻った時《とき》んために、俺《おい》は北野の辺りに宿を決めておこ。そこに潜《ひそ》んで事を運べばいいっちゃあ」

伊地知季靖は新七の肩をたたきながら、そう言った。

「善は急げじゃっど」の隆盛の声に合わせて、今夜の深更《しんこう》（真夜中）に出発することになった。

隆盛は、今夜の暁天（明け方）に有村兼俊とともに月照和尚を送って奈良に出立《しゅったつ》する。伊地知季靖はしばらく都に残って、都の様子を偵察することに決定した。

これ以降の近衛殿下への連絡は、阿野宰相卿を通じて行なわれることになった。もちろん、阿野宰相へは、近衛殿下より十分根まわしが出来ている由であった。

さて、決め事は決めた！

門出の酒盛りである。

酒を肴に、またいろいろ詰めてゆく。

隆盛が兼俊と何やらひそひそしていたかと思うと、大きな目を新七に向けた。

「ん、何事《なにごつ》や」

「俺らは、月照和尚を奈良へ送るが、もし途中で奸党がつかまえに来る時は、とにかく切り抜けて伏見奉行内藤豊後守の屋敷に切り入り、切り死にする覚悟じゃ。無事に、和尚を奈良に送ったならば、直《じっき》、薩摩に下り、殿様《とのさあ》に挙義をはかり、もしも今回の挙義が出来んでも、同志の士、三、四百人余りで京に駆けのぼってくるけんなあ」

新七や季靖は「オーッ」と呼応する。

さあ、飲め飲めの大騒ぎとなる。

しかし、新七は、いつもとちがい、酒を心もちひかえていたし、酔いを制する心棒が体に一本入っている気がしていた。

丑《うし》の刻（午前二時）になると、新七は人々に別れを告げた。ちょっと前、厠《かわや》に立ったと思っていた新七が、旅支度をととのえて、あの勅書の写しの入った御書箱《みふみばこ》を首にかけて出て来た時は、みな驚いた。そして、御書箱の中味を知るゆえに、全員、一度は平伏する。

新七は、面はゆそうに、ヤァーヤァーと頭を上げなさいとも言えず、しばし立っていた。

新七は駅馬に乗って都を出る。

馬上でわが決意を反芻《はんすう》してみる。

〝今度のお使いは、まことに朝廷よりの大任であり、容易な用件ではない。もし、幕府側が途中であやしんでとがめたならば、とにかく嘘を言ってその場をのがれて江戸に下り着かなければならない。しかし、どのように言いわけしても疑われた時は、おそれ多いことだがこの御書を急いで引きさいて胃の腑に落としこんだ上で、思い切り相手と戦って死ぬのだ〟

思いつつも左右に眼をくばりくばり馬を早めた。

秋の早朝ではあったが身にしむ寒さはなかった。むしろ、独《ひと》り馬上の士である自分を想うと、いたわしくいとしく思われた。
左の胸にあたたかく満ちくる血汐《ちしお》は、いつしか長歌となっていた。

さかしくも荒《あら》びなすかも　外国《とつくに》の夷狄《えみし》に諂《こ》びて　かりこもの乱れてさやぐ　東人曲《あづまびとまが》
事《こと》なして　八年《やとせ》の年も来経《きへ》行《ゆ》き　長月の長き恨も　身にしみていざ言《こと》向む　天雲の
向伏《むかぶ》す国の　物部のことたらひして　敷島の都の空を　夜をこめて出立行けば　大
空は弥清きかも　月影の光りに匂ふ　大内のみ山おろしに　吹かへす衣手寒し　鴨
川の瀬々のさゝ波　い渡りてたつきもしらに　粟田山木の間かくれに　立騒く百の
醜人　いり居りと人はいへども　掛まくも綾に畏き　大君の御稜威かゝふり　大御
こと畏み奉り　行く我をとゞむる関も　荒駒の岩根踏みさくみ　安らけくいゆきと
ほりて　平らけく又も昔に　立復る御代の栄えも　相坂や手向の山の　木の間より
近江の海に　立浪のえならぬ浦の　くまもなく思ひたらはす　大空も雲まよひ来て
時雨降る　志賀のから崎　ひとつ松阿波れ幾代の　年やへし人に有りせば　こと問
はましを旧りにし跡も　聞かましものを

物部は死ともたゝにはよもくちじ田道が跡のふむべき有るを
我身こそ露と散るともなき魂は永く朝廷辺《みかどべ》守り奉らむ

〔世の中は荒れている
外国の開国要求にへつらって
刈菰《かりこも》が風に乱れさわぐように
江戸の幕府は天皇の勅許もなく開国し
その後八年の時が流れた
この長い年月……おりしも今は長月（九月）だけど、この長期間の恨《うら》みは
わが身に滲《し》みている　さあ、ここで、私自身に覚悟をあらためてたずねてみよう
天上の雲が美しくおおうこの日本の
まことの武士が相はかって動くことにした……
この日本のしかもその都京《みやこ》を
夜深《よぶか》に旅出《たびだ》ちすれば
見あげる大空はますます青く澄みかえっている
月光に神々《こうごう》しく浮かび出る御所……
東山連峰から吹きおろす風は御所の木々を鳴らし
わが旅の衣《ころも》をも寒々《さむざむ》と吹き返している
鴨川の瀬々《せぜ》のさざ波に耳をとめ
そこを渡っていつしか粟田山
この暗き山の木がくれに

京都所司代の手配のやからが百人ほどひそんで探索に余念がないと聞く
しかし、私は恐れない
かけまくもあやにかしこき大君《おおきみ》の御命令を受け
進む私をとどめる関などありはしない
この馬の強さをもって岩根を踏みわけ
無事に江戸に到着し、目的を達し、
そのうちまた平安な神代《かみよ》のような時代の栄えに逢《あ》うと思えば
ちょうどことば通り逢坂山《おうさかやま》を通りゆく
旅の無事を祈るという手向山《たむけやま》の明神にやはり祈りをかけ関を越えゆくと
木の間《こま》より近江の湖が目に入る
風によって立つ浪《なみ》の風情ある浦々が
はしばしまで見え渡る
私の思いもあれこれと深まるのだけれど空に一むれの雲が出て来て
時雨《しぐれ》となってきた
志賀の唐崎《からさき》、一松《ひとつまつ》
ああこの松は幾代《いくよ》経てここに立っているのだろうか
もし人であったなら、問うてみたい
聞いてみたい

古《いにしえ》の事、ここに都があった頃の事……

古代物部《もののべ》と呼ばれた武士は、ただ無駄死にはしまい。田のあぜ道でさえ、前の人の歩いたあとを後の人が生かして踏んでいくではないか。

この身こそ露とはかなく死ぬことになっても、魂は、永遠に朝廷をお守りしたい。」


最後の二首は反歌である。


歌で詠んだように、大津の駅より時雨がきつくなったので、馬をあきらめ、駕籠に乗りかえる。

草津の駅にたどり着いた時、夜はようやく明けきった。

十三　安政五年九月十一日

日が昇ると時雨は消え、天気がよくなった。

草津駅から、先ほどやとった駕籠に乗って進むことにした。

石部の駅で飯にする。

石部には、馬や人夫が多く出入りし、一ぜん飯屋もいくつかあり、活気があった。

食休みに楊子を口にふくみつつ、ここまで何事もなくたどりつけたのも、朝廷のお力に、奸賊が亡びていく前兆だろうと、ありがたく思う。一方では、月照和尚や隆盛はどうなっているか、無事奈良に送りとどけられたか、ひょっとして切り合いになっていないかなど考えると、胸苦しくもなってきた。

気を入れかえて、立ちあがる。

水口の駅を経て、鈴鹿山にかかる。

早朝のしぐれのせいで一《ひと》きわ色の上がった紅葉が美しい。山ぎわの溝にすでに散った紅葉もある。

ちと早すぎる落葉かなと思ったとたん、歌が生まれた。

よしやよし散らばちるとも紅葉ばの
　大和錦の色はかはすな
〔いいよいいよ散りたいなら散って
でもね紅葉の落葉《おちば》のあの日本固有のみごとな錦の色合いを
最後まで変えないで散れよ〕

坂の下の駅を過ぎて、関の駅にて飯にした。亀山を経て庄野の駅に至る頃、日は暮れてしまった。

石薬師、四日市の駅を経て、明け方に桑名の駅に到着する。

十四　安政五年九月十二日

空はよく晴れている。

卯《う》の刻（午前六時）頃、桑名より船に乗って漕ぎ出した。

海より桑名の城がのぞまれた。

あの城主は勤王の志《こころざし》ある由を聞いていたけれど、あまりその志そのものが堅固でなかったせいか、この度、老中で我らにとっては奸賊の間部《まなべ》下総守（詮勝《あきかつ》）が都に上るよしを聞いて、それを助けるために都に人数《にんじゅ》をつかわしたとか言う。

昔から、一見、志ありそうに見えていた者も、その心たちまちにとろけくずれて、乱賊の徒となる例が多いので、ま、怪しむに足らぬ……

こんなことを考えていたが、折しも風の方向がわるく、やっと午《うま》の刻（正午）過ぎに宮の駅に着いた。熱田の社のある所である。

ここから駕籠に乗る。

鳴海、池鯉鮒《ちりふ》（知立）、岡崎の駅を経て、藤川の駅に至った時、日は暮れた。

ここで夕餉《ゆうげ》をとり、又、駕籠に乗る。

赤坂、御油《ごゆ》、吉田、二川、白須賀を経て新居の駅に寅《とら》の中刻（午前四時）にたどり着く。薩摩藩の定宿に宿《しゅく》す。

深夜も深夜、払暁《ふつぎょう》と言ってもよい時刻に着いたにかかわらず、主人が酒や肴でもてなしてくれる。

新七は、そのもてなしに気をよくし、酒を飲んでしばし寝た。

新七が目覚めた頃を見はからって、宿の主人は帳面を持ち出し、「ここにお名前を記して下され」と言った。それと言うのも、ここに関所があって、薩摩藩の人はみな姓名を記すことが常だからである。新七は、ここまで名前を変えてやって来たが、ここでは実の姓名を書いておいた。もちろん、考えあってのこと。

十五　安政五年九月十三日

実際は、新居の宿《やど》に着いた時に九月十三日になっていたのであるが、新七の日記は、仮眠であれ何であれ、朝活動を始めた時から一日が始まる。

今回の仮眠はたったの一時《いっとき》（約二時間）ほど。

宿を出ようとして空を見上げると、くもっていて、まさに雨が降ろうとしていた。

卯《う》の刻（午前六時）過ぎ、新居を船に乗って漕ぎ出でる。順風で間もなく対岸の舞沢（舞坂）の駅に着いた。ただし、大雨が降って来たので、駕籠に乗る。

路がわるくて、なかなか進まない。

浜松の駅で飯とする。

こんな状態であるが、今日はそれほど焦ってはいない。明日早くに大井川を渡ればよいと心づもりしているからである。

大井川の前に渡るは天龍川。そこを渡って、見附の駅に着く頃、日は暮れた。

雨脚がますます強くなったので、しばらく、見附駅の桝屋《ますや》で休憩を取る。

今夜は中秋の明月のはずであるのに、雨が降って、月さえ見えない。夜に向かって、雨はますますひどくなっている。

この調子で川が増水して川止めになったら困るので、予定より早めに大井川を渡ろうと思い、戌《いぬ》の下刻（午後九時）頃、駕籠で出発する。

袋井の駅を経て掛川の駅に着く頃、夜が明けた。

十六　安政五年九月十四日

あいかわらず雨が降っている。しかし、掛川の駅から馬に乗った。新坂（日坂《にっさか》）の駅で、飯にする。うまい具合にここから晴れてきた。再び馬に乗って金谷の駅よりは歩く。そして大井川を渡って、島田の駅から再び馬に乗って先を急ぐ。

藤枝、岡崎、舞子（丸子《まりこ》）の駅を経て、府中の駅の手前で日が暮れた。そこで府中の駅で夕食をとり、ここから駕籠に乗る。

今宵は月光がくまなく照らしている。興津《おきつ》坂を越える時、富士の頂上がすっかり視界に入った。何とも言えないくらい崇高で美しい。

この美しいお山に自分が去年登ったことが不思議なくらいだ。

それは、遠く仰ぎ見るだけであった朝廷辺《みかどべ》の大切な御命令を受けて、今自分がこのように動いているのと、不思議さの点ではよく似ていた。

由井（由比《ゆい》）の駅に着く頃、夜は白々と明けた。

十七　安政五年九月十五日

天気はよい。今日中に箱根山を越えたいと思っているので、心せわしく、馬に鞭打って急ぐ。

蒲原の駅で朝飯を食った。

今日は勅使が江戸表《おもて》より帰られるとのことで、荷物がおびただしく運ばれていく。幕府よりの土産品《みやげ》なのだが、朝廷の重臣たちへの賄賂の意味合いもある。あんな偽《いつわ》りで挙義が阻止されるようなことがあっては……新七はますます心がせきたてられ、駒《こま》を早め富士川を渡り、吉原の駅に至る。

ここでは、長持《ながもち》のあの長く幅もとる荷の行列が、道行く人たちを払いのけ、叱声《しっせい》すさまじく通ってゆく。

そこで、路のかたわらに馬より下りてかしこまり、とにかく勅使の行列をやりすごす。

そこから馬に鞭打ち早めたところ、馬が前足をぐらっと折ったので新七は落馬してしまった。しかし、馬も人も大丈夫だったので、再び馬に乗って急ぐ。

ほどなく原の駅に至る。

そこでは、多くの役人が立ちさわいでいる。まもなく、勅使が通られるなどと言っている。

このようだと、路はますます混んではかがゆかないと思い、馬をあきらめ、早足で駆けることにした。

沼津の駅まで走り行き、そこで昼飯を食い、今度は駕籠に乗ったが、路は渋滞し、のろのろとしか進まない。

しかたがないので、又、走ることにし、急ぎに急いだ結果、箱根の山中で勅使の一行と出会った。

これで先の渋滞《とどこおり》はなくなった。箱根三里三十町のけわしい山道を息をもつかず急ぎに急いだところ、関所に着いた時、まだ日は西に残っていた。

わが足が信じられない新七であった。

さっと関所を通って、しばしの休憩をとる。

がんばった褒美として、ちょっとばかりの酒を自らに許す。その旨きこと、旨きこと。

さあてと、立ちあがった新七は、膝頭を両手でパンパンとたたいて、駕籠を頼む。

駕籠はもちろん飛ばしている。波多（畑）という所でちょっと休み——これは、新七自身腰を伸ばしたいこともあったが、さらには駕籠かき人夫が水分を補い、汗をぬぐうためでもある。

休んだ効果は人足の足並《あしな》みに出る。

さらに先を急ぐ。

大磯の駅で夜が明けた。

海のまぎわを盆よりも大きな太陽《ひ》が昇る。

ぐんぐんという勢いがあった。赤でもなく朱でもなく、〝心の魂《たま》〟の色はあんなものじゃろかというような色であった。

また、海がいい。昇る太陽に染められ、風を受けて浪は銀色に変じ、しばし、海の色を忘れている。目を前に転じると、土手ぎわの薄《すすき》が、やわやわとゆるぎ、夕景とは異なる顔を見せていた。

十八　安政五年九月十六日

大磯で日が昇ったから十六日である。

天気は快晴。

夜も遅くならないうちに江戸に到着しようと思っていたから、駕籠をとにかく急がせる。

平塚の駅で朝食をとる。

相模川を渡ってすぐ、茅《ちがや》の原の土手から赤い鳥居の見渡せる場所で左富士を見る。大磯でそのことを耳にしたからである。

江戸を背に見る左富士は、だまし絵を見るような不思議があった。どう地形《ちぎょう》が変わったら、右に見えるはずの富士山が左に見えるのか。しかも、これは、この場所だけで、あとは、右に見えつづけるというではないか。

もっとも、江戸から京へ向かっての旅の際に確かめるべきことではある。こんな所で油を売ってはおられない。

藤沢、戸塚、保土ヶ谷、神奈川を通過し、川崎の駅で、しばらく休む。

鮫洲に着いた頃は、そろそろ午《うま》の刻（正午）頃であったろうか。順調な進み具合である。なじみの村田屋で昼食とし、酒もくらう。これは、しばしの仮眠の誘い薬の意がある。

ぐっと寝た。わざとぐっすり寝た。

日の暮れ方に起き出し、芝の薩摩邸には申《さる》の下刻（午後五時）頃に到着。

糾合方《きゅうごうがた》をつとめる同僚の堀貞通の宿舎で泊まる。同志の衆が数人集まって来て、いろいろ話をしているうちに、夜が更けた。

『都日記　上』には、これ以上のことは書かれていない。新七が旅の疲れをとりつつ、日記を読みなおし、手を入れ、九月二十日に至り、一旦そのことが終了したことを記す「識語《しきご》」

が次のようにつけられている。

此日記はしも今度事有りて、余都に参上りて路すがら有りし事ども思ひ出るにまかせ、書記せるものになむ。深く家に秘置て人にな洩しそ。朝廷を崇敬ひ畏み奉るは人の道の根元なれば子孫に至るまで此の根元の所以を露忘れなむは不忠の甚しき者ぞ。よく〳〵思ふべき事ぞとよ。

安政戊午の秋九月廿日

平の武満記す

〔此日記は今度重大なる一件があって、私が都に上ってまた戻るという道中にあった事を、思いつくままに書き記したものである。深く家に秘し置いて他人に見せてはならない。朝廷を敬いかしこみ申すことは人の道の根本だから、子孫に至るまで、この根本根元の理を決して忘れぬように。忘れる者は、朝廷にとっても私にとっても不忠のきわみだぞ。よくよくこのことをわきまえなさいよ。

安政戊午（五年）の秋九月二十日

平の武満記す〕

この識語は、直接には、ふるさとに残した嫡男幹太郎に向けたものであり、最終文末の「〜

ぞ」「〜ぞとよ」は、教訓書の文体である。「有馬新七」「有馬正義」ともせず、「平の武満」と記したところにも、上代のような王政復古を願う新七の思いが託されている。

『都日記』が旅の単なる書き付けから読みうる紀行作品となった九月二十日ごろは、新七はいまだ希望の光りの中にあった。

しかし、江戸での現実は厳しく、その厳しい情報をもって再び京へ向かわねばならなくなっていく。そして、そのことは、巻をあらため、『都日記　下』として綴られてゆく。

『都日記　下』は、有馬新七が江戸に辿りついてから二十日間ほどの回想から始まる。

十九　回想と安政五年十月十一日のこと

去月（九月）十六日、都から江戸に下った。

翌日の十七日、勅書の御写しならびに三条殿下の御書を土佐守（山内容堂《ようどう》）にさしあげ、近衛殿下より直々の御口上も詳しく申しあげた。

これが、新七に託された一大事であり、東海道を無事に下りおおせた新七の面目躍如というところであった。

これで事は大きく進むぞと希望に満ちて、新七は連日、越前国福井藩士橋本左内、三岡石五郎、長門国萩の藩士山縣半蔵、土佐の橋詰明平、そのほか、あちこちの勤王の有志と会議をもって、挙義の具体策をともに謀《はか》っていた。

水戸藩は、たまたま勃興して小金沢まで仰々しく出て来たのであるが、国元の支援がぐらついて結局むなしく帰国することになったので、今回は水戸藩を語らっても無駄だということになり、相談することはしなかった。

もちろん我らが挙義勃興したなら、水戸藩も傍観をしているわけにもいかないだろうが、あらかじめともに議することは無理な事情がいろいろあったのである。

ところが、九月二十三日の夜に、我党の同志日下部伊三次が老中の松平和泉守（松平乗全《のりやす》）の「御用召し」（出頭命令）を受けて捕縛された。

これはどういうことかと言うと、水戸藩の京都留守居役の鵜飼吉左衛門、小吉郎（幸吉）の父子が酒井若狭守（酒井忠義《ただあき》。当時、京都所司代）の手にとらわれ、去る八月に日下部が小吉郎とともに勅書をたずさえて水戸に下ったことが露見し、その流れで日下部も捕まったというわけである。なんとなげかわしいことか！

これについて、同志と話し合った。

今のように挙義の決定がずるずると遅なわって定まらないと、天下忠義の士が次々に幕府の為につかまり、へたをすると、我々の願う王政復古という正路に復《かえ》る機会をなくすぞ。

一方で、有志の諸藩といえども、何と言っても危険と背中合わせの賭けのようなものだから、容易に決挙はしないだろう。

そういう中にあって、ずるずると好機をのがすうちに、先月十八日に都に上った幕府の切り札の間部下総守のよこしまなたくらみがもしも成就して、まっすぐな御心の帝や公家衆をねじふせて、新将軍宣下をとりつけたりなんぞすると、幕府がへんに勢づいて、さらに無茶苦茶をするであろう。そうすると、正義はいよいよ破れ、我らが手を動かすことはできなくなる。

このように悶々《もんもん》としているより、十月朔日に井伊掃部頭《かもんのかみ》（井伊大老）が登城するその折をのがさず待ち伏せて、前後左右から切り入ると、彼を討ち取ることは絶対出来る。こうすると、我らの大義を天下に広く伝えられ、全国の義気を鼓舞することが出来るだろう。

しかし、現在、京都に、幕府側の間部や酒井などがいて、彼らに従う藩もあるので、井伊を暗殺したらすみやかに都に馳せのぼって、朝廷《みかど》を警護する者がなければ、おそれ多くも主上の御危難に至ることであるので、その手を十分に打たなければならない。――かの井伊や間部の奸謀の一つに、「もし事が起これば、主上をとり奉って朝廷の勅令をいただき、全国の我らごときの勤王の志士を討つ」という謀議をすでにしたと確かにこの耳に聞いたという人もある。

さて、天下義挙の先がけは薩摩藩の我々がするので、朝廷の警護は、そなたらにまかしたいと、新七は堀貞道とともに、越前や長門の同志である橋本左内や山縣半蔵などの人々に頼みこむ。

そのうち、越前侯（松平慶永《よしなが》、隠居名は春嶽）がやっと決心をされ、「自らがひそかに都に馳せのぼり、朝廷を護衛し幕府の賊奸《ぞっかん》（賊徒）を討つ」と言って下さった。

我らは、こおどりして喜んだ。――なお、越前侯のひそかな京上り等についての詳細は、この日記には省く。

越前侯の決断があったため、新七たちは、生命《いのち》とひきかえの危険きわまりない賭けである井伊大老の急襲を中止し、越前侯を背後から支える行動に移ることになった。その流れのもとに、堀貞道は、東海道を昼夜歩いて速《すみや》かに都に上り、今回の決挙の策を詳細に近衛殿下に報告する。一方で、筑前の国福岡城主黒田美濃守が、近日国元を立って江戸に下られるとのことなので、これを大坂と伏見の間でしばらくたゆたってもらうよう、近衛殿下よりおっしゃってほしい旨も頼む。――この黒田侯の滞居を合図に、全国一時に決起する策である。

貞道はこのあと、急いで薩摩に下り、藩全体の義応がうまくいかない場合は、同盟の士を催して、京へすぐ駆けのぼるという究極の策であった。

なお、ここの日記原文を示すと、

「速に我藩に下り、挙国《くにをこぞり》て義応なりがたくは同盟の士を催し、駈上るべき決策なり」とある。「挙国て義応なりがたくは同盟の士を催し、駈上るべき」は、この時点――安政五年十月十一日には決定されていた大綱である。四年後の文久二年四月二十三日、薩摩藩主の父島津久光が挙義に消極的態度を示した時、有馬新七率いる同志が京都伏見の寺田屋にこもり、「同盟の士」とともに単独で動こうとした背景に、この大綱の存在を見落としてはならない。この大綱がなければ、新七は決起出来なかったのである。逆に、この大綱の存在の故に、実行することこそ「武士の義」だと判断した時、もはや挙義することしか道はなかったはずである。

貞道は、十月十三日に江戸を発足する予定となった。

一方、新七は、同じ道だとあやしまれるので、北陸道を使ってひそかに下り、大坂の城代土屋采女正《うねめのしょう》（常陸の国、土浦城主）の公用人をつとめる大久保要《かなめ》が忠義の志《こころざし》の有る人なのでこの人に頼んでしばらく采女正が江戸へ下るのを足留めする。――この采女正という人自体、忠義の心厚い勤王の志ある人で、深く昨今の世の中を憂い、かつ、大坂城にもしもの時のために兵糧米七万石余を備蓄してあるので、それでもって都を守りぬこうという志をいだいていた。そのため、幕府はこのことをかぎつけ、あやしみ、遠ざけたいと思い、大坂に置くことをやめて近日中に江戸へ呼び戻す策に出たのである。

新七は、大坂にて采女正に頼みこんだあと、因幡の国鳥取に行って因幡守に挙義を勧める手はずである。――この因幡守も、もともと勤王の志が深い人で、この人が義旗をあげるのも、黒田美濃守の大坂伏見滞留の報が合図である。

因幡から戻ると、京都に隠れ住み、京都における幕府方の動静をうかがい、幕府の虚実を探った上で、全国に決起の号令を出す。

以上が、新七のとるべき手はずであった。そこで、かなり集めていたさまざまな分野の書籍や衣服を全て売って、金に換え、十月十一日の朝、ひそかに築地の旅館を出た。

旅館と言っても、はたごではない。築地本願寺の近くにある美濃の国加納の城主永井肥前守の儒臣長戸槇太郎の私塾を宿としていたのである。同じ薩摩の久保田好学などもここに下宿していた。そこで、塾生の一人がふらりと「近国を遊歴する」といった体《てい》でここを立ち出《い》でたのである。

築地を出て、新七は芝の薩摩藩邸に行き、同志たちと最後の打ち合わせをする。いざ決起となると、生命《いのち》を失う覚悟であったので、再対面も期《ご》しがたい。

互いに永訣《えいけつ》（生きての別れ）を告げあい、日暮れ頃にここを立ち出《い》でる。

二度とまみえることのない同志たちの顔は、すべてすがすがしかった。そして、自分もこの時のために生まれ生きてきたのだという熱い血潮に満たされていた。

夕暮れの江戸の町が急になつかしい色合いをもって感じられた。その足で向島東橋の向かい側にある越前侯の下屋敷、その中の三岡石五郎の宿舎に至る。

なぜここに立ち寄ったかと言うと、新七は今回の京上りを水戸藩士の桜任蔵とともに実行する約束となっており、その桜が今夜酉《とり》の刻（午後六時）にここに来るということになっていたからである。

新七が着くと、すでに桜は到着しており、三岡とともに迎えてくれた。三人で再会を喜び、酒宴となる。三岡がうまい酒の肴をいろいろ用意してくれており、話にも花が咲く。

「今度こそ奸賊の首を見ようぞ」

などと互いに語り合うのも、まことに勇ましい。

夜がかなり更けてから、旅装束に変える。

新七は、今度は「毛利平右衛門」と名前を変えた。桜任蔵の方も、「端山仙蔵」と名前を変え、新七の家来風に姿を改め、丑《うし》の刻（午前二時）頃、三岡の所を出立《しゅったつ》した。新七一行の下僕《げぼく》として、良蔵という者をやとった。良蔵は伊勢の国の生まれで、そのなまりがある。良蔵には、まず、鎗を持たせておく。

この鎗は、西郷隆盛が江戸藩邸に残し置いたものであった。もちろん、西郷からついでに取って来てくれと依頼されたものである。下僕に鎗を持たせたのは、諸所の関所を通る時、いかにもの姿となり都合がよいからである。


今宵は、月がとてもきれいだ。

新七の内なることばが歌になる。

雲霧も遂に治まる御代なれや
　月も隈なき武蔵野の原
〔今、時代を覆う暗い雲や霧もついに消えて治まれる天皇の御代《みよ》となるのであるなあ。この澄んで美しい月が暗いところもなく照らす江戸の町のように〕

両国橋のあたりでは、

隅田川すみにし御代に復さむと
　たち出る旅の勇ましきかな
〔隅田川の水のように、澄みきった天皇の御代に復《かえ》そうと、今出発する私たちの旅の勇ましさよ〕

などと詠みつつ、内藤新宿に至る。

　駅の役人たちがぐっすり寝こんでいるのを起こし、

「先触れを手配して至急に人馬を出してくだされ」

と言うと、役人たちは、

「急には手配できない。夜の明けるまでお待ち下され。しばしの間の宿を借りてさしあげましょう」

と言い、一人の役人が案内して山本屋に連れて行く。

　内藤新宿は、東海道とちがって、駕籠をかく人夫も馬も少ないので、先触れ（予約）は、前日に出しておかないと急に言っても調達できないということが、わかった。

　桜任蔵はとりこし苦労をしている。

　というのは、桜は、先般、藤森恭介が幕府方に捕われた時、同じく捕われようとしたのをかろうじて逃げのがれ、向島東橋の福井藩士三岡石五郎の所に隠れ住んでいたのを、本日このように出て来たのを先方が気づき、探索のためにここに止めているのではと、かんぐり、かつ心配していた。

たとえ探索のためであっても、そう簡単にはつかまえまい。ここであわてて逃げ出したりしては、かえって疑いを受ける種をまくことになると新七は思ったので、逆の手に出た。

つまりは、主人に酒肴《さけさかな》をととのえさせ、互いに浮世話に花を咲かせ、大いに笑い楽しんだ。

そのうち、夜も快々と明けたのである。

二十　安政五年十月十二日

天気はよく晴れている。

辰《たつ》の刻（午前八時）頃に、手配していた駅馬がやっと来たので、桜を馬に乗せる。桜は、徒歩《かち》あるきに慣れていないからである。新七自身は、下僕良蔵をお伴に連れて歩くことにした。

高井戸の駅で、朝食をくう。ここから、桜も歩くことにした。

この当時、幕府方が諸所に与力や同心を派遣し、商人《あきんど》や乞食《こつじき》の体《てい》に変装して旅人を探索し、怪しい人をとどめて僉議《せんぎ》することがきわめて厳しかった。

新七らも怪しいと思われているのか、所々で問い尋ねられたり、あるいは、跡をつけられたりする。うるさくてたまらぬ。

桜が声をひそめて、
「ここにいるのは、かの御家人らで、いわゆる隠密《おんみつ》にちがいない。用心しろよ」
とささやく。桜は、二十年以上江戸に住んでいたから、このような人の顔もよく知っていたのである。

新七は、わざと何気ないそぶりを見せている。こちらまで、きょときょとどきどきしていては、かえっておかしい。

布田《ふだ》（現在の調布市）の駅で、休憩をとる。本来は、八王子の駅まで至る予定であったが、あちこちで手間どり、府中の駅の玉ノ井屋で宿ることにする。

玉ノ井屋は新七の懇意な宿であった。ここで雨具や提灯《ちょうちん》など旅の必需品を買い求めた。例の隠密たちがこの宿までつけて来て、主人にあれこれ尋ねていた模様だが、主人は新七をよく知っている者だから、うまく答えてくれて、それで何事もなく引きとって行く。

玉ノ井屋主人をよく識っているというのは、ここの六社権現の神主猿渡近江、その子豊後との縁である。この父子はとても忠義に厚き人たちで、もちろん新七の親友の一人で、かつ、水戸前中納言斉昭卿の所にも度々参上したような人物である。富士登山の帰りもそうであったが、新七は度々猿渡父子の許《もと》を訪ねていた。その時、玉ノ井の主人とも逢ったし、かつ、一宿したこともあった。それで、つうかあの仲となっていたのである。

今回も六社権現の猿渡父子を訪ね、それとなくいとまごいをしようかと思ったけれど、この父子が水戸藩にゆかりが深い人なので、今回の挙義の一件がかえって洩れやすいと考え、訪ねることを断念した。心が通じあっていた人だけに、新七には心残りであった。

二十一　安政五年十月十三日

天気よし。夜はまだ明けていないが、宿を立つ。

駒木野の関所も無事通過。

小仏峠で飯にする。

木《き》の子汁《こじる》がうまかった。

相模の湖が木々の緑とはちがう青さで照り返し、その向こう二、三列の山並がつみかさなって空に接するところに、ま白き富士の頂《いただき》が、ちょこんと載っていた。

桜は、反対側を見て、「八王子がよく見える、あちらが内藤新宿だ」といざなったが、「そちらは、もう見《み》ちょる」と軽くいなして、新七は、富士をずっと眼に留めていた。

頭の中では、三岡石五郎のことばを思い出していた。

「先般、越前の藩士の一人が江戸に下る際、道中、間者《かんじゃ》にずうっとつけられ、やっとの思いで下ったそうじゃが、箱根より東は別にどうちゅうこともなかったらしい。水戸の藩士の場合も、やはりそうやったらしい。じゃから、とにかく関所を越えて、西へ向かうほど用心が必要じゃ」

丹田に十分気を落とし、すっくと背筋をのばし、視界を遠くに放って、新七は歩み出す。

上野の原の関所の手前にある川辺の茶店でしばし休む。心に余裕を与えるためである。

この川を、新七は、

「酒匂川の上流にて玉川と云ふとぞ」

と記している。「とぞ」の語より、伝聞による知識と分かるが、おそらく相手は、相模川のつもりで言ったのを、新七は、去年八月の富士登山の際、酒匂川《さかわ》をかなり上流まで行って渡った経験があるので、これと結びつけてしまったらしい。

あるいは、「境川」と土地の人より聞いた時、「サカイガワ」ではなく「サカワガワ」と聞きなし、去年の体験より「酒匂川」と解した。

「此は武蔵と甲斐の国との境にて鮎の名所なりとぞ」

にも、伝聞とは言え、多少の誤解がひそんでいる。境川は、確かに、相模の国と甲斐の国の境にそって南下し、のち相模湖へとつづく大きな相模川のよどみに注いでいる。古来「あゆ川」と呼ばれた相模川であるし、境川もその上流の一つとみなすことも可能である。すると、ここの部分だけなら、「武蔵」が誤りとなる。

現代の私たちの旅の記憶でも、この程度の勘ちがいは生じやすい。デジタルカメラで記録した写真でも、地名表示や史跡表示がないと、どちらがどちらであったか迷うこともある。新七を責めるわけにはいかない。

ここで、はっきりしていることは、「鮎の名所なりとぞ」と伝聞でおわっており、ここで、新七たちは鮎を賞味しなかったことである。

このの ち関所を通り、上野の原の駅に至る。
今夜の宿は、立花屋である。

二十二　安政五年十月十四日

空が澄みわたっている。

未明に宿を出る。鶴川・野田尻の駅を通って、大月の駅から、桜は馬に乗った。

鳥沢の駅を経て、猿橋の駅に至る。

この橋というのは、昔、猿王の架け初めた伝説によって、猿橋と名づけたとのことである。その謂《いわ》れを刻んだ石碑が橋の側に立っている。橋と言っても、きわめてあぶなっかしい橋であった。

ここの茶屋からの展望がいつもすばらしいので、上からのぞいたりしてしばし休んでいると、大月の駅で馬を頼むためしばし時間を使っていた桜が追いついて来た。

ここより、皆で徒歩《かち》歩きとなる。

新七は、この日記で、歩き慣れない桜任蔵の足を気づかい、馬だの駕籠だの手配しているが、実は新七自身、京より江戸に下りついた先月（九月）十八日には、無理をして歩き貫《とお》したせいで、「石あて」という病状が生じていた。足の裏がはれて痛み、その夜は、うずいて

うずいて一睡もすることができなかった。

宿所にしていた築地の長戸槙太郎の主宰する私塾に、たまたま筑前の医者で帆足浪平という者がいたので、彼に頼み、足の裏の病所《びょうしょ》（患部）を切り破ってもらう。まずは焼酎で消毒し、煮沸した小刀で十文字に切り開く。

ぬるぬると、青赤いみみずのごとき膿《うみ》が出てきた。よくも、こんな所にこんな多くの膿がたまっていたものである。

「二、三日は部屋に居《お》って、足を高《たか》かして、安静たい」

医者たる帆足はそう言ったが、水戸藩の鮎澤伊太夫から、築地の鰻店に来てくれとの連絡が入ったので、

「しょうなか。杖にすがってでん、行かねばならんと」

「だっけん、足に毒じゃ」

「鰻で毒消せばよかが」

という会話を経て、その日も会合に出かけ、次の日も次の日も談合に出かけていたので、なかなか傷がふさがらなかったのは事実である。

帆足が、歩きやすいようにと、軟膏《なんこう》をたっぷりぬりこみ、綿を入れた油紙を上手にあてこみ、さらし木綿の細きれでぐるぐる巻いてくれていたから、この程度ですんだものの、寝る前、血膿のついた油紙をはがすのが、痛《いた》気持ちよい苦業となっていた。朝は、出かける前に、帆足が手当てをしてくれたので、おかげで一月近く経つ今は、やっと傷口はふさがっている。

しかし、例の綿入れ油紙のとりかえは、今もしている。帆足が、せめてもの餞別にと、三十日分の塗り薬と油紙を用意してくれていたのである。おかげで、今日もつつがなく歩けている。

駒橋の手前から、郡内の城――岩殿山城が見えた。昔、武田信玄の家臣小山田備中守（小山田信茂）が居た城の跡である。この城は、四方が険しく切り立った天然の岩を利用して出来ており、要害が万全の城である。

新七は、他藩の城を見るたびに、伊集院の城山のなだらかさを思う。たしかに、南西には、神之川の切り立った崖があるものの、要害というには、ほど遠い。市来《いちき》の港から神之川を伝って上って来たところにある小高い山を城にしたというにすぎないたたずまいである。だからこそ、どうせならもっと広々とした場所――鹿児島に平城を築いたのである。

薩摩人は、要害を好《す》かんのかもしれない。

「負けたらしかたなか。城をば開け渡し申《もん》そ」

その潔《いさぎよ》さが、かえって薩摩武士の真情なのであろうか。

新七は、甲斐の国の山城をながめ、薩摩国人は、甲斐の国には合わないと思う。それは、甲斐の国人が薩摩に入っても同じことだと思う。だから、一つ一つの国――藩のあり方は、今のままでよいと思う。一つに統《す》べることが、徳川氏ではなく、朝廷であることが、新七の願いである。

大月、下花崎（下花咲）の駅を経て、上花崎の駅に、未《ひつじ》の刻（午後二時）頃至り、和泉屋に宿す。桜は体調がわるいらしく、薬を飲んでいた。

二十三　安政五年十月十五日

今日も快晴。

卯《う》の刻（午前六時）頃、宿を出る。

桜は、体調がすぐれずということで、駕籠に乗った。

桜は表向きは、新七の家来として旅することになっていたのだから、家来が主人をさしおいて駕籠に乗るなどというのはない話であるが、体調がわるいのなら、いたしかたのないことと、新七は日記において一切非難めいたことばを載せない。また、自らの足のことも一切載せない。足の怪我のことを載せた日記断簡はあるが、「都日記」と題した清書には、それを反映させなかったくらいである。

新七にいまだ足の痛みがあったとしても、それを精神力でおさえこむ唯一の手立てが、通りゆく国々の景をながめ、古城を賞《め》で、そこに住した名武将を賞でることであった。

黒野田《くろぬた》の駅より駒飼の駅までの間に、二里ばかりのけわしい坂があった。笹子峠という。

ここは、甲府と郡内との境だということであった。ここを越えて、鶴瀬の駅に至って、飯にした。

鶴瀬の茶店より天目山《てんもくざん》がよく見えた。織田信長、徳川家康連合軍に攻められ、武田勝頼が最後の合戦をした山である。自らの土地を理不尽に他に奪われて、あそこで自刃した……運命はかくも非情であるのか。

紅葉の染め出した山は、あくまで明るく陽に照らされていた。

新七は、伊集院の坂木の叔父が持っていた『甲陽軍鑑』を思い出す。いや、版本の本篇巻二十の終わり頃に記されたその条《くだり》を読んだのは成長したのちのことであるが、少年の頃、叔父の話してくれた話が今も耳に留まっていた。

「人の忠義なんどというもんは、最後にならんと、まこち、わからんものじゃっど」

「へぇ、そげんなもんか」

「勝頼公の御家来衆に、小宮山内膳《こみやまないぜん》ちゅう人がおじゃったがの、お父様《とつぁま》は、信玄公の時代に遠州二俣《ふたまた》の城攻めの時《とっ》、鉄炮にあたってうっ死にやった。その息子じゃっが、小宮山内膳は」

「うん」

「父御《ててご》に劣らん武士じゃったが、長坂長閑、跡部大炊助、秋山摂津守ら三人の出頭衆《しゅっとうしゅう》と仲がわるうて、ほいで、勝頼公はこの内膳をお憎みやったんじゃっと」

「うん」

「ことばもかけてくんなさらんとよ」

「つらかなぁ」

「じゃっど……どげんか、つらかっつろうなぁ。その内膳、明日《あす》とて城が落つる三月十日に、天目山の陣にやって来て、『もの申《も》う』と言うた。案内を乞《こ》うたのじゃ」

「うん」

「内膳はの、土屋宗蔵殿に向かってはおったが、ずっとずっと奥に居らるっ勝頼公に聞こゆるように、自分は殿のお目を当てられたこともござらんし、かたじけない事もなにもなかったけど、三代相恩の殿を、ここで見捨て申しては、武士の義理にそむくから、ここに参ったと言うたんじゃ」

「うん」

「武士の義理、これをしっか覚えとけよ」

「はい」

「そいだらの、土屋宗蔵とか秋山紀守《きのかみ》とか、皆《みいな》涙ながしておじゃったたっち。そればかりではなか、内膳の心がけをみんな賞《ほ》めたんじゃ」

「よかったな。やっとわかってくれたんじゃ、みんな」

「そうよ。長坂長閑とか跡部大炊助とか秋山摂津守とか例のいじ悪をしおった三人の出頭衆は、すでに逃げ失《う》せておったし、一番内膳にいじ悪しおった小山田彦三郎――こやつは殿の大のお気に入りじゃったが、これもはや逃げておらんやったぞ」

「ふぅん」

「勝頼公は翌三月十一日に、三十七歳で自刃された。御曹子《おんぞうし》信勝公十六歳。土屋宗蔵なんてのも二十七歳」

「二十七歳！　年寄りと思うてた」

「……御供《おとも》の侍四十四人のうち、一《ひとつ》、小宮山内膳　っち、ちゃんと記録に入っておじゃった」

「死にに来たみたいじゃの」

「結果から見れば、死にに来たようなもんじゃっち、天目山へ来たのは、武士の義理を全《まっと》うするためぞ。ここを、よう分別せにゃいかんぞ」

新七は、この条《くだり》をなつかしく思い出し、その日記には、

当時忠勇無双《ならびなく》して最も称すべきは小宮山内膳にぞ有りける

と簡潔に記している。

つづいて、

杵淵重光《きねぶちしげみつ》が筑摩川にて、主の敵を討取り戦死せしと同じさまにて勇々しかりける壮士なり　君に奉仕の志しは誰もかくこそ有らま欲し

と、記している。

　小宮山内膳が同じだとして高く評価される、その基準たる杵淵重光の話も、坂木の叔父が語ってくれたのが最初であった。のちにその話が『源平盛衰記』巻二十七にある話だとわかったが、新七にあっては、やはり叔父の語りの中での印象深い物語であった。

　坂木の屋敷は、神之川《かんのかわ》を借景にとり入れている。

　庭に蚊やり火をたき、郷士の子弟たちが十人ほど叔父を取り巻いて話を聞く。

　螢が、城山の細い下《くだ》り道《みち》大内山の古池からすっとこちらに飛んで来ては、戻っていく。

「これは、こん薩摩からずっと遠《とお》か信濃の国の物語じゃっど。木曽義仲との軍《いくさ》に、富部《とべの》三郎家俊《いえとし》という人がおじゃった。その郎等に、杵淵《きねぶちの》小源太《こげんだ》重光という人がおった。なんかあったかして、主人富部の殿様《とのさあ》に勘当をこうぶって、ま、浪人し方《かた》じゃ。じゃっどん、今回、殿さあが、城《じょうの》太郎様《さあ》の御命令で越後へ向こうたと聞いたから、ここで手柄《てがら》ば立てて殿さあの許しを得ようと思っち、ひそかに筑摩川に行ったわけじゃ。遠かど……」

「都ぐらいか」

「うんにゃ。その倍《ばい》は遠か……」

「へぇえ……」

「筑摩川とはの、えろう大きく長《なが》か川じゃ」

「神之川みたいか」

「こげんより、もっと広かし、長か。九州には無《な》かぐらい大きか河じゃ」

「ふぅん」

子どもたちの鼻が鳴る。

「着いてみたれば、その横田川原ちゅう所《とこ》で、殿さあは、早《はや》うっ死なした。それを知らんけん、杵淵は、あちこち探しても殿さあがござらんけん、そこにおらした坊様《ぼおさま》に聞いた。そしたら、西七郎《にしの》殿《どん》に首を討たれたげな。そいで、今度は、西七郎殿の探し方《かた》よ」

「敵討《かたき》ちじゃっネ」

新七の問いに、叔父はやさしい目でうなずいた。

「西の方《ほう》は戦いの末に富部の殿さあを打っちょるけん、もう疲れて本《ほ》がなか。とても、新手《あらて》の杵淵の相手などしちょおれんと、逃ぐること逃ぐっこと！」

子どもたちの目がキラリキラリ、叔父を見つめる。

「一段、二段、三段、逃ぐればぁ〜〜〜」

「うふふ」と子どもたちは笑う。

「四段、五段、いや、六段、七段。この七段にて追いつめて」

叔父は、急にことばを切ると、わが首根《くびね》っこの蚊をピシャリとたたいた。

思わず、子どもたちは身ぶるいをする。

一番小さい子は小便をもらしそうな面持《おもも》ちである。

「……杵淵は、ずっでいどうと馬より組み落とす。もともと杵淵は、剛《ごう》の者じゃ。西七郎を取っつめて首を掻《か》く。そして、敵の鞍にくくりつけられたわが殿様《とんさぁ》のお首をおしいただき、二つを並べて言うことが哀《かな》しか」

螢がまた数匹、神之川を越えていく。

「俺《おい》は何《なん》もあやまってはおらせんけれど、人の讒言《ざんげん》——悪口《わるくっ》によって御勘当を受け、ついにそれを解いてもらわんじゃった。かと言うて、新しか主人を見つけて『新参者《しんざんもの》、新参者』と扱われるのがいやで、ずっと浪人しておった。

今度の戦《いく》さを聞き及び、かけつけてござるが、ちとばっか遅すぎて、はや御他界あそばされた。今わのお役には立てんじゃったが、憎き敵の首は切り申《も》した。これで安らかに冥途の旅に出てくだされ。

そう言うて、敵に向かって、これから主のお供をするぞと名乗って、殿様の首は胸ふところにしっか抱いて、駆け出て、数十人はやっつけたどん、ついに、首をとられた……こん様《あり》子《さま》を見て敵も味方も賞めたんじゃっと。敵の総大将木曽義仲も、

『あはれ剛《がう》の奴《やつ》哉、弓矢取身《ゆみやとるみ》は加様《かよう》の者をこそ召仕《めしつか》ふべけれ』

ちゅうて、賞めてござらっしゃったげな」

新七は、この時、細かい筋立ては理解できていなかったが、叔父がいたくこの杵淵に心入れをしていることはわかった。叔父の目に、螢と同じ光りを見たからである。

今なら、杵淵の忠義の堅固さがはんぱなくわかる。あの世に行かねば、わかりあえない忠義の心の真実《まこと》。その真実を求めて彼岸《ひがん》に至る。

神之川とあちとこちとを飛びかっていた螢の光りのようだ。

勝沼、栗原、石和の駅を経て甲府の一歩手前の酒折宮《さかおりのみや》に至る。ここは、日本武尊《やまとたけるのみこと》が東夷を平らげて常陸の国を経て甲斐の国に至り、ここにしばらく坐《ま》しました跡ということである。

新七は、この社に詣でた。

枝ぶりのよい松に彩られた質実な社であった。

この日本武尊が、はじめて伊勢神宮に詣でられた時、倭姫命《やまとひめのみこと》が神剣を授けながら、

「慎之莫怠《つつしみてなおこたりそ》」

〔心身ともに慎しみを専らにし、気をゆるませてはならぬ〕とお誡《いさ》めになったのは、まことに貴いお教えであった。

全ての事は、みなこの怠惰より事はし損んじてくるもので、古今の成敗治乱《せいばいちらん》の歴史をふり返るに、この〃なまける〃と〃つつしむ〃の結果が出たとしか言いようがない。まして、天下国家の大事を志す者は、なおさら自己をつつしまなければ、功業《いさおし》を仕とげることは出来ない。わずかな怠惰、油断、気のゆるみから大事をあやまる例が多いので、よくよく自らをつつしみ謙虚に努めなければならない事だ。

こんなことを、社を出てから考えつつ、甲府の駅にある、まさに、その名も甲府屋に宿る。

このあたりは、織物の名産地である。ずっと前、栗田宮の社人にこんなことを聞いたことがある。

「甲府に、から糸織りという織物がある。からむしという草から苦労して取った繊維を布に織るのであるが、これを衣服に裁《た》つと、丈夫で長持ちする」

新七は、今後、事によっては、宿屋ではなく、野に伏し山に宿るようなことがつづくかもしれないので、そのから糸織りを羽織《はおり》に仕立てればよいと考えた。宿の主人に相談すると、うまい具合にから糸織りの単物《たんもの》が帳場に用意されており、翌朝までに縫子《ぬいこ》に縫いあげてもらうことになった。

からむしは、湿地に育つ草なので、湿気にも強いし、皺にもなりにくいということだ。旅の上衣《うわぎ》としては最高である。

仕上がりを楽しみにしつつ、新七は、甲府の地形に思いを馳せる。

甲府の地形は四方に山が連なって、内《なか》が平地である。これ自体、四方を要害に囲まれた城下である。それだけではない。もともとこの盆地が豊穣の大地なのだ。かの武田信玄がこの地を治めた時、農政に心を注ぎ、年貢は、収穫のたった十分の一であったと聞く。それで、今に至るまで、農民たちは、信玄を信玄公と慕いつづけている。

宿の主人に聞くと、年貢は収穫の十分の一というのは、今も信玄公当時と同じだそうだ。それには、「甲斐の国は国土が広く住民の気質も質実強悍な上、信玄公が民心をすでにつかんでいた歴史があるので、十分一税という制度を改めては、かえって甲斐の国がおさまるまい」という、家康卿の卓越したはからいがあったとのこと。

信玄は、軍略にすぐれていただけではなく、地の利をうまく生かし民を慈《いつく》しみ民心を得たから、無道残忍の挙動が多かったにかかわらず、彼が生きていた間は敵国がその隙《すき》をうかがっても、結局、甲斐の国を侵略することはできなかった。その結果、信玄は、威を隣国にまで振るうことが出来た。

新七は、わが結論に我とうなずく。

古今の歴史において、一時でも威名を世に振るった勇将智将は、みんな民事（民政）に十分心を用いていた。これこそ国を保つ基本である。だから太古より、民を「おほみ宝」（大《おお》御宝《みたから》）と称し、朝廷の御政事《おんまつりごと》にも民事をことさら重くなさってきた。本当にもっともなことである。

これは、新七の信念であり、実践倫理であった。のちの万延元年（一八六〇）から二年間、薩摩の伊集院郷の一村である石谷《いしだに》において町田氏の懇望によって新七が行なった治政は、まさにこの実践であった。言動の悪《あ》しき若者に対する罰として、石畳《いしだたみ》の道を普請させたのも、ただの戒《いまし》めでは、人は直らない。いつかは他人に役に立つ重い労働をさせることによって、苦しみが内なる心の喜びに変化する方法を導入したのである。

その石畳が現在も一部保存されているが、その土地の名産である石を切り出し、ぬかるみ道を歩きやすくする、牛馬のひく荷車がめりこまないようにするなどというのは、まさに地の利を生かした民事（民政）である。

二十四　安政五年十月十六日

天気快晴。卯《う》の刻（午前六時）頃、宿を出る。桜は駕籠に乗る。韮崎《にらざき》の駅を経て台ヶ原の駅までの間は四里八丁。ここは川（釜無川）に沿《そ》っての道であり、小石が多く歩きにくい。新七は、先月痛めた箇所に小石の先端が当たる時など、思わず口をゆがめるほどの疼痛《とうつう》を覚えた。

この川があふれた時には、原野を通りぬける道がほかにあるとのことであるが、そこを通ってかえって手間どるのもしゃくなので、このまま進み行く。

教来石《きょうらいし》の駅で飯を食い、蔦木の駅に至る。ここの紀国屋《きのくにや》を宿とする。

今日は、今までつけて来た隠密の姿も見えなくなった。あきらめたものと思われる。

二十五　安政五年十月十七日

今日もよい天気。

寅《とら》の刻（午前四時）頃、宿を出発する。今日は、桜は馬に乗っている。ここから諏訪の駅までは、途中休憩する宿さえなさそうである。

下諏訪の駅で、諏訪湖でとれた鰻を料理する飯店で休憩をとる。もちろん、鰻飯《うなめし》を食う。鰻の効果がすぐ出たものか、桜は、歩くと言い出した。

そこで三人、歩きで、塩尻峠を越える。

あたりを見回すと、ところどころに雪が見えた。

そう言えば、寒気が半端なく身にしみる。

塩尻峠より富士山が諏訪湖の向こうはるかに見え、たとえようもなく絶景である。

しばらく、ここで休む。

今日がこの富士を見る最後だろう。二度と見ることはかなわないだろうと思うと、新七の胸は切なく、同時に、熱くなった。想いは、歌となった。

あかずだに見てこそ行かめ富士の山
　今日をかぎりの名残と思へば
〔ずっと見つづけて行こう富士の山を。今日が最後でもう見られないと思うから〕

峠を下って、洗馬《せば》の駅に至って、薩摩屋に宿す。

二十六　安政五年十月十八日

天気よく晴れる。卯《う》の刻（午前六時）ごろ宿を出る。薮原の駅で飯を食う。ここから桜は馬に乗る。

この駅に至る前に福島の関所を抜けているが、木曽福島の関所は高台にあり、下を川が流れていた。民屋はその川の両岸に軒を並べている。川へ向かって、涼み台を設けている風情は、夏ならば京の伏見を思い出させるようであった。

ここは、風情だけではなく、人の気性もすこぶる義に富んでいる。井伊直弼や間部下総守らの暴政を深くいきどおっている様子である。もし何かきっかけがあれば、義旗をもあげようという勢いである。桜は、これに気をよくして、ここに一泊して、井伊や間部のさらに強悪なことを語り聞かせようと言ったが、新七は、反対した。

「これは大事の前の小事である。この地の人々がいやしくもまことの志《こころざし》があるなら、我らが義旗をあげたと聞いたら、彼らも絶対動き出す。今、あらかじめこの挙義の一件を打ちあけると、我らが幕府より疑われているという事実があるから、かえってここで捕縛される可能性がないとも言えない」

このようなことを言うと、桜も「そうだな」と承知した。

新七は、ここから馬に乗る。馬引きと少々話したかったからである。馬子《まご》は、耳が早いし、広い。

「こん前の九月に、間部下総守さまが都に上《のぼ》んなさる時、この辺をお通りございやしたが、それはそれは厳しいご警護でございやして……自身のお駕籠には別人が乗《の》んなって、本人は供人《ともびと》にまぎれてのう。ある時は、こん宿に泊まるだみていに見せて、自身は真夜中、かたわらの山路《やまみち》を越えなさったりやらござったげだなぁ」

このような話は江戸で聞きもしたが、まさに、その地の馬子が見聞きしたこととして語るので、真実だと知れた。

木曽のかけ橋を通った時、紅葉が橋一面に散りつもっていた。

はるか下の木曽川をのぞくために下に目を落とすと、その紅葉のたまりを、やさしく馬が踏みしめていた。蹴散《けち》らすのではなく、やんわりと踏ませてもらうといった体《てい》のその蹄《ひづめ》に、新七は、この馬の乗せた人をも橋をも大切にしようとする限りない心くばりを感じた。

温かい思いは歌を呼びこむ。

乗る駒《こま》のつめに紅葉は踏み分けて
　木曽のかけ橋渡り行くかも

山の紅葉には、嵐に吹かれて、そのまま谷底に至り、透きとおる水に浮かぶものもある。また、このように、天中のかけ橋に落ちとどまり、落ちとどまり、友は友を呼んで、ここに、人が思いもせぬ錦の道を造るものもある。自然の、この巧《たく》まざる巧み、新七は、すごいなあとまいってしまった。心が動くと、歌も動く。

吹おろす峯の嵐に散り積みて
　錦渡せる木曽のかけ橋

かくして、上松《あげまつ》の駅に着いた。
近江屋に宿す。

二十七　安政五年十月十九日

天気良し。寅《とら》の刻（午前四時）頃、上松の宿を立ち出る。今日は全員歩きである。このあたりは以前山林がよく茂っていたが、今は木立《こだ》ちがまばらになっているところが多い。新七が旧年、ここを通ったのは天保辰《たつ》の年――天保十五年（一八四四。十二月二日に改元されて弘化元年）であるから、もう十五年も前のことである。その時と比べると、山々の景色が手入れのわるい状態にかわったり、逆に家々が立派になっている。これは、住む人の気質が奢侈《しゃし》風流に流れていったからである。

どんどん便利な物が生まれ、時も移りかわり、こんな山奥まで自然に江戸・大坂の町のような贅沢な風俗に流れゆくのだなと、考えさせられてしまう。

桜は、東国生まれで、江戸より西へは初めて来たから、「へええ、こんな山奥でもことばがみやびで顔形《かおかたち》も田舎じみていないないなあ」と言って、感心している。

須原の駅から桜は馬に乗った。

野尻の駅に着いてから食事をとった。

馬籠《まごめ》の駅から落合の駅までは、けわしい坂道である。

空が曇って今にも雨が降りそうだったから、急いで落合の駅に至り、柏木屋に宿をとった。桜と下僕の良蔵は馬に乗ったために――つまり馬の手配を待つ間にてまどり、到着がおくれ、雨にあってしまった。

夜になって雨はさらに勢いをまし、雷まで鳴り出した。これだと明日は駕籠にすると決断し、その旨を駅所の役人に伝達しておいた。

二十八　安政五年十月二十日

大雨である。

新七と桜とは駕籠に乗っている。

宿を出発したのは寅《とら》の刻（午前四時）過ぎ。

このあたりは、「木曽の十三峠」と言って路《みち》はきわめてけわしい。

大井の駅で飯にした。

ようやく雨も晴れてきたので、新七は歩くことにした。

細久手《ほそくて》の駅につくと、大和屋に宿《しゅく》す。

二十九　安政五年十月二十一日

天気がよく晴れている。

卯《う》の刻（午前六時）頃、宿を出発する。桜は馬である。この辺は飯屋がほとんどなく、休憩する所もないので、宇沼（鵜沼《うぬま》）の駅まで何も食わずに進む。宇沼の駅では糸屋に宿《やど》る。主人が酒肴をけっこうに饗応《きょうおう》してくれた。

新七が家僕《かぼく》二人を召し連れているのを見て、きっと大金を払ってくれると見込んだのである。主人の期待を完全に裏切るにしのびないので、謝礼のために金子《きんす》を少しとらせておいた。

三十　安政五年十月二十二日

よい天気である。

卯《う》の刻（午前六時）、宿を立つ。全員歩きである。

加納の城下まで四里八町ということだが、道がとても遠く感ぜられた。加納から桜は馬に乗った。

かゝと（「かがと」で「河《か》ガ渡《と》」、「河渡《ごうど》」のことと思われる）の駅で飯を食う。

道中、旅人と世間話をする機会があった。

「彦根領は旅人の改めがとても厳重じゃ。浪人風体の者には一夜といえど、宿を貸さない。たとえ彦根領内の者でも、京に参る際は、その筋《すじ》のお役人に、これこれの理由があって、これこれの日に参って、これこれの日に帰るなどと詳しい状を申し出ねばならぬ。もし帰りの予定がずれたり、申し出状とちょっとでもちがうことがあると、厳しく僉議《せんぎ》される」

などと言う。

ちょっとやりすぎではないだろうか。

垂井《たるい》の駅に至り、美濃屋に宿る。

主人に酒肴を用意させ、桜とゆっくり飲むことにした。

桜は、酒は旨そうに飲むが、何かせわしない。

「有馬君、彦根領内はそういうわけだから、この領内を抜けるのは難事《なんごと》だろうから、昼も夜も歩きづめにして草津の駅に一刻でも早く着こうぜ」

新七は少しほほえむと、又、口元に悠然と盃を運ぶ。

「そんなことをすると、かえって悪《わる》うごとなかか。おれ達がここから昼夜となく急ぎに急いで、あわただしい体《てい》で通ったとしたらば、かえって、やつらの疑いを受《う》くっとではなかか。ただ何気《なにげ》ない体《てい》で何事《なんごつ》にもゆるやかな体《てい》を見せっし、わざと彦根の領内に宿を取《と》んのが良《よ》か。たとえ、旅人を検問するのがきびしいと言うても、藩士の通るのを無体に手をかけて捕《と》らえるべきわけはなかと。じゃっけん、何《なん》も心配いらん。関ヶ原の古戦場の跡《あと》など、明日見物して行《い》こや」

新七の誘いに、桜は従った。

三十一　安政五年十月二十三日

ことさらの上天気である。昨夜、桜に話したようなわけで、今朝はわざと遅く起きて、辰《たつ》の下刻（午前九時）頃宿を出る。桜も下僕の良蔵も全員歩きである。

伊吹山には雲がかかっていた。

風がはげしく、街道の紅葉葉《もみじば》は音を立てて散っている。

神風のいぶきの高根時雨して
　さそふ風に紅葉ばちりぬ
〔霊山伊吹山の高嶺《たかね》は時雨《しぐれ》ている。一方、すそ野では、伊吹おろしの嵐に時しも染めあがった紅葉葉がさそわれるように散っていく……〕

新七は、比良《ひら》のお山より、伊吹山を好《す》いていた。無骨な山肌でありながら、どっしりと安定感があるからである。富士のどこから見ても一分のすきもない立派さとはちがう、土くさい安定感である。しかも、その土くささが、近江山と同じく酒呑童子《しゅてんどうじ》などというぶっそうなものまで抱《かか》えこんで平然としている。また、薬草が多くここで育つというのもすごいことである。富士山の頂上は岩だけであるが、伊吹山の頂上まで、さまざまな薬草が山の高さに合わせて次第に丈を低くしながら生えているという。

山合《やまあ》いにこっと開けた関ヶ原を、あちこち見て回る。

まさに東西にしか道は通じていない。

薩摩の先君惟新公（島津義弘《よしひろ》）が、義の上から豊臣方についていて、味方の小早川秀秋の寝返りによって味方軍が総くずれを起こし、敵方徳川軍の西に充満する中、敵前突破という形でこの中を駆けぬけ駆けぬけ、ようやく虎口をのがれた彼《か》の勇ましき戦いぶりを思い出すと、胸が熱くなってくる。

義、勇気、これらのことばが新七の心をせきあげるのである。

村人に聞くと、島津公の御陣は伊吹山の方向だと教えた。

吹おろす伊吹嵐の太刀風に
　東《あづま》をのこもおぢまどひけり

〔天下分け目の関ヶ原の合戦は九月……秋の伊吹おろしが吹きまくる中、敵前突破と心を決めた島津義弘公の差しあげた太刀の勢いに、東男《あずまおのこ》である徳川軍も恐れ退《ひ》いたと聞くものよ……〕

関ヶ原より柏原の駅に至る。そこで飯を食って鳥本（「番場《ばんば》」のことか。摺針峠はまだ先なので鳥居本《とりいもと》ではない）の駅に至り、難波屋に泊まる。

ここらのあたりは、まさに聞いた通り、旅人を検問することが綿密でさまざまな角度から尋ねてくる。

新七たちは、わざとこんな検問など気にしない風で酒を飲み、談笑した。

この辺の者は、御帝《おんみかど》をば、こともあろうに暴君のように言い聞かせられている。

つまり、去る九月二日に九条殿下（九条尚忠）が関白内覧を辞した事についても、九条殿下が諌《いさ》め申しあげたことを御帝がことさら逆鱗して御手ずから九条殿下の頭を打擲《ちょうちゃく》なさったから、九条殿下は関白の内定を辞退されたと、申しふらしているのである。

全ての点で九条殿下を忠良の御方とし、主上（帝）を悪く言っている。このような内容の噂を聞くのは、おそれ多く心痛むことではあるが、これらはどうも奸賊掃部頭《かもんのかみ》（井伊直弼）のたくらんだことで、自分の領内にこう触れまわしているにちがいない。

こういうことを見るにつけ、聞くにつけ、「ああ」と憤《いきどお》りがこみあげ、歯ぎしりするほど悔しくなる新七であった。

悔しさで新七はなかなか寝つけない。

老中間部下総守（詮勝《あきかつ》）が重用している儒臣で大湖牧蔵というやつを思い出していた。かやつは、江戸の昌平館にもしばらく居た者であるが、先月のなかば頃から、「実は主上は崩御なされた」などという説をしきりに言っていた。これも、元をたどれば間部の奸計で、このような雑説を巷《ちまた》にひろめて江戸にひそむ有志の心を動揺させようという魂胆《こんたん》である。

これは、ま、江戸でのことだから、この彦根では関係のないことだが、新七の頭はあれこれと巡りゆく。それに疲れていつしか寝入ったというところであろう。

三十二　安政五年十月二十四日

空が曇っている。

寅《とら》の半刻（午前五時）頃この宿を出る。

桜が、いやに改まった面持《おもも》ちで新七に向かう。

「ここよりは、ことさら主従の礼を正しく守り、やつらの嫌疑を受けないように振舞《ふるま》おう。

今日は、おれもがんばって草津の駅まで歩くよ」

新七は足は大丈夫かとは聞かなかった。たしかに、それだけの覚悟のいるこれからの道程である。

隠密らしき男が四人《よったり》、後《うし》ろ前《まえ》になって歩みゆく。彼らどうし、何かひそひそ話しがてら、新七たちの様子をうかがっている。

新七はわざと、つけられていることに気づかぬ顔をして、旅のなぐさみに何やかやと桜と語り合って、すりはり峠という所に来た時に、そこの茶店に休み、ここの名物団子を食す。美味かった。

あの四人も、同じ茶店に休んだ。

すりはり峠から琵琶湖を見おろすと、湖水の水が青々と澄みわたり、景色は最高であった。

新七は矢立を取り出し、早速、わが心の歌を書きとめる。

近江の海えならぬ浦のはる〴〵と
　見れどもあかぬ比良の高山
〔琵琶湖の浦々をはるばると見渡し、その向こうにある比良の高き山々を目に入れると、その全望のすばらしさは、いつまでも見ていたいくらいだ〕

見渡せば浪も静に比良の根の

影移るまですめる湖水《みづうみ》
〔見渡すと、琵琶湖の波も静かで、比良連峰の山ふもとの木々の影がくっきりと映るほど澄んでいる湖の水よ〕

このように澄める心を新七は持ちつづけたいと願った。

新七の歌づくりの終わるのを待って、桜が新七の後《しり》につき、その脇を下僕の良蔵がつく。主従三人連れの出発である。

それにつれて、例の四人の男たちも動き出す。しばらくすると、武佐《むさ》の駅に至る。

この駅の入口に茶店があったが、ここに役人風の男が五、六人たむろしていた。新七たちに付いて来た例の四人組は、これらの侍に何事かささやいている。

そのうち、新たな六人組として出て来た。

新七たちは、何となくその動きを察知しつつ、駅の奥にあった茶店に立寄って飯を食った。すると、新六人組もこの茶店に来て、新七たちの様子をうかがっている風である。

新七はそちらには決して目を向けない。わざと酒を注文して、少々楽しむ。

おもむろに立ち出ると、彼らは三人ずつ前後に分かれて新七たちを取り囲むように行く形となった。

新七は心で決心していた。――もしこの男たちがこのまま追って来たら、すぐさま相手を斬り捨てそのまま逃げおうせ、とにかく都に辿りついてわが骸骨《しかばね》をさらすぞと。

そう心に秘めて、路々《みちみち》は桜とおしゃべりし笑い合いながら行ったのだが、守山の駅の手前で雨が降り始めた。そこで守山の駅に着くと、しばらく休む。

雨脚がやや弱ったところでそこを立ち、草津の駅に至る。草津はにぎやかな宿場町である。宿引《やどひき》が右左《みぎひだり》から「うちへお泊りやし」と袖を引く。そこで、そのうちの一軒、山本屋に宿る。

例の六人の男たちも新七たちにつづいて山本屋に入りこみ、宿の主人と何かごちょごちょ話している。

かなり長話をしていた。

頃合《ころあい》を見て、新七は主人を呼んで「荷物の掛《か》け改《あらた》めをしてくれ」と頼む。

「こればかりの荷物じゃと掛け改めに及びませぬ」

と、主人は新七たちの風呂敷包み三つを見やる。

新七は引きさがらない。

「掛け改めは、この草津の駅の制度なので、少ないからいいの多いからしますなど私の事情では出来ぬことでござろ。かならず、掛け改めしてくれ」

と無理やり包み三つ押しつけ、僕《しもべ》の良蔵を添えて宿の主人とともに駅の役人の所へつかわした。

それをすますと、新七は、従者役《じゅしゃ》をつとめている桜をいざなって奥の間に通り、茶など飲みつつ、「今日の路はきつかったなあ、あそこの茶店は……」などとあれこれ話題を見つけて、しゃべり合っていた。

　新七の意図はよくわかるものの、桜は、一つ、言いたいことがあった。ごく小さな声で新七に言ってみる。

「荷物の掛け改め、別にしなくてすむなら、そのままやめといたらよかったのでは。もし、やつらが我らの風呂敷をといて中味を改めて、もし、ちょっと要《よう》の記した書付《かきつ》けを見つけて、あれこれ言い出したりしたらどうする？」

　新七は笑いながら答える。

「俺《おい》は、むしろ、中をも改めてほしいと思っちょる。なぜかというとな、はじめっからこうあるんじゃなかかと思うて、ちょっとでも要機にかかわる書付けはみんな焼き捨てっち、江戸を立ち出る時には、よう知っちょる者に頼んで遊女《ゆうじょ》ん書いた艶書《えんしょ》をもろうて、荷物の中に沢山入れておいた……じゃっから、やつらがもし開いて見たらば、仰天《ぎょうてん》すっと」

　これには桜も手をたたいて笑った。

　こんな感じで待っていたが、僕《しもべ》の良蔵がなかなか帰って来ない。何かあったかなと心配していた矢先、戻って来た。

「何事《なんご》て、けんおそかったや」と新七が尋ねると、

「荷物の掛け改めはすぐにはせず、『薩摩の毛利平右衛門は本当の名前か。最近こう名前を変えたのではないか。はじめの名前は何と言ったか。いつごろ江戸を出発されたのか。お前はどこの出身で、いつごろから毛利平右衛門とゆう人の僕となったのか。家来に一人いるよ

うだが、その人の名は何じゃ』などといろいろ問われたさかい、あれこれ答えておりました。その間、とてもしんどかった」

と話す。もちろん、はじめから、このような時のために僕に答え方などよくよく教えこんでいたから、うまく答えられたのである。

新七は笑いながら、「ようぞ始終落《お》ちものう答えてくれた。何事でも尋ね人があったなら、今日のこのように答えるのが良《よ》か。しかしなあ、今何があるから、こげん厳しい改めをするんじゃろか。普通は、荷物の掛け改めが大変なのに……」と、おどけた口調で言う。

そうこうしていると、主人が部屋に挨拶に来たので、新七はかの六人の泊まったと見られる部屋をさして、

「あそこにも旅人の泊まったと見ゆる。お国はどこの方かな。藩士だと合宿《あいやど》はしちゃならんという幕府の制度があるつう事《こつ》は、もとより知《し》っごわすな。どんな方々なのかな」

とわざと言うと、主人は、

「あの人等《らあ》は、私《うち》の親族の者でおます。はじめからそうご挨拶申すべきでおました」

と言ったので、新七は悠然とうなずき、

「そんならよか。お泊まりなんせ」

と言い放つ。

最後は、主人に言いつけるような新七の口調であった。

しばらくすると、草津駅の役人が二人やって来て、宿屋の主人にいろいろ尋ね、僕良蔵《しもべ》に

も又同じように尋ねた上で、例の六人の部屋に入ってしばらく何事かひそひそ話をしたのちに、帰って行った。

桜が声をひそめて新七に耳打つ。

「これは一大事だ。気をつけよう」

「こげんひそひそとやっとれば、かえって悪《わる》か。酒盛《さかもり》をしてパーッとやらんにゃあ」

新七はこう言うと、パンと手を打ち、主人を呼んで酒肴をととのえさせ、酒盛りを始めた。

この駅の風俗として、いわゆる娼妓風の女を旅籠屋において、旅人をだまし金をまきあげることがあり、主人は酒盛りをいいことに、三人の娼女《しょうじょ》を連れて来た。

「酌《しゃく》をさせてくれはらしまへんか」

京近い所とて、祇園をまねた、これも名をそれと区別できぬ似たような白塗りの女たち三人が会釈する。

「よかが。待っちょったぞ」

新七は彼女らを迎え入れると、どんどん酒を飲ませる。飲ませると、酒代《さかだい》がかせげるから、女たちも上機嫌。しかも、女たちの能芸も並以上である。

大いに興ある酒宴となった。

新七は柱にもたれて、手をたたきつつ音曲《おんぎょく》の拍子をとる。

あんなに用心していた桜も、つい、新納忠元の作って世間に流布した

〽肥後の加藤が来るならば

の俗謡を見事に謳《うた》った。

時にあたっての興としても最高であった。新七は、桜を見直したくらいだ。

この間、六人のやつらは、しきりにこちらを窺《うかが》っている風。

桜は心得たもので、わざと酒に狂ったように、瓶子《へいじ》の口から酒を飲むは、大声をあげて流行歌を歌うかと見れば部屋中を踊りまわるはで、娼妓たちは最後にはこわがって、桜には酒を飲ませまいなどしている。

それを大笑いをして見ながら、新七は新七で女たちをだます。少量で深酔いするなどと言いながら、盃を口に運び、柱から身を立てようとしても腰が抜けて立たれぬそぶりを示す。

この様子をうかがい、あるいは、便所《はばかり》がてら横目に見入れつつ、あの六人の男たちも疑いを晴らしたのか、後《のち》には音もしなくなった。

安心して寝入ったのだろう。

かくして、女たちには、銘々に十分なお金を取らせてそのまま帰らせ、今夜は一大事だからと、気を許さず寝た。

ま夜中、雪のしんしんと降る音が耳に入る。

「明日は、駕籠《うじ》に乗られよ。そうしないと草津駅の役人にもし貴殿を見知っている者がいて、前は有馬氏ではござらなんだであろうかなどと見とがめられれば、めんどうな事になる。ここまで、うまくやったのに、そんなとこでつかまるのは非常に残念なことだ」

寝返りを打つ拍子に、桜は新七の耳元でささやいた。

新七は、ありがたくうなずいて、厠屋《かわや》に立つついでに、明日の駕籠の件を主人に言いつける。主人は、駅の役人にさらに言いやるのである。

三十三　安政五年十月二十五日

雪はずんずんと降りゆく。

わざと遅く起きると、みはからって昨夜の娼妓らがやって来て酒をすすめた。そこで新七と桜は、ともに酒を飲んで、ほんのりと酔い心地。そのまま、少々うつらうつらとして辰《たつ》の刻（午前八時）頃宿を出発する。うまい具合に雪が降っているので、新七は御高祖頭巾《おこそずきん》をかぶって、駕籠に乗りこむ。頭巾だと目しか他人には見えないし、かつ、駕籠に乗っているのだから、外からは顔つきなど全くわからない。

例の六人のやつらが、まだ付いて来ている。

雪道はすべりやすいのか、駕籠はゆっくり進み、ようやく駅の前に至ったらしく、ぴたっと止まった。

これは、事前に役人たちが駕籠かきに言いつけて、ここに止めて新七の様子を詳しく観察しようという魂胆《こんたん》にちがいない。

思えば新七は、去月（九月）七日、急ぎに急いで江戸へ下る際、ここにしばし立ち寄り、駕籠かきの手配などこまごまと言い立て、十一日の早朝にもここにしばらく立ち寄ったこともあり、その頃は中根仲之助という偽名を名乗っていたので、怪しまれる可能性は大分《だいぶ》あった。一月ちょっと経って同じ所を通るのに毛利平右衛門という名で通るというのでは、役人らがあやしく思うのも道理である。

それに京より奈良に向かった月照和尚が疑われて大変だった事もあるし、都の定宿鍵屋もあのあと幕府側の手入れがあったとも聞くから、おそらく、有馬新七という人間が都に上って、夜中ひそかに再び江戸へ下ったことも幕府側の耳に入っているにちがいない。だからこそ、このように厳重に探っているのである。

もし役人の中に、運よくというか運わるくといおうか、新七を見知った者があって、とがめた際には、

「中根なんどちゅう名字は薩摩にはござりません。そのやつこそ、俺《おい》の名《なあ》をかたった者でごわす」

と、反対にうったえてやろう。役人らは上方《かみがた》のかよわくめめしい侍どもだから、そう簡単に俺に刀は抜くまい。しかし、もし無礼にも人数をかさに着て斬りかかってきたら、もはや是までじゃと斬りむすぼう。こう心を決めて新七は悠然と駕籠の中で眠っていた。

かなり時間がたった。新七はうっすら目をあけて、

「なんじゃ、まだ同じ所《とこ》か。銭払《ぜにはろ》とるんぞよ、早《はよ》、歩かんか」

と大声で轎夫《きょうふ》をしかりつける。

「へぇー」という駕籠かきのぎっくりした声のあと、駕籠が動き出す。

矢橋《やばせ》の渡し場につく。

ここでも役人たちが行列をなす旅人を検問することが厳しい。やっと新七の番となる。姓名、江戸を出発した日や時間など詳しく聞いて一々帳面に書きとめている。

やっと船に乗りこんでみると、例の六人組のうち二、三人が乗りこんでいた。あとの連中は、ここで帰ったらしい。

うたがいは半減したと新七は勘定した。

遠ざかりゆく矢橋の渡りをふり返ってながめたのちは、眼一杯に展開する雪中の湖を楽しむ。もちろん、矢立を片手に。

湖面は一層風強く、雪はさらに降りかかる。

比叡《ひえ》の山々は、見る間に麓より高嶺までまっ白になっていく。

自然の力に圧倒されて、新七の矢立はびくとも動かない。

船は湖水の中ほどに進む。

風が左右に大波を立てているので、船は木《こ》の葉《は》のようだ。乗り合わせた人々は、大ゆれの度に、どよみ騒ぐ。

ある者は「南無阿弥陀仏……」ととなえ、数珠をつまぐる。またある者はしくしく泣くなど、船中騒然としている。

新七は比叡の山を注視しつつ、宋人程頤《ていい》の逸話を思い出していた。この人は涪州《ふしゅう》（一時、四川省、現在重慶市涪陵《ふりょう》区）とかに流罪の折、船中にて風が強く船がまさに転覆しそうになった時に少しもこわがる様子がなかったので、同船していた老人が「どうしてそんなに落ち着いていられるのか」と聞くと、「心存二誠敬一而巳」（心に、帝への誠心と敬意がありますから）と答えた……

自分は程頤ほど有益な人材でもなく、いくじのないつまらぬ男であるが、今はかの大事をいだく身で、その秘命は泰山《たいざん》よりも重く、ここでむなしく湖の水屑《みくず》となっては、お役目が果たせない。悔やんでも悔やみきれない。ああ神よ、もし我をあわれみ幸いを下さるなら、この船をつつがなく大津に着けて下さい。

こう真剣に、海神に祈ったのである。

やっとのことで、大津の石場に船は着いた。船中の客同様、新七も命拾いしたと嬉しくてたまらない。屋形船で屋根はあるものの、雪は左右から横なぐりに吹きつけたから、衣服も髪もびっしょり濡れてしまった。

そこで近くのとある茶屋に立ち寄り、いろりの側で衣類をかわかす。茶と餅だけで、食事はしなかった。余りうまそうに見えなかったからである。

なんとか乾いた衣類を着こみ、大津の駅の手前にある茶屋に立ち寄って飯を食い酒を飲んだが、どうも寒気が強く、体があたたまらない。

かと言って、火の側で長居することもできず、歩くことで体をあたためることにした。全員歩きである。

ここで、最後まで付けて来た二人の者が新七たちをぬかして行ってしまった。嫌疑はほぼ晴れたということであろう。

雪を踏み分けつつ、相坂山《おうさかやま》を越える。

越えると、湖の寒さとはちがう、京盆地にとりこめられた寒気が向い風のようにおそって来る。

手もこごえ、足先の感覚がなくなってきたので、追分《おいわけ》の茶店に立ち寄り、酒で体をあたためることにした。

新七は、最初の盃を都の方へ向けて深く黙礼をなす。

桜は都が初めてなので、「ここから都の中心部に出て、大宮所《おおみやどころ》（御所）を拝んで、それから伏見に出ようか」と声をかけると、桜は「いや」と頭を振った。

「このようにあちこちで危難をのがれて、ようやっとここまで来られたのに、今また、都の方へ向かっては、かえって、新たな疑いを受けるにちがいない。そのうち都を見ることもあるべい」

桜の言うことも道理であった。そこで、追分より伏見街道へ向かう。

山科の大津宮《おおつのみや》の御陵をはるかに見奉《たてまつ》って、新七は、心の歌をささげる。

たえず降る山科山の御陵の
　跡なつかしみ積る白雪
〔山科山の御陵の跡を慕いなつかしんで、雪はたえず降り来て、ついに御陵をまっ白におおってしまった……汚れなき白き雪、汚れなき皇統……〕

伏見に着いたのは、未《ひつじ》の刻（午後二時）頃であった。

兼春市之丞の家に至って、一休みする。新七一人、伏見の薩摩仮屋敷に出向き、その責任者である有川藤左衛門を訪ね、「幕府の役人が毛利平右衛門のことで尋ねて来たら、うまく返答してくだされ」と、いろいろ頼みこむ。そして、旅宿に戻る。

この宿の主人は、その祖父の代より新七の知り合いなので、心をこめて饗応してくれる。酒の肴も新七好みのものをとりそろえ、家族全員やって来ては何かと談笑する。

そのうち、有川藤左衛門も来るし、文殊屋《もんじゅや》の娘で俳句をたしなむ春女《はるじょ》までやって来て、趣きのある酒宴となった。

新七は必要以上に酒を飲みすごす。夜の酉《とり》の下刻（午後七時）頃、船に乗って伏見を立ち出るのだが、手には、酒宴で春女の詠んだ色紙があった。

雪の夜は
たまさかなるが

なつかしき
　　　　　春女

以前にたまたま兼春家に遊びに来た春女と、五七五七七、五七五、どちらが詠ずる者の思いを伝えられるかの話となり、優劣よりも、「本人の思いのままや」という結論に意気投合したのである。

「うちは、七七がのうてもええ。五七五であとが出《で》えへん。そやよって、うちの心は五七五の息づかいなんやと思う」

京ことばなのに、妙に説得力のある言い方だと新七は思ったものである。

新七は、春女の俳句に返すべく短歌をひねろうとしたが、うまく出ない。

苦笑して、色紙を納めると、しばし夜の淀川をながめ入っていたが、急に矢立を取りだし、二首を書きつらねる。

難波江の入江のあしの立乱れ
　思を砕く世こそ慷慨《うれた》き

（難波の入り江にびっしり生えひろごる葦（あし）が夜風に乱れ騒いでいる——それは、私には、悪しき者たちが立乱れて騒いでいることを連想させる。今の世のあり様は、義をつらぬこうとする人々の思いがことごとく打ちくだかれていっており、それがつらく

悔しい……〉

なに波江の繁る葦間をかり拂ひ
　誠の道を世に立てめやも
〈難波の入り江にはびこる葦（あし）を刈り払うように、世にはびこる悪しき者たちを一掃し、誠の道を一本すくっとこの日本に貫き立てたいものだ〉

三十四　安政五年十月二十六日

天気、よく晴れている。

辰《たつ》の刻（午前八時）過ぎ、大坂に着いた。その足で、なじみの宿虎屋におもむく。

宿の主人に土屋采女正《うねめのしょう》（大坂城代。常陸の国土浦城主）の動静をそれとなく聞く。

「先月十三日に大坂を立ちなはって、とっくに関東についたはります」

「大久保要《かなめ》は、いかにしちょっと？」

「幕府のお調べを受けはって、やはり十三日にお立ち出すワ」

要は五百余人の人数を催《もよお》して都に馳せ上るらしいなどと巷《ちまた》に風聞され、幕府がピリピリして僉議《せんぎ》に及んだという。だから、きわめて危ない状況にあったのだけれど、何とかうまく言いのがれて大坂を立ち出たらしい。

桜は、坐摩宮《いかすりのみや》の神主が桜静馬と言って同姓でかつ血のつながりがどうやらありそうなので、会いに行くと出かけて行った。静馬という人も、昔から忠義の志ある人らしい。宿の主人によると、大坂の人は、「いかすりのみや」などと言わず、そのまま音《おん》よみにして「ざま宮」と言うとのこと。

実は、大坂では、以前と状況が大いに変わっていた。

薩摩藩の諸郷の侍で江戸詰めだった者を大坂に戻した際、宰相公（島津斉興《なりおき》）が大坂に滞在なさった間に近衛殿下に御請書を出され、このうち五十余人ばかりをさしあたってはここに留め置けと置いておかれたのだが、これも先月二十日に大坂を引きはらい薩摩に下ったという。このような処置は、例の国家老の島津豊後（島津久宝《ひさたか》）ら一派のしわざと思うと、悔しくてたまらない。新七の親友である伊地知季晴、吉井仁左衛門等も幕府方の探索が厳しくて、やはり先月二十日に大坂を立ちのいたということである。

こうなってみると、新七たちの計画も近々の実行は不可能となってきた。

しかし、新七は、黒田公（筑前福岡城主）の大坂入りや因幡守の件などもあったから、あながち土屋采女正をのみ頼みとすることもないか、別のやり方もあろうと、思いなおして酒を飲んでいた。

そこへ、大坂御邸の留守居役平田伊兵衛より、「大坂薩摩屋敷に前もって何の連絡もよこさず、どういう理由で大坂にやって来たのだ」と言って来た。

はじめは、遊学のために下ったなどとごまかしていたが、それでは聞き入れられないなどと言って来る。この平田伊兵衛という人は、西郷隆盛が先君順聖公（島津斉彬《なりあきら》）の御志などを折々にもらしておいたから、勤王の志もある人で、かつ、今の世の様子をもだいたい知っている人なので、この際ちょっと事情を話してみようかなと新七は思ったのだが、それはやめにした。

「某《それがし》は、先月都に上り、隆盛たちと鍵屋に宿していたが、幕府の僉議を受けて、今度薩摩に戻る予定です。詳しくは、堀貞通がやがて大坂に下るだろうから、彼から聞いて下さい」などと手紙をしたためて、使いに渡す。

新七は、このようにして日を過ごしたが、桜は、今宵はどこに泊まったのか、戻らなかった。

三十五　安政五年十月二十七日

今日もよい天気。

辰《たつ》の刻（午前八時）頃、桜は帰って来た。

内々、新地かどこかの遊郭に泊まったのだと邪推していた新七の前に、いつもより気むずかしい顔の桜がいた。女の所で朝寝していた顔ではなかった。

「坐摩宮《いかすりのみや》の静馬のとこで、いろいろ仕入れたぞ。静馬は、幕府役人に親しい者がおっての、そいつが言うには、今現在役人が探っている人間が二十七人いて、その中に中根某という男がいる。中根は、先月江戸から夜ひそかに都に入って、鍵屋に三日ほど滞在して、まもなく関東の方へ下《くだ》った由。しかも、薩摩藩士なのだと言う……」

そこで新七はにが笑いをした。その新七の膝を軽くたたいて、桜はつづける。

「その男のその時に着ていた袴は、小倉織だってよ」

新七は、今度は口をあけて笑った。その目を桜はじっと見込んで、「これは疑いもなくおぬしのことだろう。だからこそ、草津の駅であぁ面倒だったんだよ。ほんとにあぶない事だったなあ」

新七は、やや気が小さい桜のことを思い、その節はひやひやさせてすまなんだというふうに軽く頭を下げた。

「都のな、警固も厳重で、淀八幡の辺には百余人ばかり、鳥羽竹田街道にも同じぐらいの人数を置いて、西宮、兵庫辺までも間者《かんじゃ》をつかわして、いろいろ厳しく探索しているらしい」

「うん」

「だから、二人でそろって因幡に行くことは、危険中の危険だ。もし、西宮、兵庫辺で災難があれば、万事休すだべい。だから、俺一人因幡に行って勤王の義を説く。因幡藩も、決して否《いな》とは言わないよ。おぬしは、目の前に危険が迫っているから、大坂にいてはよくない。かといって都に行くのもあぶないだろう。だから、ひとまず、薩摩に下って、再び京、大坂にかけのぼっても、おそくはない」

「う〜〜ん」

新七ののみこめない声がうなる。

「死は易《やす》く生は難《かた》し、このことば通りだぜ。今、死すべき時にあらず」

そう言って桜は、ポンと新七の肩を叩いた。

その時、新七はわが頭の中で、故里の神之川《かんのかわ》のような思考をしていた。つまり、表面の木《こ》っ葉《ぱ》を浮かべてスースー流れる部分と、何年鮒《なんねんぶな》の悠然と眠る深い水底の部分とがあるように、わが動きに別々の方向づけをしていた。

まずは、誰にも洩らさぬ深いところから。

――この期《ご》におよんで、自分が薩摩に下っても何になろう。いかにしてでも都伏見の辺にかくれていて、京の動きをこまかに探り、時の至るのを待とう。もし自分が今都を棄てたのでは、誰が京の動静を全国に知らせるのか。俺しかそれは出来はすまい。因幡の件は、桜一人行けば十分事が足りる。だから因幡へ下る件は、彼にまかせよう。

「わかった。君は一人で因幡へ下らっしゃい。俺《おい》は……」

新七は、水面の木っ葉の嘘を言いよどむ。それを桜は、まだ迷っているのかと見て、しきりに、薩摩に戻れとすすめる。

「よう言《い》っせたもんした。これで決心がついた。薩摩へ戻りもんそう」

新七の声は明るかった。

「それではおぬしは因幡へ行かっしゃれ。俺は、ここから薩摩に下りもんそ」

復習するかのように新七はくりかえすと、急に立ちあがり、主人を呼び船の手配を始めた。

それがすむと、別れの酒宴である。

「因幡での動きは、伏見の有川宛で俺に文《ふみ》を書いたもんせ。有川から、薩摩の俺のとこ——伊集院の叔父坂木経由じゃっが、転送して呉《く》るっ。国中《くにじゅう》もうるさかけん、その方が良《よ》かちを。さあてと、今夜は、ここに泊まっていかんせ。しばらくの別れじゃけん、なごり惜しみじゃっのう」

夜もすがら、いろいろ話をして楽しむ。

三十六　安政五年十月二十八日

天気快晴。船の準備がととのったので、江戸より下僕としてやとった良蔵を生国《しょうこく》の伊勢に帰す。江戸へ来たものの食いつなげず故里に帰る旅賃もないところを新七に拾われた形であるから、深々と頭を下げてなかなか立ち去らない。ずっと行動をともにしていたわけであるから、打ちあけずとも新七のしようと思っていることもわかったにちがいないが、見込んだだけあって口がかたい。もしこののち、何があっても、知らぬ存ぜぬを通せるような芯《しん》が見えていた。

「体、おいといたもんせ。母様《かかさぁ》、大事にしたもんせ」

新七は、これを最後と力強い声をかけた。

桜は因幡の国へ旅立った。

新七は薩摩行きの船に乗る。

船に乗りこんで気付いたことだが、肥前国佐賀藩士の団忠三郎が乗っていた。また、日暮れ方になると、薩摩藩の相良彦次や汾陽仲二なども乗りこんで来た。

新七は、「俺《おい》は中国あたりを遊歴しよ思っち、こん船に乗ってござる」と挨拶し、あとはずっと酒を飲んで世間話をする。

積み荷の搬入の都合や、潮待ち、風待ちで出航は、明日になりそうだ。

団忠三郎が昨今の動きを、おれ一人真相を知っているんだぞとばかりにしゃべくりまくるのが、かえって面白かった。

三十七　安政五年十月二十九日

天気、よく晴れている。

新七は、いよいよわが心の奥深くに秘めていた行動に出る。

「俺《おい》はちょっと急ぐことがあっと。このなまぬるか風じゃと、出帆もおそなるごたある。じゃけん、陸地《くがち》を通って中国へ行《い》こ思う」

船頭をだますのはしのびがたいが、多少の銭でねぎらって、船より下りた。

頬をなでる西風に感謝である。この西風のおかげで、嘘が嘘っぽくならなかったのである。

新七は、自分がしばらくでも船に乗っていたことで桜は安心して因幡へ旅立ったし、幕府のやつらも船に乗ったは乗ったが中国へ行くために降りたと聞くなら、すぐ中国路を探索させると思った。そうなると、都にひそかに立ち戻り潜伏するにもよいと考えたのである。

虎屋に立ち戻り、「中国地方に行くから、この鎗はいらん。しばし預かり置きたもんせ」と、鎗を預け、袴を着なおし、遊山の体《てい》であらためて出発する。

歩きながら思うのは、この国の来《こ》し方《かた》、行く末。

神代より世がくだってさまざまな妄説が隆盛し、漢国風俗《からくにぶり》におされて、皇祖神の決められた大御国《おおみくに》統治の掟も乱れ、武臣が鎌倉将軍・室町将軍・徳川将軍と威をふるい、世の人もいたずらに時勢に流れて幕府にこびへつらい、本当の君臣の関係を忘れて目の前の藩主のみ主人と思って朝廷をないがしろにするやからも出来、世の中は浅ましくなってしまった。なんとなさけないことか……

新七は思い悩んだ末、再び京にのぼる。役人たちの動静をうかがって、忠義の志ある各藩の侍たちに告げ知らせ、勤王の軍勢を派遣させ、わが天皇命《すめらみこと》の長年のお苦しみをとき放ち、安心させ申したいと思っていた。

いつしか長歌が生まれた。

おしてる難波の葦間《あしま》　踏分《ふみわけ》て出立行《いでたちゆ》けば　玉敷《たましき》の平《たひら》の都の　安らけく打見る山の
彌高くかき見る家庭《やには》の　さきまでも彌たち栄ゆ　百千足《ももちたる》皇国のまほの　眞秀國《まほくに》の綾

に貴《たふと》き　高御坐天津御神の　大神代より　天津嗣日嗣《あまつつぎひつぎ》しらし、　大君の雄々しく猛《たけ》く　坐《まし〳〵》て直く平らに　聞《きか》し給ひ看《しら》し給ひて　千早振《ちはやふる》人をば和《なご》し　彌廣《いやひろ》に國も眞廣《まひろ》く　百の臣《おみ》も彌栄ゆくを　曲津日の荒び怪《あや》しき　外國《とつくに》の夷狄に諂びて　彦根なる城《き》の辺《へ》の臣が　逆事《さかわざ》して世の中痛く　さやげるをこだひ我もまた　掛巻もいとも可畏き　大勅命かしこみ奉りて　朝廷辺をいけらむ極み　物部の八十の心を　天地に思ひ充満《たらはし》　荒金《あらかね》の吉備《きび》の眞金《まかね》の　剣《つるぎ》太刀御代の御楯と　執りはきていそしき荒魂《あらたま》　振《ふり》起《おこ》し醜の醜臣《しこおみ》　うちきため千萬代《ちよろづよ》までも　動無く彌つき〳〵に　常しへに八十國までも　彌廣《いやひろ》に豊栄《とよさか》えます　大御代に我も逢はむかも

（一面に照り輝く難波の海から川へと生えひろごる葦原を　踏み分けて舟出《ふなで》していくと美しく立派な平安京（京の都）の　その名のように心安らかにふと目を留《と》めた山は　ますます高く、　巡《めぐ》る人里は　ずっと先まで作物が実っている　十分に満ち足りたこの皇《すめら》国《みくに》　日本の不思議なぐらい貴い　高天原《たかまのはら》の玉座につかれた天の御神《みかみ》（天照大神）の　遠い遠い神代《かみよ》から　次々に皇位を継承しつつ　大君《おおきみ》（天皇）は雄々《おお》しく勇猛で　いらっしゃって素直にやさしく　人々の訴えをお聞きになり御覧になって　荒々しい人をもなだめ　ますます国土を拡げ　多くの臣下もますます繁栄してきた、　そして繁栄していくはずだったが　禍津日《まがつひ》（凶事をひき起こす神）のように荒く怪《あや》しい　外国の夷狄にこびへつらって　彦根城のあたりの臣（井伊直弼をさす）が勅許なしで日米修好通商条約の調印

を断行するなどして世間がひどく　乱れ騒いでいる中、私もまた　ことばに出して言うことさえとても恐れおおい　天皇の勅命をかしこまって受け奉って　朝廷を生きている限り　物部《もののべ》――武士の多くの心を　天地に充満させ　吉備鉄で頑丈に造った剣《つるぎ》・太刀《たち》を天皇を守る楯《たて》として　身に帯《お》びて、勤勉な侍魂《さむらいだましい》を　ふり起こし悪賊・奸賊を　征服して千代万代までも　ゆるぎなく次々に　永遠に日本全国どこまでも　いよいよ広くいよいよ豊かに栄える、そのような　天皇の御代に私も逢いたいなあ〕

反歌

大君になほく仕へて千萬代
　栄行く御代に逢ふよしもがも
〔天皇に二心なく仕《つか》えて、千代万代に日本が繁栄していくそんな時代に逢う手だてはないものかなあ〕

岩清水八幡宮《いわしみずはちまんぐう》の手前を歩いている時、淀の方より間者体《かんじゃてい》の男が三人やって来たが、新七を見て怪しいとにらんだ風である。

そこで、茶店の奥からしのび出て八幡山《やわたやま》の後ろにある竹藪の中にひそむ。

やがて例の三人がこの前を通り、「いまだ遠くには行くまい」などと語りつつ行き過ぎた。

しぬはらのしげしき中に伊隠て
　いざやと執りつ剱太刀はや

〔篠原《しのはら》の小竹《こたけ》の密集した中に姿を隠して、もし見つかったならば、これをさあ手に執って決死の勝負だと、腰の愛刀に呼びかけることだ、いち早く〕

こんな時にも自分に歌が生まれるのが不思議なくらいである。竹藪の中で衣服を着換え、頭巾《ずきん》をかぶり、夜に入って八幡の社に詣でる。

朝廷の安《やす》く全《まった》きことを祈っていたのだが、また歌が生まれた。

掛て仰ぐ神の幸《さきく》に大君の
　御代を八千代《やちよ》と常盤堅盤《ときはかきは》に

〔心をこめて祈ります。神のお恵《めぐみ》で、帝の御治世が八千代につづき永遠で堅固でありますように〕

八幡の辺より淀の城にかけても役人たちが五十人ばかり警備をしているとのことだったので、ひそかに間道《かんどう》を抜けて、やっとのことで伏見に至る。

有川氏を宿とする。

三十八　安政五年十一月朔日

しのんで京都に参りのぼる。

玉しきの平の宮を再びも
　仰き奉るぞ貴きろかも

〔玉を敷きつめたように美しい京の都、その御所を再び仰ぎ見られることが、私にとってはありがたく貴いことなのだ〕

二度と平安宮《たいらのみや》（京都御所）を拝することはないなどと思っていたが、幸運にもこのように都まで参り上ることができた。これも自分の命に幸《さいわい》があって、まだ、死ぬ時期ではないのであろうか。

新七は、ここで名を岡本文次郎と改めた。伏見の里に隠れ住んで幕府の動静をうかがいつづける。

折しも、こんな長歌と反歌が生まれた。

近江《あはみ》海《のみ》彦根の城《き》なる　醜臣《しこおみ》が逆事《さかわざ》なして　大御國汚し奉らむと　鳥が啼東の國の

大城《おほき》の辺にいろひもとほり　外國《とつくに》の夷狄《えみし》に諂びて　恐《かしこ》くも朝廷《みかど》かたぶけ　奉らむと相語らひし　國々《くにぐに》の醜臣《しこおみ》おとなひ　さばへなす狭蝿《さばえ》の臣《おみ》が　（此は老中間部下総守を云へり　彼は越前國さばへの城主なればなり）　敷島の都に詣て　忠勤《いそしみ》し臣《おみ》の子等《こら》をば　捕へつゝ彌荒びなすを　内日刺大宮人《うちひさすおほみやびと》は　大内の山には塵も　たてめやと矢たけ心の梓弓真弓執り持ち　射向はゞいきらむ物と　岩が根も通らざらめや　我も又綾に畏こき　大勅命かしこみ奉りて　物部の雄々しき心　天地に思ひたらはし　旅寝する伏見の里に　潜居《いかくれ》ていきつき渡り　我が命いけらむ極み　八隅《やすみ》しゝ吾が大君の　大御代の御代の栄えを　萬代と神に祈りつ　朝《あした》には出ていて歎息き　夕《ゆふべ》には入り居て思ひ　剱太刀《つるぎ》磨《とぎ》し心を　振立ててどよみさやげる　罪人を払ひ鎮めて　天津日の神《かむな》髄《がら》なる大道を　まなほに執りて　千萬代に拝《おろが》み奉り　かしこみて仕へ奉らむかも

〔近江《おうみ》の海《み》——琵琶湖湖畔の彦根城に住む悪臣（井伊直弼）が大義にそむくことをして、日本に泥をぬろうと、東国の江戸城にて政権をにぎり居座り、外国アメリカという野蛮人にこびへつらい、恐れ多くも朝廷を亡《ほ》ろぼし申そうと相談して　日本全国の悪臣に声をかけ、越前国鯖江《さばえ》城主の老中間部下総守が井伊の大命を受けて京の都にやって来て、帝に忠勤する臣下たちを次々に捕え、ますます悪行を拡大させるのを、御所につかえる人たちは、御所内には汚れた塵一つ立てまいと、勇みに勇んで、梓弓や真弓を取って敵を射ようとすれば岩だって射抜けないわけがないだろうという心がまえであり、私もまた、もったいなくも、恐れ多い帝の大いなる勅命を受け奉って、侍の雄々しき心を天にも地にも充満させ、旅泊の地である伏見の里に潜居して、わが命をかけて、安らかに統治される天皇の御治世の繁栄が万代につづくよう神に祈って、朝には外でそのことだけをなげき、夕方には内に入ってそのことを深く思い、剱や太刀をといでいざの時のために心がまえし、大さわぎする悪逆無道の罪人を払い鎮めて、神代から伝わった大道――帝の親政を、真直《まっすぐ》に通し、千年も万年も帝を敬い、うやうやしく仕え申しあげたいものである）

反歌

天地に思ひ充満《たら》はし丈夫の
　立てし心を神もたすけよ

〔天にも地にも充満させるほどの気でもって私が立てた心――天皇に忠勤をはげみ天皇親政の世を再現させるという願いの実現に、神もどうか御助力下さい〕

自ら気づいてはいなかったが、新七の場合、勤王の志《こころざし》が高まると万葉歌が生まれ、万葉調に彩《いろど》られた勤王の志が詞《ことば》にゆりすわった時、彼には、わが目標があざあざと見通せる、このくり返しなのである。だから、新七にとって、歌は、お念仏なのである。

三十九　安政五年十一月七日

伏見での日常は、〝隠れ住む〟〝潜《ひそ》む〟という基本線の中で織りなされていく。こちらがしかける探りの一々も些細《ささい》なものだと、日記に書き留める必要もなく、新七の〝都日記〟もしばらくとびとびになる。大きな動きがあった日のみ、書きつけるという体裁となる。

十一月七日

天気がよく晴れている。

長門国《ながとのくに》萩藩士山縣直彰が訪ねて来た。この男は、名を半蔵と言い、父は半七。山縣半七は、宋学の大家で『國史纂論』という書物を著わしてもいる。

山縣と一緒に都――京の町中《まちなか》に出る。二人とも刀をもたず、町人のように身をやつしている。

新七はもしもの事があった時のために、懐に短剣をしのばせている。

道すがら、またもや長短歌が生まれた。

八隅し、我が大君は　神《かむ》ろぎの神の命の　事依《ことよさ》し給ひし随《まゝ》に　天下御食國《あまのしたみをすみくに》としろしめし　浦安の安國と安らけく　敷ませる山城の　玉しきの平の都　國見れば綾に貴

く　山見れば山彌高し　河見れば河彌清し　家居《いへゐ》なす家庭《やには》も広し　見渡せる路の
八十隈　平けく秀國のうちぐはし國ぞ　こゝをしも宣《うべ》しきまして　八十國は宣《うべ》も栄
えつ　掛巻も綾に畏こき　神随《かむながら》綾威《みいづ》いかしく　内らをば直く平らに　看《しら》し給ひ聞
かし給ひて　外事《とつこと》は雄々しく猛く坐ば　雨雲のしばしかくしも　かゝるとも三空は
彌に　照しま す天津御神の　看行《みそなは》し即《やが》て科戸《しなど》の　神《かむ》風の塵も残らず　吹払ひ御代の
栄えは　朝日の豊栄《とよさか》のぼりに　彌栄え彌常しへに　天地とかぎりはあらじ　萬代ま
でも

（安らかに統治される我らの天皇が、祖神の尊《みこと》の御命令になった通り、この国を御自分の治める国と自覚なさり、心安らかに太平に治まる国にと安定に心がけ、お治めなさっている山城――京の美しい平安京、ここを見るとかぎりなく貴く、周囲の山を見るとかぎりなく高く、川を見ればかぎりなく澄んでいる、軒《のき》をつらねる民《たみ》の屋敷も広く、見渡す大路《おおじ》・小路《こうじ》のすみずみまで、おだやかなすぐれて美しい京であることよ。この京に当然ましまして、日本の各藩は当然それぞれ繁栄し、ことばに出すのもおそれおおい神でおありになるままに、御威勢おごそかに、国内を直《なお》く平安に見て治め聞て治め洩れもなく、外国に対してはこびへつらうことなく雄々しく勇猛でいらっしゃるので、今の時代（井伊大老執政の時《とき》をさす）、不穏《ふおん》な雨雲がしばしかかっているようであっても、そのうち空は晴れわたり、天《あま》つ御神《みかみ》――神々が御照覧あって、科戸《しなど》の神が支配する神風が悪人たちを塵も残らず吹き払い、朝廷の繁栄は朝日がぐんぐん昇るように強大となり、ますます栄え永遠に栄え、天も地もかぎりなくつづく、万代までも……）

反歌

時雨してしばしかくしも曇るとも
　彌照りまさむ天津日のかげ
〔時雨が来て、しばしこのように曇っていても、そのうち、先よりももっと明るく照りまさる太陽よ。そのように、今の時をしばし耐えると、天皇の時代が再びやって来る〕

都では進藤氏を訪ねて、久しぶりに相語《あいかた》らい、夜は真葛原《まくずがはら》（知恩院山門から八坂神社に至る東山のふもと一帯）の真葛軒に宿す。

『新古今』に「わが恋は松を時雨の染めかねて真葛が原に風騒ぐなり」という僧慈円の歌があるが、聖僧が禁断の恋を仮想して詠じたことでかえって真葛が原の風を含む〝凄《すご》さ〟が浮かびあがり、歌枕としても、是非一度夜泊してみたかったところである。

その夜は風と言うよりも屋根打つ霰《あられ》がすごかったので一首。

百に千に思ひくだけて玉霰

あられたばしる真葛ののはら

〔私は国を思い、世を思い、あれこれ思いなやんで寝られない。気がつくと、激しく霰が降って来た。この真葛原《まくずがはら》――葛《くず》が一面に生えひろごっている野原にも、この霰は降っているんだなあ〕

人目につかぬ暁《あかつき》がたに、伏見に戻る。

ここまで日記をつけおわり、ふと目をやると、反古の裏に書きつけたままの歌に気づく。「伏見にてをりにふれてよめる歌ども」と題して、この日記にくみこむことにした。「歌集」を編む時、選考しなければならないと思うが、今、その暇はない。ただ、同じ心の燃えたちが、つい同じことばに凝縮してしまうことは、歌人としてつつしまなければとは思っている。その意味では、今日七日に詠んだ反歌の方は、ちょっと気に入っている。わが出会った天気の変わりをすなおに歌っただけなのに、くだくだと長歌で言いたかったことが、すっと三十一文字《みそひともじ》に収まってくれた。天がわが心に味方して、お印《しるし》を下さったから、あのような反歌が可能になったのだと、新七は考えている。

伏見にてをりをりにふれてよめる歌ども

刈薦《かりこも》の乱れし世にも物部の
　立し心は動かざらまし
〔刈り取った薦が乱れやすいように、この乱れた時代にも侍の一度立てた志は動くものではない〕

物部の矢たけ心の彌ましに
　思ひくだくる世にこそ有りけれ
〔侍の勇気に満ちた心はいよいよ強まるのに、世情が思い通りでなく、さまざまに思い乱れる時なんだなあ、今は〕

荒びなす醜《しこ》の醜臣《しこおみ》打払ひ
　肇國しらす御代に復えさむ
〔荒々しい言動をなす〝醜の醜臣〟――井伊直弼一派を失脚させて、古代のように天皇が親政される時代に返したい〕

この歌の横に、新七は、「〝肇國しらす〟は『日本紀』（日本書紀）に崇神天皇を称して〝肇國天皇《はつくにしらすすめらみこと》〟と申上げたことが見える。それでこのように歌に詠んだのである」と注記をしている。

露のまも忘れがたなき大君の
　御代の栄えを祈りつ我れは
〔ちょっとの間も忘れることのない天皇の御治世の繁栄を祈っています、私は〕

梓弓引てゆるべす物部の
　矢たけ心の止む時有らめや
〔弓を引いてはゆるめ、引いてはゆるめ準備に余念のない侍の、勇み勇んだ心が止まることはあるのだろうか、いやない。いつもいつも勇んでいる〕

草深き伏見のをぬに置く露は
　世を思ふ故の我が涙はも
〔草の深々とはえひろごる伏見の小野にぴっしりと置く露は、この日本のいまの状態をなげかわしく思う私の涙だよなあ〕

大君の憂き御心はよそにのみ
　かくて見つゝも忍ぶ可きかは
〔天皇の現状に対するつらいお心を、遠くからこのように見ながら、まだ「決起の時至らず」とがまんしなければならないのだろうか〕

四十　安政五年十一月十三日

山縣直彰たちと宇治に出かける。
時雨が降って来た。

忍ぶにも猶余り有り宇治川の
　昔しの跡をとふしぐれかな
〔偲《しの》ぼうとしてもずっとずっと昔のこと、この宇治川での以仁王《もちひとおう》高倉宮の挙義と敗北……その史蹟を今訪ねているが、ちょうど時雨も跡を問うかのように降って来たことよ〕

風さそふしぐれの雨に袖ぬれて
　あはれ身にしむ宇治の山里
〔風をともなった時雨に着物の袖が濡れて、心も身体も冷《ひ》え冷《び》えとなった宇治の山里だなあ〕

新七は直彰たちにこんなことを語っている。
「平清盛が専横しちょる時、以仁王——高倉の宮の事《こっ》じゃが、帝に政権をもどすべく忠義を叫ばれて義兵を起こされて、その御功績はまことに勇《いさ》ましかことでごわした。それを、中井積徳が『通語』ちゅう本を書いて、あれこれ悪《あ》しざまに論じておるのは、まさに、例の、漢《から》国風《くにぶり》のさかしらごわすと」

「じゃな。栗山愿《すなお》の書いた『保建大紀《ほうけんたいき》』にかみついたのと、よく似ちょるなあ」

直彰が同意する。

直彰は、宇治橋のここで討たれた悲運の皇子以仁王を思い出して追悼の眼《まなこ》をとじていた新七に並々ならぬ文学好みを見出していたので、そこから論がここに至るとは思っていなかった。あわてて打った相槌《あいづち》に、内心自信がなかった。しかし幸い、新七は大きくうなずくと、又、語り始めた。

「積徳の『通語』に、大塔宮護良《おおとうのみやもりよし》王のこともひどく謗《そし》っておりもんど。護良王の忠勤あふれる行動はまこち当時第一じゃに、英明で忠義といい勇気といいたぐいまれなお方《かた》でごわすに、積徳ら朱子学者は謗りまくっておる。まこち、妄説はばかる所ないやつらじゃ。今《いま》の国々の大名は数は多かけども、中には勤王の志ある人もまれにはござるげなが、大がいは、勇気を持って自らふるいたたせ、断然と義兵を起こす人などおらせん。それは、幕府の権力を恐れっち、あるいは利害損得ばっか計《はか》っちょる心からそうなっちょるのであって、も少しほりさげると、もともと真情より忠誠なる志がなかけん、大義をあとまわしあとまわしにするからじゃなかか。それを考えると、今の時代の人は口こそ賢いが、実際の行動となると、昔《むかしん》の人に劣《おと》るごと思《おも》ゆる」

そう言うと、新七は、宇治川の向こうの山々に目を転じる。時雨のせいか、初冬の連山はうす紫にけむっていた。

大君の皇國かたむる物部の
　猶預《うらおもい》してなど雄心のなき

〔天皇の治められる皇国日本を警固する侍が、なぜあれこれ思い迷い躊躇して、勇み進む心がないのか。なさけないことだ……〕

「さきほど有馬君の言うたことを歌うたもんじゃのう」

直彰のことばに新七はうなずく。

「何事も、内心がきちんと定まらんことから破るる事《こつ》が多いものでごわしょ。ましてや、今、皇国の危機でごわす。『定めて行えば、鬼人も道を避く』と漢国《からくに》（中国）の人も言うておるではなかか」

「有馬君でも、そこに漢文が出るか」

直彰のからかいに、新七は、「ちょ、しもた」と大笑いした。

「そこをつくとは、直彰あっぱれ」と言いかえしたいぐらいであった。打てば響く友を得たことが快くてたまらなかった。

四十一　安政五年十一月十五日

都に出かけた。

この日、近衛大納言は、この度将軍宣下があるということで勅使として関東にお下りになった。

二条中納言はその翌々日の十七日に関東に下向予定である。これは、表向きは将軍の官位が昇進するということを伝えに二日遅れで下向されるということだが、裏には何か主上の深いお考えがあるとのこと……

新七は詳細をこの日記には記さないと記している。

この将軍宣下について、新七は、間部下総守と酒井若狭守、内藤豊後守たちの奸謀の結果だとしている。先月十五日に近衛殿下の内覧をくつがえして、九条殿下を再び関白にさせたことに端を発している。

さらに言うと、間部と酒井の謀計なのである。

間部が勝手に幕威をふるっているが、酒井はしかたなく間部に従っているだけで内実は朝廷を深く崇拝しているように見せかけ、ひそかに公家たちにわが忠勤なることを印象づけ、間部の言動を悪口《あっこう》する。一方、間部の言う通りに今しておかないと、不慮の大患《たいかん》が起こりそうだと脅《おど》して、九条殿下を関白に返り咲かせてしまった。そして、その勢いで将軍宣下までしすました。

もとより、主上のお考えは、一橋刑部卿（慶喜《よしのぶ》）を将軍にすえたいとのことであったが、このようなやむをえない一種の脅迫にあわれて、しかたなく紀伊宰相（徳川慶福《よしとみ》。のちの家茂《いえもち》）に将軍宣下をなされたのである。

そういうわけだから、この件は主上のお心を苦しめ、主上は深く間部、酒井のやり口をお怒《いか》りになっているとのことである。

まことに憤るにも嘆くにも、耐えられない事態である。

こんなことを考えつつ、竹田通りを歩いている時、内藤豊後守が京より戻る行列に行き合った。

新七は、脇にそれをやりすごす。内藤は御所の御警固を厳重にするとか言って毎日伏見より都へ往来しているようだが、それこそ、かえって朝廷を苦しめていることには全く気がついていない。

四十二　安政五年十一月十八日

間部が御所に参内すると聞いたので、新七はひそかに都に出かけ、折を見て刺殺してやろうとうかがったけれど、警備がきわめて厳重で近付くことさえ出来なかった。

夜に入って、その宿所をうかがってみたが、ここもきわめて警備が厳重であった。かつ、どこを宿所としているかも日によって異なり、中の居場所もどこそこと定まらず、転々と変じている由。

新七は襲撃をあきらめて、夜ふけて山縣直彰の宿する所に泊めてもらう。

暁《あかつき》がた、伏見に帰った。

四十三　安政五年十一月二十日

江戸の同志たちに、都の動静をくわしく文に書き立ててつかわす。それを済ませ、京に出向き、幕府のやつらの動きを今日もうかがう。

雪がしきりに降る。

寒いし、目の前が暗いので、祇園社の手前の茶店で休む。旅人の話も聞けた。彦根からも三百人ほど警備のために都に送られたそうである。

この日も暁がたに伏見に戻る。

四十四　安政五年十一月二十五日

暁に伏見を出、伏見街道を通り、東福寺内の即宗院に寄る。

いつ見ても重厚なのにあたたかみのある南大門から本堂を拝し、左側に手折り、偃月《えんげつ》橋を渡って即宗院へ。

朝も早いので僧坊には立ち寄らず、川と土塀の細道をのぼって、墓地に至る。父の墓は簡素である。「薩州」と右に肩書《かたがき》し、「有馬四郎兵衛正直之墓」と彫ってあるのみ。

今日は供花もなかったが、墓の脇に一群《ひとむ》れをなす寒菊の黄があざやかにこんもりと匂っていたので、それを手向けとする。鴉《からす》の声も不吉というより、ここを塒《ねぐら》と安んじて呼びかわすかわいさがあった。

父の墓に手を合わせながら、あれこれ言わずとも父は全てを見通しているのだと新七は思った。

そこより京に向かい、進藤氏を訪ね、夜中に伏見に戻る。

四十五　安政五年十一月二十七日

因幡国へ出向いていた桜任蔵より書翰が来た。

別れてから急難をいくつかくぐりぬけ、ようやく国へ着いた由。堀庄次郎や安達辰三郎ら勤王の志《こころざし》ある人に相談したところ、因幡国から第一声をあげることはできないが、応援の軍勢はまちがいなく出すということが書いてあった。

そのうち、山縣直彰が訪ねて来たので、いろいろ相談をし、自分たちがあらかじめ義旗を起こすという、決意と方法論とを別に記しておく。

黒田侯が江戸へ参府する機会を待ち、黒田侯が大坂に着いた時を決起の時とする説もあったが、黒田侯は病気と称して参府がなくなり、当初の計画がことごとく実行不可能となった。そこで新七は別途に一つの提案をする。
「因幡の応援はうたがい無《な》か。長門の応援が最初から期待できるならば、実行に移す」
新七はそう直彰に語りかけている。ただし、実行の詳細は、考えるところがあってこの日記には記していない。

四十六　安政五年十一月二十八日

都に出て、三条殿下の許《もと》に参り、新七が昨日新たに練《ね》った計画を説明する。その後、直彰を同道して進藤氏を訪ねる。

日が暮れて伏見から又山科《やましな》に向かう。例の役人たちが見あやしんだ為である。

斯て世に有らむ限りは山科の
　止まず尽さむ大和真情

〔このように世に生きている限りは、この山科の地名のように、やまず――止めることなくいつも目標に向って全力を尽くしたい、真《まこと》の大和心《やまとごころ》をもって！〕

こんな歌が山科で生まれた。

暁《あかつき》がたに伏見に戻る。

四十七　安政五年十二月三日

雪が降る。

新七は、一日、宿にこもっている。

若殿又次郎《またじろう》の君（島津忠義《ただよし》。島津久光の長男）が、近々伏見に着かせられるとのことで、上書《じょうしょ》をさしあげようと、その草稿を一日中したためているのである。

夜になって直彰が訪ねて来た。新七は草稿の手を休め、いろいろ語り合う。直彰は今夜亥《い》の刻（午後十時）の頃ここを出発し、急ぎに急いで長門国に帰るのである。もちろん、新七と深く相談した件にかかわる行動であった。

四十八　安政五年十二月八日

又次郎の君が、伏見の薩摩屋敷にお着きになった。

新七は、御側役《おそばやく》である竪山武兵衛《たてやまぶへえ》に面会し、最近の社会の様子を報告していかに対処なさるべきかを上申する書を預けることにした。

「断然と決起の御心を定めて、江戸にはすぐおもむかず、伏見にとどまって、天下義旗の声を全国にかけ、先君順聖公（島津斉彬《なりあきら》）の御遺志をお継ぎなさって下さいませと切に切に申し上げて呉《く》いやい」

新七はこうことばを添えた。すると、先君の代より御側役をつとめており、この間《かん》の事情をよく知っているゆえに、堅山はつらそうな顔をした。

「こん上書は俺《おい》がさしあぐっべきなれど、今は豊後様《さあ》（島津豊後）が万事しきっていなさるから、ここは第一に彼の合意を得られんとなり申《もう》さん」

それは、伏見に殿がとどまられることを希望していない口ぶりでもあった。そこで新七はしかたなく宿に戻った。

ところが、新七の同郷の前田十郎が訪ねて来た。

「わるかな。俺《おい》は、こんとこ病気如《ごた》ーるで、四、五日、ここにおることにした……」

新七はそう前田に伝えた。

前田は新七が経済的にも困窮していると思ったらしく、一両の金子《きんす》を何かの足しにと渡してくれた。

友情はこの上なくありがたかった。しかし、大事は洩らせないので、わざと嘘をついたのである。

「今夜、俺もここに泊まって、新七さあとゆっくり話したか」

十郎がこう言うので、酒肴を調《ととの》えて小宴を設け、一晩中世間話に興じた。

四十九　安政五年十二月九日

この日、又次郎の君は伏見を出発された。

午《うま》の刻（正午）頃、伏見の御仮屋（薩摩屋敷）の留守居役伊集院太郎左衛門より、「用が有る」と言って来た。行ってみると、これこれこういうわけであるから早速に薩摩へ帰れと殿が申された由。

新七は、殿の仰せである以上、かしこまって承わって宿に帰った。もはや打つ手もなく、むなしく薩摩に帰るのも口惜しく、いろいろ思い悩んでしまう。

五十　安政五年十二月十一日

「早速に国元へ戻れ」と主君に言われ、のろのろとも出来ず、かと言っていそいそと旅宿《りょしゅく》をたたむ元気も出ず、何とか十一日に旅支度をして京を立ち出でたのだが、くやしくて、鬱々《うつうつ》としていた。

しかし、全く暗黒になっていたのではない。心の底の底で、別の光がほんの少し差しはじめていた。薩摩には忠義の志《こころざし》のある人が四百人余りいるらしいから、一旦はすなおに帰って折を見てこれらの人々とともに立ちあがれば、天下義旗の声かけは十分可能だと思うようになった。

しばしの別れと、御所を拝礼し、その後、大坂へ至る道中に詠んだ長歌ならびに短歌一首。

雲の上はたかく貴とし　見れどあかぬ宮居も綾に　玉敷の平の宮の　宮柱太《ふと》しく立て丶　八隅《やすみ》しし現御神《あまつみかみ》と　天下所知食《あめのしたしろ》す大庭に　畏くも拝《おろが》み奉り　出立て水底清き鴨川の流をつたひ　音に聞く音羽の山の　瀧津瀬をよそに見つ丶　名もしるき大淀川を　さし渡り八幡山《やはたのやま》に　手向して我が越行ば　津の國の尽す心を　照ます神の幸《さきく》の　在らませば又帰見む　路の隈八重隈ごとに　弥歎息き弥憤り　百に千に思ひくだきて　過行ば弥遠に里離《さかり》来ぬ　弥高に山も越来ぬ　物部の我が大君の大勅命かしこみ奉り　海行かば水漬かばね　山行かば草生屍　朝廷辺に死なまし物を　為便《せむすべ》のたつきを知らに　難波江のあしま踏分　帰路の阿那《あな》慷慨《うれたき》や　梓弓引ば本末　するゑ遂にいけらむ極み　玉の緒の絶てもた丶に　よも止まじ田道の臣の　古への跡を慕ひて　こひまろび我は来つるかも　大坂の郷

〈宮中は高く貴く　ずっと見ていてもあくことのない御所は美しく　平安京に皇居の柱を頑丈に立てて　日本中くまなく治められる天孫として　天皇が天下を治められているこの皇居を　おそれ多くも拝み申して　帰国へと旅出《たびで》をし、底まで澄んで見える　鴨川の流れにそって土手を歩き　かの有名な音羽《おとわ》の山に水源がありその水が清水寺の奥の院の〝音羽の滝〟になっているという清水の辺を遠くに見ながら、これまた有名な大淀川を渡り　石清水《いわしみず》八幡宮のある八幡山に参って私が歩いていくと、摂津《せっつ》の国（大坂）の水脈《みお》の音に似た私の身を尽くす心を　照覧された神が幸せを下さるならば再び見たいと思う　京につながる道、今はその道の一折一折ごとに　事のうまく運ばないことをますます歎き　その様な世間のあり方にますます憤《いきどお》り　百にも千にも心を砕《くだ》き痛めながら　道中過ぎ行くといよいよ遠く里は離れ去り――そう言えば、私は、いくつも山々を越えて来たのだ　江戸と京とを何往復もして……天皇の大勅命を恐れ多くも受け奉って　琵琶湖を船で渡る時は　〝水漬く屍《かばね》〟、山を行く時は　〝草むす屍《かばね》〟になろうとも　朝廷のために死にたい物だと思ってがんばって来た　なのに今、全てが停滞してしまった　打解する方法もわからず　今　難波江の芦の間を踏み分けて　薩摩の国への帰路についているなんと情けないことだ　梓弓を引けば弓の本末《もとすえ》に目が行くが　その音に通ずる末《すえ》――そう私は生きているかぎり　いや玉の緒（生命《いのち》）がたとえ絶えたとしても　決して初志を捨てたりはしない　田道の臣が　遠い昔に成した跡を慕って　今　私は思い通りに事の運ばぬ悲しみをかかえてつまづきながらやって来ました　大坂の郷《さと》に」

反歌

朝廷辺に死ぬ可き命ながらへて

帰る旅路の憤ろしも
〔私は、本当は、今日までに朝廷のお役に立って死ぬべきであったのだ……それを決起の時機を逸《いっ》しておめおめと生きながらえて薩摩に帰るこの旅路は、我ながらくやしく腹立たしい〕

大坂では虎屋に宿す。月がとても澄んでいたので、宿にて二首の歌を詠む。

都地を立隔て行く山の端を
　月に詠めて帰るあはれさ
〔京の都を出発してどんどん遠くなる山々の稜線《りょうせん》を月を見がてら詠《なが》める形となる帰路は、わが意に反するものだけに悲しいいし、えも言われぬ思いが胸にせまってくる〕

都思ふこゝろ隈なき月影を
　見てのみ慕ふなには江の浦
〔私の都——天皇を思う心は明白である。今、天空より余す所なく清く照らしている月光と同じである。この月は、都にも出ている……月を見ることでしか今は都を慕えない。ここは、難波江の浦なのだ〕

最初の歌について、新七は、その山影で京がもう見えなくなるという寸前に、今夜の月の美しさを意識したようでもあり、それ以後、ずっと月を見つづけてきたようでもあったので、このように詠《えい》じてみた。「あはれさ」には、〝悲しさ〟だけではなく、〝物のあはれ〟という色合いも付けてみたかった。哀しいのだが、自然の美しさも一方で受け入れられる人間《ひと》の心の不思議さをこめてみたかった。しかし、ことば足らずに終わってしまった。

次の歌は、入江の一角にある虎屋の窓からひょいとのぞいた時、水面《みなも》に浮かぶ月が新七の心をとらえ、そこから空に目を転じていく際、歌となったものである。目には見えて手に取れぬ月。八月十五夜、九月十三夜ならぬ十二月十一日の月であったが、京と大坂というそう遠くもない距離を、果てしなく遠いと思わせる清冽さに満ちていた。〝あきらめさせること〟と、〝あきらめさせないこと〟とを、すくと彫《え》り出すような天空からの光であった。

五十一　安政五年十二月十二日

天気、よく晴れている。今朝、大坂御留守居役より「用あり」と呼び出しがあった。早速、おもむくと、

「最近、お前に対する幕府の探索が厳しいので、すみやかに船に乗って国元に戻れ」

とのことであった。京都御留守役より受けた藩主の命令と同じ内容であったので、新七はかしこまって受けるのみ。

帰りの船のことなど、虎屋の主人に頼む。
小手田源五右衛門が久しぶりに尋ねて来た。

五十二　安政五年十二月十三日

雪が降った。
新七には、なごりの雪に思われた。
都の方角をながめていたら、胸の奥底から歌が生まれてくる。

弥遠に都離《さかり》て　なには江のいめも結ばず　夕月夜《ゆふづくよ》五更闇《あかつきやみ》の　不明《ほのか》にも雲居の空は見得分かで三雪降けり　大日枝の山もかくりて　八幡山白旗なせる　白砂《しらすな》の目妙《まくば》しきかも　何《いつ》かかく錦《にしき》の御旗《みはた》　大内のみ山おろしに　吹靡かせ我が大君《おおきみ》の　御車の御供たまひて　先駆て草生屍《かばね》　露霜《つゆしも》の消ぬべき時に　逢ふよしも有りなむ物と　思へどもまつ程遠き　筑紫男《つくしを》の為便《せむすべ》しらで　天地に満言《ことたら》はして　慕《しとふ》かも阿那慷慨《あなうれたき》や　我こそは國の罪人　朝廷辺《みかどべ》の宸襟《みこゝろ》苦しく　思食《おもほ》すを斯て見つゝも　帰るかも我身を恨み　哭涙《なくなみだ》袖さへ所漬《ひち》て　弥思ふ悲物《かなしきもの》は世間者《よのなかなれや》

〔都より遠く離れて難波（大坂）にやって来たが　昨夜は何の夢も見ず　五更（午前四時頃）

の薄闇《うすやみ》のほのかななか　見上げた空ははっきりせず　雪が降っていた……きっと比叡山も雪に包まれ　岩清水八幡宮も標《しるし》の旗のように白くおおわれているのだろう　ああ神前の白砂はきらきらとまばゆいことだろう　いつかこのように錦の御旗を　大内山（御所）の風に　吹きなびかせ　わが大君（天皇）の御車の　お供をさせていただき　先頭切って朝敵を退治しに出かけ　ついに草むす屍となって　露霜のように消えてしまう　そのような時にいきあうこともあるであろうと　覚悟しているけれど　時の至るのはまだまだ遠く　九州男児である私はどうしてよいかわからず　天と地に大声をあげて泣いている　ああ口惜しい……　私こそ国の罪人だ　なぜなら、天皇が苦悩なさっているのを見捨てて　薩摩の国に帰るのだから　帰国せざるを得ない我が身を恨んで　哭《な》く涙は袖をぐっしょりと濡らし　いよいよ思うのは　悲しいものはただ今の世のあり様だと」

反歌

よそにのみいつまでか見む都地の
　八幡の山にふれるしら雪

〔慕わしい帝《みかど》の居られる京の都を、いつまで遠くへだたった所で偲《しの》ばなければならないのだろう。京と大坂の堺にある石清水八幡宮に降った白雪《しらゆき》よ、その答えを知らないかい？〕

五十三　安政五年十二月十四日

朝、船に乗りこむ。安治川《あじかわ》を少し下ったところの富島で船泊《ふなどま》りをする。この安治川は、貞享元年（一六八四）に幕府の命を受けた河村瑞賢《ずいけん》が水害対策として淀川下流を開削して造った川で、もとは「新川」と言っていたらしいが、水が安らかに治まるようにとの願いをこめて「安治川」と名を得て、今に至っていた。

夜、千鳥が啼《な》きかわしているのを聞いていると、胸に迫るものがあった。

身を恨み世を歎息く我は友千鳥
　啼てなにはの夢も結ばず

〔帝のお役にも立てず薩摩に帰らねばならないわが身を恨み、同志と約束した義挙もうまくいかない世の中をなげいている私は、あの啼《な》きかわし友を呼びあう千鳥と同じで、泣きむせぶだけで夜も眠れない……〕

五十四　安永五年十二月十五日

同じ薩摩藩の友人たちが関東から下って、大坂安治川橋の下《もと》富島に停泊中の新七を訪ねて来たが、船中には他人の目・耳もあり、第一せまい。

そこで、一旦船を出で《い》、近江屋に行き、そこで関東の動静をくわしく聞く。薩摩において、我々を敵対する大物一人を中原が刺殺する策もあったとのこと、それは初耳であった。

いずれにしろ、互いに現状をなげき、泣くよりほかはなかった……

「なんもかも、うもう行《ゆ》かん。こんな体《てい》になっしもうてどうして我が藩におめおめと帰らるるっちゃ。どこでも良《よ》かで隠れ住んで、事《こと》の変《へん》あらば一早《いっはよ》う都に馳《は》せ参《まいっ》ち、朝廷《みかど》を守ろうと思う。有馬様《さぁ》は、どげん思う」

こんなことを連中は口をそろえて言う。

新七は、彼らの真情がいたいほどわかる。なぜなら、新七の真意と同じだからである。しかし、ここで焦っては負けである。冷静さが一きわ要求されるところだと、焦る人を見ることによって自ら見えてくることがあった。また、彼らを疑うではないが、どこに壁に耳ありかも知れぬ。嘘と真実のはざまを、わが心のまことを信じて、ことばに出すほかはない。

「お前様《まんさぁ》らの朝廷を大切に思うことの深さ、まこち頭が下がりもす。俺《おい》もそうしょうち、何度も思うたけんど、つらつら今の時勢を観《み》るに、有志の国々と言えど、将軍宣下ののちは、前と違《ち》ごておる。たいがい様子見の体《てい》になっち、すぐさま義旗を振りあぐっ者もあるとは思えん。

とにかく、大義を唱えて先がける者がおらんと、誰も手をこまねいているだけであろう。

じゃけん、我らの同志たちも、今月五日に勃興の約束を定め置いちょったけん、もうしばらく日を延《の》ばし、待っちょれば、ほぼ全国のありさまも知らるる事《こつ》じゃと思う。もし、勃興の事がずるずる延びるようなら、俺は一気《いっき》薩摩に下り、諸友らと勃興の決策をなすつもりじゃ。我が藩より三百人ちょっとでも起これば、義旗の呼びかけとなり、天下を動揺さすっこつは可能じゃろう。

そうすっと、四方の有志の国々も時日を移さずふるい起こるにちがいなか。今の恥をしのび、耐えがたきを耐えなければ、どうして大事をなすことが出来《でくっ》か。お前様《まんさぁ》らも、今しばらく我が藩の動静を待ち、もし勃興のきざしがなければ、すっぐ薩摩に戻らっしゃれ。

そうせんと、かえって、わが薩摩藩の反対分子にぶっつぶされて、大事など出来《でけ》んようになる」

新七は、まるで塾頭のように言い諭《さと》す。

実は、新七自身に言い諭しているようなものであったが、ことばを選び、いつになく静かに話す新七に、ついに彼らも同意した。

さあ、考えが一致したところで、酒盛りだ。

新七は、その夜は近江屋に泊まった。

五十五　その後の有馬新七

有馬新七の『都日記』の下巻は、「斯くて微《すこ》しく酒をも飲みて語り合ひ、今宵は此に宿りける」で終わっている。近江屋にそのまま居すわり泊まったのは、出帆までに戻れば問題はなかろうという読みがあったためであるが、薩摩には帰りたくないという新七の深層心理の現われでもある。

『都日記』の上・下のしめの部分には、

此の日記の中に長歌など物せしも甚《い》とをかし、予は歌のさまをもしらねども心に思ひ感《かま》くることをありのまゝにかくうち詠みけるになむ。其が辞詞《てにをはことば》のよしあしは更に歌人にまかせなむものぞ。

と記されている。自分でも、このような非常時に、万葉調の長歌などが次々に口をつくとは思わなかったにちがいない。「甚《い》とをかし」など平安期の女房文学の常套句を入れこんでいるのも、諧謔《かいぎゃく》的でちょっと面白い。

新七は独学で『万葉集』を読み学んでいるだけであるので、「歌の様《さま》をも知《し》らねども」と謙遜しているが、心に強くかかること、心を深く支配していることをありのまま詠んだ結果がこれらの歌だと言っている。ここに、おのが真実が歌いこめられているという自負でもある。ただ、「辞詞《てにをはことば》のよしあしは更に歌人にまかせなむものぞ」――文法や表現のよしあしは歌人、つまり歌学者の判定にまかせるとことわっている。輝かしい天皇の世紀《みよ》だと新七が考えていた万葉時代、その時代の文化であった万葉歌を自分も詠じることが心技一体として自らに不可欠のものだと確信しつつ、しかし、ここに、見かけに似ず含羞《がんしゅう》の人であった新七の照れたまなざしを感じることができよう。

新七は、『富士日記』を記した頃より変容した。それは、彼の内部の変容というより、外的状況の変化に拠《よ》る。江戸幕府を倒して、京の朝廷を上古のように日本国の国主の地位につけ奉り、新しい日本国の経営を行なう。この夢が叶いそうだったのが、富士登山の頃。しかし、幕府の厳しい制圧――安政の大獄が始まり、新七の生国《しょうごく》薩摩でさえ大きな推進の柱であった島津斉彬《なりあきら》公が急逝するという大打撃があり、この『都日記』上巻でやっとつながった希望の灯《ひ》も、下巻では消えんとしている。

このような社会の閉塞感に、新七自身の行きづまり感が加わり、本来の彼の人間性をおしころしている。

おしころされた分の反動が、万葉調の歌を詠むことで発散されて、やっと、新七の人間としてのバランスがとれている状況が、『都日記』からうかがえるし、『都日記』そのものが、当時の新七の存在証明なのである。

さて、『都日記』下巻の安政五年十二月十五日条の末尾は、明日薩摩へ出航するという夜、江戸より来た同志たちと近江屋でいささかの宴をなし、そこに泊まったことが記されている。

その後の新七の動静は、残された文献から断片的に知られる。

その一つに、「友人に贈る書（断片）」（『有馬新七先生傳記及遺稿』所収　三五文書）というのがある。薩摩帰国後、江戸にいる同志に出した手紙の草稿の断片であるが、そこには次のようなことが書かれている。

〝去る十二月十一日に伏見をひそかに発《た》ち、陸づたいに山越えをして大坂に夜の五つ時分（午後八時頃）に到着。翌朝、船に乗りこんだのだが、同志の人々が次第次第に多く集まって来たので面会をしていた。〟

『都日記』下の十二月十五日では、彼らとゆっくり話すために一旦船を出《い》でて近江屋に向かったことが記されていた。ところが、彼らとの会合のあと「微《すこ》しく酒をも飲みて」とあったところが、この手紙では、

〝ちょっと色男《いろおとこ》気分で妓女や舞子等を引き連れて安治川あたり（おそらく道頓堀あたりまで）遊び回った。〟

と記されている。これは、忠臣蔵の大石内蔵助が祇園遊びで敵の目をくらましたのと同様、

遊興にうつつを抜かす姿を見せて幕府隠密の目をごまかそうとしたものと思われ、それほど驚くべきことではないのかもしれない。驚くべきは次の一行である。

〝それから同志二、三人と中国路を通って、ようやく年が明けての正月二十一日に薩摩に帰着。〟

新七は、あの船には乗らなかったのである。十月二十七日に桜任蔵を因幡国に見送り、自らは薩摩行きの船に乗るように見せて結局は降りてしまった時と同じである。もちろん、ここにも、幕府方の探索の眼をそらすという作戦が考えられるが、中国路・九州路をゆっくり旅人として通ることによって、周辺の大名小名の勤王の志の度合いをこの眼・耳ではかれるし、特に、長州の現在の状況の把握が出来ると踏んだからである。

年の明けた安政六年正月九日、下の関で、新七と相前後して江戸を出て京を経由して薩摩に戻っていた堀仲左衛門と出会う。その時の様子が備忘録である「遊歴中偶録並草稿文留」(『有馬新七先生傳記及遺稿』所収　一三文書)に記されている。

〝己未《つちのとひつじ》(安政六年)正月九日、下の関にて堀仲左衛門に会う。ほぼ薩摩の事情等も聞くことが出来た。挙義の一件につき、肥後の国は役に立たず、筑紫の国もこの際は見合わす様にとのことである。月照和尚も亡くなられて、きわめて残念である。〟

実際には候体で記されたこの箇条は、誰かへの手紙の草稿の一部と見られ、書き落としてはならない事を新七が事前に書きつけたものと想定される。『都日記』上の安政五年九月十日の条に、月照和尚に対する京都所司代の嫌疑が深いので難を避けようとして西郷隆盛と有村兼俊が護衛して奈良に行くことが記されていたが、後から思えば、この時が月照と新七の永遠の別れとなっていたのである。

近衛家より月照の身柄《みがら》保護を頼まれた西郷隆盛は薩摩まで同道するが、西郷を見込み庭方《にわかた》に取り立て藩や国全体の改革に邁進していた島津斉彬が急逝して三カ月余、斉彬のやり方に反対していた者たちが勢いを盛り返した薩摩藩は、月照の身柄引き渡しを要求してきた。月照の人間性に惚れこみ、かつ、近衛家や引いては朝廷への責任を感じた西郷は、月照との入水を選ぶ。錦江湾に小舟を浮かべ、薩摩を訪れていた元福岡藩士平野国臣《くにおみ》と酒を汲み交わした後、二人手に手を取って身を投げた……平野はあわてて救助するも、月照のみは蘇生しなかった。薩摩藩は、二人とも溺死として幕府に報告し、西郷については奄美大島に隠れさせる。

新七は、堀より、真実を伝えられたからこそ、「月照和尚も被相歿候由承残念の至に候」と記したのである。「月照和尚、西郷も」となっていないところに注目したい。

安政六年正月二十一日、故郷薩摩に帰り着いた新七の心が晴れやかではなかったことは十分察せられる。

先に引用した三五文書のつづきには、

〝幕府よりいろいろ嫌疑もかけられているし、また挙義の計画が発覚するのを恐れて、病気と称してみだりに人には会わない。志《こころざし》を同じくする者のみに、ひそかに会って相談している。〟

と、新七は記している。庭先から桜島を眺めることはあっても、桜島を抱く海上《かいしょう》を目に入れた時、無念の入水を遂げた月照和尚のことを想わずにはいられなかったであろうから、また、奄美に潜居中の西郷隆盛の死を賭《と》した責任の取り方に新七自身の責任の取り方を考えさせられていたであろうから、その心は重かったはずである。

しかし、新七は、望みは捨てていなかった。同じ三五文書には、

〝勃興（挙義の実行）も遠からずあると考えている。もはや、今の機会をのがしてはないとさえ思っている。〟

とまで言い切っている。

鬱々《うつうつ》としながらも、新七は打つ手は打っている。一三文書には、安政六年正月二十八日の事として、鹿児島城下の下町に住む喜平次という男ともう一人に、ひそかに江戸へ向かわせたりしているのである。こちらの情報を江戸の同志に伝え、江戸の情況をこちらに運んでくれる役目を命じたのであり、町人ならば当然商売品の物流の目的もあり幕府方に疑われることもない。

安政六年二月十九日に、堀から京都の情況が書状にてもたらされる。

〝近衛家の老女村岡が所司代に拘束された。

近衛公は御謹慎。

三条公は八幡の御領地に御謹慎。

青蓮院宮ではお屋敷の門番として幕府方の役人が出向して、出入りの人々を探索。

青蓮院の宮も今は幕府を刺激せず、機会を気長に待つしかないとお考えの様子。

主上はいささかも御志《こころざし》を動揺させてはおられない。〟

など。

二月二十二日には、水戸は、とにかく現在は動かず、機会を慎重にねらっているという情報が入る。

二月二十四日には、近衛家も現在の御所近くより、洛外桜町の下屋敷に引っ越しされ、さらに謹慎の度合が深まったことが伝わる。

三月九日には、越前の橋本左内が幽閉され面会も出来ないことがもたらされる。また、奄美大島に潜居中の西郷氏《うじ》――今は菊地源五と改名しているが、その西郷の見立てでは、薩摩藩が率先して挙義することは今の状況では無理であるらしい。

この頃になって、江戸で新七も世話になった日下部伊三治（伊三次）が去年の十二月十七日に死去したことが伝えられた。櫛の歯が欠けるとはこういうことを言うのだと、新七は寂しくてたまらない。

最初は病気と称して逼塞していた新七であるが、同志との相談の中で、もし藩主や重臣が動いてくれない時、新七たちが脱藩して挙義のため京に向かう約束が成立していた。そこでどういう道筋で薩摩をひそかに脱け出せばよいか、新七は試みの旅をしている。三月八日に自宅を出、日向国細島に向かったが、ここは我々の目的を十分弁ぜられないと見きわめて、十六日には鹿児島に戻っている。結局、いざという時は、鹿児島湾より直接海路を取ることにし、ひそかに大型の鰹船二隻を入手し、船長には田中新兵衛を当て、いつでも出発できる準備をととのえたのである。

しかし、安政六年五月、六月、七月、八月と過ぎても、機は熟さないままであった。そのうち、徳川斉昭の永蟄居《ながちっきょ》、一橋慶喜の隠居謹慎が幕命によりなされ、橋本左内に死罪が、吉田松陰にも死罪が申し渡されていく。

翌安政七年三月三日の桜田門外の変への序曲が奏でられていったのである。

安政七年は改元されて万延元年でもある。万延二年は又もや改元されて文久元年となる。落ちつかない世情のなか、文久二年四月十六日、薩摩藩主島津久光は士卒千人を率いて京に入った。

有馬新七や西郷たちが数年間あたためてきた尊王思想に基づく日本国の大改革が実行される最高最大の好機が到来したのである。

しかし、四月二十三日、伏見の寺田屋に集まった有馬新七たちは、久光から派遣された奈良原喜八郎らに上意討ちという形で討たれてしまう。この寺田屋の変を「終章」とする有馬新七の物語については、『都日記』とは別に綴らねばならないであろう。

第三部　寺田屋事変

一　石谷村にて

京より薩摩に戻った安政六年晩秋の頃……

鹿児島城下の有馬家で新七は寝たり起きたりの日々を暮らしている。表向きは、病《やまい》。だから、蔵方目付《くらかためつけ》という職も怠《おこた》りがちである。

妻にも子にも本心は見せず、家族の寝しずまった深夜から、「眠れぬ」と称して行灯《あんどん》をつけ、ひそかに江戸や京の志士たちとやりとりしている書簡をひろげ、読みなおし、そして返書をしたためる。これらの手紙は、ほとんどが伊集院の叔父坂木六郎宅を経由していた。

新七本人は、堅い信念のもとにこうした生活をしているつもりであったが、昼夜逆転の鬱々《うつうつ》した日々が身体によいわけはない。第一、新七のあの人を魅きつける明るさと覇気が次第に失われていく。そのことに一早く気づき、心を痛めたのは、精忠組の仲間ではなく、同じ城下の町田直五郎の甥《おい》町田助太郎であった。助太郎は、後、久成《ひさなり》と称し、〝近代博物館の父〟と称され文化財保護政策に功の有った人物であるが、この時、まだ二十二歳の若者であり、町田家の当主として伊集院岩谷《いしだに》（石谷）村の領主職をつとめていた。若きゆえに、村経営の問題も多く、時おり、叔父に相談に帰っていた。

直五郎家の床の間をもつ八畳間は、南に面して開かれていた。助太郎は、玄関を通らず、庭に回り、その縁側に脚《あし》を落として叔父と会う。すでに立礼はすませているので、横目に叔父の姿をおさめつつ。

「こん茶は、あの茶の木から出来《でく》ったものごわすか」

叔父は「じゃっど」とうなずく。

「うまかなあ。石谷のもんといっちょん変わらん」

「いやあ、石谷の如川霧《ごと》がなかけん、深みがなか……」

そう言いつつ、直五郎は、立石《たていし》を配置し、小さな小川を見立てて構えた池の周囲にびっしり植えこんだ茶の木を見守る。

「口には寒かか知れもさんけど、来年初節句迎える御近所の若嫁御《わかよめご》たちに教え方に灰汁巻《あくまき》を作りましたもんで、召しあがりあそばして……」

叔母は、御殿女中の経験もあり、ことばが丁寧である。助太郎は、「あそばして」を聞いて、あやうく、にんまりするところであった。旧年、斉彬《なりあきら》公のお許しを得て、この叔父と二人、江戸に遊学したおり、山の手のお武家衆の奥様ならず、日本橋界隈《かいわい》の大店《おおたな》の奥さんまで、「遊《あそ》せ詞《ことば》」を流行語《はやりことば》のように使っていたことを思い出したからである。いよいよ薩摩に上陸か!

喉元にひいやり、つるるんとしたちまきを落としこみつつ、「遊学」「江戸」「藩邸」と助太郎の連想は進みゆく。

「おお、そうじゃ」

我知らず大声を出したものだから、叔父は口に入れたばかりのちまきを、ずるんと一気に呑みこんだらしい。しばし、むせている。叔母は、「まあ、おほほ」と小さく笑うと、そのまま奥に消えた。

「叔父さん、前から相談しちょっ件でごわすが、ええ先生を思いつきもした」

「ん？　例のどうしようもならん青年《にせ》を教導するという話か」

「はい。有馬新七先生です。ほら、江戸へ行った時、藩邸の糾合方《きゅうごうがた》をしっおられた……」

叔父は、助太郎の脇を抜けると、縁側石にのっかっていた下駄をはきこみ、茶の木の側に行った。

「川霧が、の、なかけん、いかんと。この茶は。このちっちゃな作り池では、本《ほ》にならん……何とかせにゃならんじゃっども」

「夕暮れか朝早《はやん》く、この連《つら》なる大石に冷たか井戸の水、ぶっかけてみれば、いかがおじゃっと」

「……ん？　そりゃよかかも。やってみたい如《ごと》ある。やってみねば、わからん。やる前に、駄目じゃと言うのは、筋が通らん」

叔父は助太郎の脇に、同じように脚を落として坐りこむ。小声で、有馬新七のよくない噂——精忠組でも過激で、城中の古老たちからは危ない男と見られていることを述べ、少し声を大きくして、江戸藩邸での漢文漢詩の講義や写しで読んだ『富士登山の記』をほめ、ついに大声で、

「よかじゃなかか。あん人の叔父さん、坂木六郎殿《どん》ば私の知らぬお人でもなか。あの六郎殿

は偉《えら》かお人じゃっど。伊集院の民百姓《たみひゃくしょう》がほめちょったから、本物じゃ」

助太郎は、嬉しかった。叔父のこのほめ方は、知らない人が聞いたらへそまがりに聞こえるかも知れないが、教育の原点をついていた。その人が誰の手元、教えで成育したか、また、その人の立派さは、上なる人が見定めるのではなく、下なる人が見定めてはじめて正しいものであることを、過不足なく示していた。

助太郎は、自分も新七に願い出るが、年長の叔父から、自分の後見役として正式の依頼を出してくれと頼んで、茶の家を後にした。

折しも、その十一月、精忠派にとっては目の敵《かたき》の日置《ひおき》領主島津左衛門が藩政改革の主導者としてお城に入った。病弱をもって欠勤中の新七は、蔵方目付を辞した。辞すということは扶持米が入らないことで、家庭としては大変なことなのに、薩摩の女の一般として、妻はただ黙して聞いていた。翌日から、御菜《おさい》（おかず）が急に落ちたわけでもなく、里やその他の縁故を頼って、あるいは、着る物を工面して賄《まか》なっているのだと思うが、新七は「苦労をかけて済まない」などと声をかけることが出来ない。照れくさいのである。「女子《おんなこ》どもの預かり知らない大事《おおごと》を俺は託されているのだから」という自負もあった。京で春女《はるじょ》と和歌と俳句の優劣問題をした時のような女人への敬愛などといった観点は、薩摩に戻った途端、どこかへすっ飛んでいた。簡単に言えば、〝郷に入れば郷に従え〟に従っているのである。無意識に。

新七は、翌万延元年の二月、独りで石谷に移った。戦国時代にあった城も、今は城壁のみを残す古城となり、その一角に町田家の屋敷があった。屋敷と言っても、田舎の大庄屋よりも質素である。当主の助太郎は、石谷の経営を全て新七にまかせて、鹿児島城下で学び、見聞したいことが一杯あった。せめてあと、四、五年は城下で若い侍たちと切磋琢磨して、頭にも肝っ玉にも十分な物を貯《た》めこんで、石谷の領主として動きたかった。

町田の屋敷を自由に使えと言ったのに、新七は、寝泊《ねどま》りは薪炭《しんたん》小屋を兼ねる離れでしていた。

「隙間風がきつうごわんど」と助太郎が言うと、「なあに、あいつらと同じがよかと」と新七は笑う。

「あいつら？」

「ほれ、郷《ごう》教育を抜けて、博奕《ばくち》にうつつぬかしておる奴ら。夜、家が寒かけん、ぬくい人だまりに吸い寄せられるのでごわそう」

「なら、時々ここへ呼ぶか」

「はい。火事を出さんごとして」

新七は、頼朝将軍の頃より名家として聞く町田家の御曹司《おんぞうし》というだけではなく、この助太郎が気に入っていた。学問も出来る。ただ、武術が少々苦手のように見受けられた。本人もそれを自覚していて、

「俺《おい》は危《あぶな》か時は、友に助けてもらうことにしちょいやす。そのかわり、友が学問苦手なら、

なんぼでも助けやす」

と、臆したところがないが、石谷の悪童連には、これは効かない。新七のように、一見しただけで威圧されそうな人が上に立つ方がよかったのである。

五月、節句の前日、城下から下男に伴われた長男幹太郎が、灰汁巻を沢山届けに来た。数え歳で十《とお》である。新七は、二十三で牧野半兵衛の娘於恒《おつね》を嫁にしたが、家風なじめず離縁。そのあと娶《めと》ったのが和田甚兵衛の娘於満《おまん》で夫婦仲きわめてよく、新七、二十七歳の九月、この幹太郎誕生。しかし、産後の肥立《ひだ》ちわるく、九月晦日に於満は死去。赤子をかかえて右往左往する新七のもとに、於満三回忌を過ぎて嫁《とつ》いで来たのが中原七右御門の娘お貞《てい》であった。お貞は、幹太郎を可愛がった。嫁いだ翌年に生まれた正次を、幹太郎もまた弟として可愛いがる。江戸や京に遊学している夫の留守中、お貞はよく家を守っていたが、六歳で次男正次は夭逝している。その事実や哀しみは、『都日記』に一切、反映されていない。

お貞は、伝統的な薩摩の女であった。哀しみに長くひたることなく、幹太郎の養育に心を尽くし、足の鍛錬をこめて、こうして石谷まで使いをさせたのである。

父に、「おやっとさあ」（御苦労さま）と声をかけられ、幹太郎は、嬉しくてたまらない。つい、足に出来た肉刺《まめ》が破れて今血が出ていることを話した。

「前《まえん》の井戸で、足をよお洗え。ほれ、この布《ぬの》ん切《きれ》できびっておけ。お母様《かっさま》には言うなよ。女にいらんざらん心配させるのは、男じゃなか」

新七はこう言うと、「書《か》き物《もん》がたまっておるけん、茶を飲んだら、坂木の家へ行け。この茶袋、一つはお前《まん》の家、一つは坂木にな。今夜は泊まってもよかけん、明日、鶏《とり》が鳴いたら一番で鹿児島《かごんま》戻るとよ。いくら勧められても遊びはならんと」と一方的に命じて、役所へ消えて行った。

幹太郎は、涙ぐむ。おっ母《か》様の話だと、ここでゆっくり泊まれると聞いていた。この石谷の端午《たんご》の節句を十分楽しんで来るように言われた。村の子たちの分まで、ちまきを運んで来たのに……

下男にうながされて町田屋敷を出る時、行きちがいに屋敷に入る十五、六、七の若者数人とすれちがった。父の教える若者たちと、すぐわかった。若者たちは見慣れぬ少年に一瞬目を留めたが、すぐ明日の剣術試合の話を始めたようだ。幹太郎は、自分が肉刺まで作って持って来たちまきが、あいつらの口に入るかと思うと、くやしくてくやしくて、また泣きそうになった。

幹太郎の手前、大袈裟に「役所」と言ったが、ここは下屋敷のようなもので、本当の役所――御仮屋《おかりや》は仁田尾《にたお》にあった。ここからは少し離れていた。

御仮屋に板敷の広間があり、学問所としても剣術道場としても使っている。石谷は、百姓よりも郷士がなぜか多かった。谷川ぞいに開けた村であるから、稲作向きの田畠《でんぱた》が少なく、根っからの百姓は住みにくかったのかも知れない。火山灰地の水はけのよさも、畑作物の品を限定した。米よりも麦・粟・大豆・唐芋《からいも》（薩摩芋）・煙草《たばこ》に向いていたし、何よりも石谷川の川霧を生かした茶栽培が有力であった。薩摩半島のまん中あたり、方や錦江湾、方や東シナ海に注ぐ分水嶺にある石谷村は、全村高地にあると言ってよく、坂道だらけである。ついには神之川《かんのかわ》となり東シナ海に注ぐ谷川もここでは地形に従って五つの川と別れ、農作業といい林業といい、協働作業なくしては成り立たなかった。そこで、古くから、今で言う共同意識が強かった。

新七は、教育にもそれを応用した。

仁田尾での文武の稽古は、地域をいくつかに分け、全員そろって参加する日を決め、特に優秀な者は他地域の夜学にも参加させて、競争心を育てた。全員声がけしての参加であるから、いじめによる無視やずる休みは出来なくなり、博奕にうつつを抜かす輩《やから》もおさまってきた。

その様子を五月十二日付で町田直五郎に報告した新七の手紙が残っている。甥の助太郎様には、そちらよりこの手紙を御回覧下さいと付け足しているのは、助太郎が年長の叔父直五郎の顔を立てて新七を取り立てたことに対する礼儀でもある。

一カ月後の六月二十二日には、「本府へ」として、石谷の事実上の領主である鹿児島在の町田助太郎宛てに、石谷の民政上の決定事項を書き送っている。冒頭が、「尊書昨晩相届き拝見仕り候。然ば」とあるところを見ると、すでに新七が提案したことに対する「承諾および激励」が助太郎よりあっての返書と思われる。

この書では、昨日、石谷中の人々を全員集合させて、「伍人組合《ごにんくみあい》」（五人組）による相互扶助制度を説明し、全員に承服してもらったことが、まず、記されている。五人組は、江戸幕府の支配組織として、寛永期（一六二四～一六四四）に制度化されたものであるが、幕末になると次第に形骸化し、地域のまとまりがくずれ始めていたことが、この一件で、逆にうかがわれる。新七は、現在の幕府の治政に大反対で、新しい国づくりを叫んで行動しようとしているのであるから、この「伍人組合」は、新たな試みとしてのものである。

「伍人組合」毎に、「小頭《こがしら》」を相談によって選出し、艱難《かんなん》の際は互いに助け合い、それぞれの父母兄弟親族のつきあいまで仲良く行なうことに全員が賛成してくれて、こんな幸せなことはないと、新七は記す。また、他村の者が石谷に来て耕作する「入作《いりさく》」についても、人によって年貢の軽重があり不公平なので、戸口調査を行なって公平を期したいこと、入作を許可するにあたって、生活困窮者を優先的に考え、少しでもその生活が楽になるような方策を講じてやるべきこと、石谷村の「刑法」を定め、罪の軽重を慎重に決したい、運用にあたって刑法が繁雑だとかえってあいまいになるので、三章ぐらいに簡略にまとめたらいかがか、など、領主たる町田助太郎に進言している。

まことに穏やかで沈着で人間味のある意見であり、新七のこのような一面を我々は見落としてはならない。

石谷村において、罪を犯した若者に与えられた刑の一つに、労役がある。単に牢《ろう》につなぐのではなく、労役によってつぐなうのである。今に有名なのが、伊集院から鹿児島に通ずる悪路に石を敷いて、雨の際も歩き易くした工事である。一抱《ひとかか》えもある大石を、奥の溪谷から運び出し、一つ一つ敷いて行くのである。運ぶ時も、二人から数人の共同作業であり、へたをすれば誰かの足に落としかねない。自分も細心の注意をはらい、相手を思いやる。そして、出来上った道は、老人や女子どもの役に立つ。いや、牛や馬も通り、石谷の農業・林業の役に立つ。自分たちが人の役に立つことを自覚した者は、再び悪さはしない。それが、新七のねらいであった。

それから、もう一つ。若者の祈る対象を作りたかった。寺があっても、童《わらべ》の頃の手習《てなら》い場所であり、真底《しんそこ》で祈るという者はほとんど見られない。自分には幸い、楠正成に対する敬愛から発した信仰がある。町田家に伝わる楠公《なんこう》の木像を御神体に楠公社を作り、祈ることの、文武の稽古では得られぬ心の状態を体験させることにした。この木像は、水戸光圀《みつくに》公が湊川《みなとがわ》に楠公の墓碑を建てた時、広厳寺に納めた三体の木像の一つで、故あって町田家に伝わったものであった。

町田助太郎の快諾を得て、新七は田仕事、山仕事の合い間の村人と楠公社の建設準備にかかる。

このような仕事に自分を追い込む必要が、新七にはあった。何もせずにいると、気狂《きくる》おしくなるようなことが、実は、起こっていたのである。

時を少しさかのぼるが、万延元年の春、藩主島津茂久《もちひさ》が江戸参勤に向かう折、随行の侍を全て日置一派から選び、精忠組を一人も加えなかった。このこと一つ、理不尽で納得がいかない。もっとも、茂久は、筑後の松崎までやって来た時、「三月三日桜田門外で井伊大老暗殺さる」の報が入って来たため、参勤はすぐさま取りやめとなっている。茂久は「病《やまい》」と称して、薩摩に戻っている。

『都日記』にしたためているように、新しい世を開くために井伊大老は一番の障害であり、井伊直弼を暗殺することは全国一斉に挙義を起こすきっかけになると結論づけてきた新七たちにとって、暗殺成功は一つの快挙ではあったが、水戸と薩摩の浪士十八人のみで成された連鎖力の弱い決起であった。十八人のうち薩摩者《もん》は、たった一人。

「あん人は、脱藩しちょるけん、こん薩摩と関わり無《な》か」

城下では、こう取り沙汰され、この件に触れることさえ出来ない風潮であるらしい。

新七は、何かが大きく違ってきていると感じた。自分たちに詰めさせるだけ詰めさせて、結論まで出させておいて、「そいつはちょっと機が早かが」と言って、冷たくつき放して置く。それが、今の薩摩のやり方だ。茂久公のなさり方だ。

いや、茂久公は、伯父でもある前藩主斉彬公のお考えを十分理会《りかい》されているはずである。日置一派がいいころかげんに茂久公を言いくるめているのである。だから、折を見て、建白書を出さねばならない。いつ、出すか、どう書くか、新七は公務の終わった夜遅くまで、机に向かうことが多くなった。

現在の歴史観では、桜田門外の変で井伊大老を失ったことが幕府の根幹をゆるがし幕府崩壊につながったとされているが、当時の新七にとって、それも江戸よりずっと遠い日本の西の果《はて》に居る新七にとって、この決起が諸藩の勤王の志士を一気に駆り集め、幕府を倒す炎にならないことが口惜しかった。場合によっては、自分も与《くみ》していたかもしれぬこの決起に、今生命《いのち》生きてここに在ることの後めたさ……たった一人駆けまじった有村次左衛門の潔さの裏に、水戸藩の連中に対する薩摩の優柔不断をわが肩一つに負って、「これで許したもんせ」という叫びを聞く。死ぬ覚悟の上に、さらに自分を追いつめ、何が何でもと、有村は井伊の首級をあげたのである。

「腕が強かで、そいでも和田倉門外まで逃げち、そこで腹かき切ってごわすと」

そう、新七は聞いている。

有村の兄である雄助は、決起の輪を京に拡げようとひそかに江戸より京に向かったが、薩摩藩の手で伊勢四日市でつかまり、鹿児島に送られた。着いたとたん切腹の命が。その介錯にあたったのは、親友であった奈良原繁（喜八郎）である。体《てい》よく「切腹」の形をとっているが、上意討ちにほかならない。介錯する奈良原の気持ちはいかばかりであったろう。どうせなら、もともと仲の悪い日置一派に介錯させればよいのに。心の許し合った同士、最期の時を持たせてやろうという藩主の心を、そこに見出せなかった。

次男の雄助二十八歳、三男の次左衛門二十五歳を相ついで失った母のお連《れん》の気丈さは新七の耳に達していたが、気丈さを賛嘆する前に、することがあろうと新七は思う。

「おいは知りもさん」を通そうとする藩主への諫言《かんげん》である。

二　建白書

新七は、建白書の草案を何度書き換えているだろうか。年も改まり、万延二年――改元されて文久元年となっていた。

その四月二日に、ついに建白書は完成した。石谷の山桜もすっかり散りおわった頃である。忠言なのだから、逆鱗に触れれば死を賜わる可能性はあった。しかし、新七は、月照和尚や西郷隆盛たちと何回も協議して得た結論の流れに素直になることで、かえって茂久公の良心に訴えようとしていた。その流れは、大筋では、勤王の立場をとる薩摩藩主の斉彬公以来の道筋でもあった。内容に公然とした誤りがなければ、そう簡単に罰されるはずはない――新七の心の奥が、そう勇気づける。

建白書では、まず、朝廷の勅許なく開国した井伊掃部頭《かもんのかみ》の件に触れ、開国によりわが国が未曾有の危機にさらされていることを述べ、「御一大事此時に御座候」と、強く詰め寄っている。

天下の大名小名は「猶予不断」(優柔不断)でいたずらに遠くから見て、動きがあったら自らも立とうかとしているようだが、結局、目の前の利害得失のみを計算して、大義名分という筋を通すことを考えていない。一国一身の禍福にとらわれて天下の安危を第一義に考えないから、天下に大義を唱え真の勤王の行動をとる人がないと、新七は現状を憂《うれ》える。

そこで、茂久公が心の奥深く忠義の志をお持ちで、将来を見据えた計り事《はかりごと》をめぐらしておられることはわかる、しかしながら、夷狄（外国）は兵庫港に商館を造ろうとしており幕府もこれらの動きを支援している現状では朝廷の存亡きわめて急なるものがあるので、すぐさま「御英断」をと、たたみかけている。

その「英断」の具体策として二つをあげている。

就ては近頃恐入り奉り候へども、大守様御英断在らせられ、天下義兵の魁主と成らせられ、速に尾張・水戸・越前・筑前・肥前・長門・因幡・土佐等有志の御大名へ御直書御遣し遊ばされ、深く御結合の上、期限を定め京師へ御出馬、勤王の御趣意御奏聞の上、勅命御奉戴、奸賊安藤帯刀酒井若狭守等が輩御誅伐これあり、幕府を御輔佐、諸大名を和輯し、外夷を攘除し皇室御再造の御策略決定在らせられたく存し奉り候。此儀軽挙妄動の暴策の様思食され候はんも測りがたく、恐入り奉り候へども、方今の噂に當りて外に策の施すべき様これなく、第一策此他には御座あるまじく存じ奉り候。

冒頭と末尾に「恐入《おそれい》り奉《たてまつ》り候《そうら》へども」と配し、「在《あ》らせられる」など最高度の敬語を用いた文体は、読む茂久公の怒りを和らげる効果をもつ。茂久公が天下義平の「魁主」——今でいうリーダーとなって、尾張・水戸・越前・筑前・肥前・長門・因幡・土佐などの勤王の志ある大名へ自筆の書状を送って、深く「結合」する。幕末・明治でも化学や数学上でしか使われていなかったと思っていた「結合」が、新七によってこのような文脈で使われていたことを知るのは、新鮮である。「結託」ではなく、「結合」ということばに、誠意と平等を込めたものと思われる。

「期限を定め」というのは、「日時を決めて」ということで、以上の諸藩が一斉に京都に集結して、朝廷へ「勤王の趣意書」――勤王の志と朝廷による日本国の経営を申し出て、勅命をいただいて、今まで外国にこびへつらい勤王の士を弾圧していた安藤帯刀や酒井若狭守を誅伐する。これら悪役人を除いた状態の幕府を輔佐して諸大名を一つにまとめ、不平等な条件で開国をおし進めた外国を排除して、皇室をもって日本国の要《かなめ》とする策略を決定してくださいと求めた文章である。

これが第一策であるが、茂久公が矢面《やおもて》に立つことを躊躇する可能性も高いので、つづいて新七は第二策を提示する。

若、御国家の御時勢情態に於て、行はれがたき御訳合も、在らせられ候はゞ、第二策は当時一橋侯越前侯御賢明忠実の御方にて、天下人望の帰する所、徳川御家に於ても御親戚の方にて、誠に得がたきの御人物に御座候間、大守様より一橋侯を徳川家御後見、越前侯を大老職に任ぜさせられたき段御建白在らせられ度且つ閣老の中に久世大和守様は頗る志もこれ有る御方の由に御座候間、別段御直書を以て前件の次第且つ安藤、酒井を逐斥し、土屋侯を所司代脇坂侯を閣老に仰付けられ度趣、巨細仰せ進せられたき儀と存じ奉り候。左候はゞ久世侯も大に力を得られ、猶亦所置の道も御座あるべく、勿論一橋・越前の両侯幕政御輔佐これ有り候はゞ叡慮を靖んじ奉るの策は如何程も出来させらるゝべしと竊に存じ奉り候。

第一策が薩摩藩の現在の事情や状態で実行が不可能ならばと、表立って薩摩藩主が動かなくて済む方法を、新七は提案する。それとは、朝廷にも忠実でかつ天下の人望のある一橋慶喜と越前の松平慶永《よしなが》（春嶽）をあげ、一橋慶喜を徳川家後見に、松平春嶽を大老職につけるよう茂久公が建白せよと言うものである。また、勤王の志のある久世大和守を老中に入れ、安藤帯刀や酒井若狭守を追い払う、かつ、土屋侯を所司代に、脇坂侯を老中にするよう茂久から詳しく進言してほしいと頼む。

第一策で、「誅伐《ちゅうばつ》」となっていた安藤帯刀・酒井若狭守への処罰が「逐斥《ちくせき》」に和らぎ、公武合体路線を示唆した結果になっている。

薩摩藩は、新七のこの第二策を採用し、以降動いていく。文久二年四月、藩主茂久の父である久光が孝明天皇に提出した幕政改革の趣意書は、この延長線上にあたる。しかし、皮肉にも、この京入りの際、寺田屋で有馬新七は上意討ちされるのである。

時を、新七の建白書の時点に戻そう。

新七は、第二策を提言したのち、今の天下の状況から見ると、この二つの策しかありえず、万一、幕府がこれら薩摩藩主からの建白・忠告を受け入れられなかった時は、「已を得させられず、京都に御出馬在らせられず候ては、決して済ませられがたき儀と存じ奉り候」

——つまり、薩摩藩主が盟主となり武装して京都に入り、朝廷を守って幕府を討たねばならないと述べた。

この、〝どとめ〟の部分が、新七と、茂久およびその父久光とは違っていた。あくまで第二策のために、じっくり根回ししていくというのが薩摩藩の考え方であり、同じく精忠組であっても大久保利通は藩主の側近に抜擢され、こちらの実現に本腰を入れていく。

藩主への建白書は、以降も長々と説得の文面がつづき、順徳院（島津斉彬）の死で薩摩の勤王の志がゆらいでないか、今すぐでも薩摩の侍に御所を守ってほしいなどと主上（天皇）が実際仰しゃったことを月照和尚から自分ははっきり聞いているなどと、亡き斉彬や月照のことを挙げて、藩主の良心に強くゆさぶりをかけたりしている。

建白書の末尾は、

「臣　君上を敬愛し奉り、御國家を憂ふるの至情黙止し難く、謹んで言上奉り候。愚者の千慮も一得、愚夫愚婦の言、尚取るべき有り、御巻の談、徒らに棄つ可らずと申す古諺も御座候得ば臣至愚の妄言も亦御國家に於て、萬分の一も補ふこと有らば、臣死すとも地下に瞑目仕る可く候。誠惶々々謹言。」

となっており、謙遜しつつも、藩主のおとりあげを祈っている。万分の一のおとりあげでも、死して悔いなしと新七は述べる。

「酉四月二日有馬新七正義」と署名されたこの建白書は、草稿として残されているものを基にしているが、この建白書に対して藩主から下された回答も、さらに新七の自筆で補われている。

御小納戸役《おこなんど》（秘書にあたる）を通して、「ここに書かれていることは尤《もっと》もだけれど、今のところ、断然と実行しにくい事情もあるので、もしも『変事到来』の節には勤王の行動をとる心得があることを、お前も承知しておきなさい」というお答えがあったのである。

逆鱗にふれて成敗されなかったことは幸いだし、建白した内容は「尤」と言ってもらえたので、新七にとっては、面目の立つ結果と言ってよいだろう。しかし、それで何かが急に変わるということはない、という答えでもあった。

新七に軽い失望がなかったと言えば、嘘になろう。

三　楠正成への祈り

大久保利通は、自分の思い通りになるよう身の回りの人々や要《かなめ》の位置にある人々に上手に接触し根回しをたゆみなく取り進めるが、新七はそういう質《たち》ではない。〝言《こと》の葉《は》〟――文字で記して人を動かそうとはするが、それが行き詰まると、同じ〝言の葉〟で神をゆり動かそうとする。そして、神意によって、事を大きく動かしてもらおうとするのである。〝祈り〟

に逃げるのではなく、〝祈り〟に生きようとした。

新しく出来た楠公社に新七は文久元年九月四日付で願文《がんもん》を納めている。

今日本は、外国のために蹂躙されている。幕府はその手先となり港に商館を造り邪教寺（教会）を建てて、天皇のお心をなやましている。国々の藩主誰一人として幕府を訂《ただ》すものなく、国民は圧政に苦しんでいる。私正義（新七）は身分低い辺境の微臣であるけれど、安政五年の秋九月に内勅を受けて関東に下りいろいろ勤王攘夷に心力を尽くしたが、うまくいかなかった。朝廷のために働き京都で生命《いのち》を失ってもいいと思っているが、薩摩を自由に抜けることさえできない。だから、京都に残っている友人と相談して、陽明殿（近衛家）にやとってもらおうと、願い出ている。これが可能になったら、近衛家を通じて朝廷の守りとなれると思う。だから、近衛家への士官がすみやかに成就するようにと、願をかけたのである。

新七の父四郎兵衛は、島津の郁姫《いくひめ》が近衛忠熙《ただひろ》公に嫁するにあたり付人《つきびと》として京の近衛家に入り、六十三歳で亡くなるまで京にあった人であるから、その縁古を頼っての動きであったが、当時、近衛家は幕府ににらまれて慎《つつし》み中であったから、願いは結局叶えられていない。

この願文の末尾は、「もし自分に朝廷に忠勤する幸《さち》がないのなら、むなしく日々を送るよりも、死にたい。むしろ、死んで、荒魂《あらたま》となって国賊をほろぼしたい」と熱く結ばれている。万葉調の長歌同様、願文を書きつづるうちに、情感が高まりきわめて文学的な修辞が自然と口に出たものと思われる。

近衛家の件に明光は見えなかったが、大久保利通の周到な根回しが効を奏して、日置派の家老島津左衛門は任を解かれ、精忠組にも理解のある小松帯刀がお側役《そばやく》となった。大久保の働きも評価され、御小納戸役に引きあげられたのを機に、仲間であった新七も造士館訓導師に任じられたのである。石谷より御城下に戻ることになった。

新七はこれに勢いを得て、十一月二十一日付で、「時務に関する建白書」を提出し、十二月四日付では、「演武館の組織について」九カ案の提言を行なっている。「時務に関する建白書」では、「越前侯を大老、一橋侯を御後見」という案を幕府が承服しなかったら、参勤の機を利用して薩摩より決死の士を五百余人召つれ、別に汽船天祐丸より一千余人を若州小浜《おばま》辺へ上陸させ、天皇の勅をいただき小浜城を攻略し、京の所司代を襲撃し」など具体案まで示している。しかし、この新七の他藩との連繋をとりつつの作戦は、小松帯刀や中山尚之介など御小納戸役の思わくとはずれていた。中山たちは、とにかく秘密裏に事を運ぼうとしており、他藩の浪士たちと連絡をとりあってなどとは考えてもいなかったのである。どのような形で、先《せん》だって新七が建白した第二策を運ぶのかも、秘密にしていたので、相手の腹が互いに読めず、憶測が先行し、それがついに寺田屋の変に流れこんでいくのである。

「演武館の組織について」の九カ条の提言は、教育者としてまことに目の行き届いた意見で、「五　窮士の者にして、随分心懸宣しき者へは、是亦前条同様御扶持米下されたき事」「七　寄合並以上、無役の面々は、毎日、文武両館へ出席して修業ありたき事」「九　文武の諸生、徳器成就の品に従ひて、文武両館役々吟味の上、掛御役々方へ申出諸御役場へ御選挙ありたき事」――苦学生への配慮、文武両道を学ぶべく励むこと、文武両館の学生で秀れた者をへだてなく役職につかせることなど、明解で、かつ、人間味にあふれている。中山たちは、新七が造仕館訓導に専念してくれれば問題はないと思ったかもしれないが、新七にとって、尊王攘夷と造士館での教育とは同じ一つの志《こころざし》で貫ぬかれていた。寺田屋で新七と行動を伴にした若者たちは、このような新七に心酔していった者たちでもあった。

四　国父久光動く

新七の建白書や提言が相ついで出される頃、藩内部でも実は動きが出ていたのである。藩主茂久の父である島津久光が京に上り、天皇の勅許を受けて公武合体の橋渡しになることを決意したのである。もしもの時に備えて、御供の侍は大勢になるはずであった。

久光は、下見のために、十月十一日堀次郎（仲左衛門）を福岡・京都経由で江戸へ、十一月に中山尚之介を京へ、十二月二十五日は大久保利通（当時は、正助。やのちに一蔵）をやはり京へつかわした。大久保は途次、戻って来つつあった中山に出会い、情報分析のため共に一旦鹿児島に戻る。それは十二月二十八日であった。現状を鑑《かんが》みた重要会議がなされ、大久保は再び京へ向かう。そして、翌文久二年二月初旬まで、久光の意向を実現すべく、さまざまな根回しに奔走する。

安政五年に朝廷の意を受けて奔走した有馬新七の名は、ここにない。いくら秘密裡とは言え、噂として耳に入ってこないことはない。同じ精忠組で、同じ頭格《かしら》を認じていた新七にとって、大久保の活躍は内心うらやましかったにちがいない。その羨望を鎮めてくれるのが、石谷の青年《にせ》たちへの文武の稽古であり、その暇をぬっての藩主への建白・提言を綴ることであった。理と情とを、文章に託する才だけは、堀にも中山にも、ましてや大久保にも退《ひけ》を取らぬと信じていた。

年の暮れになると、いよいよ随員の選定が始まった。表向きは、万延元年春に藩主茂久（忠義）が行なうべきであった参勤を、その病《やまい》のため、国父である久光が代わりに行なうということであった。

薩摩の上士も下士も郷士も、堀・中山・大久保の相つぐ上京の動きは見聞きしていたから、「何事か《なんごつ》起《お》こりもんそ」の読みは深く、随員の自選他選かまびすしき状態となった。この様子を見て、新七は藩主に上申《じょうしん》している。

――この度、御参勤につき、随員に加えていただこうと、鹿児島城下はもちろん諸郷まで侍たちは動揺し、我こそはと大騒ぎしています。もし選ばれなかったら、無理にでも付いて行こうとする者もおり、又、選ばれなかったのは「役に立たぬ者」とされたんだから「役に立つ人」にどうとでもしてもらおうなどとすねる者もいます。昔から、薩摩の国の風俗は、勇武で君主に忠誠を尽くし、艱難にのぞんでは命をかえりみず、人に後れをとることを恥としてきましたから、今回の件についても、このようなところからも皆々がお伴を願っているのです。

もし万一、御参勤御出発の当日、みなが銘々に公の御跡《おあと》を慕い追い、あるいは駆けまいるようになりましては、まことに一大事であり、せっかく胸に秘めておられる重大なる儀をも破ることにもなりかねませんので、この際、全ての者が安心するような御処置をとっていただければありがたく。たとえば、恐れ多い提言ですが、藩主様の御書面でもって、「今回の参勤は状況が状況の中で行なう厳しいものなので、御供の人数が限られてくる。一方、私の留守中こそかえって重大なのだからそのことを私は気づかっているので、残った人たちは、諸士諸郷に至るまで誠忠の心をもって、薩摩藩がいささかも動揺することのないよう心がけて、藩主が在国している時にかわらず万事精勤してくれるよう頼む」などとその思召《おぼしめし》を丁寧に御教諭され、その上で、やはり随従したいと申す人が出てくれば、御請書《おうけしょ》や誓詞などを出させて随員が勝手な行動をとらないよう責任をもたせる人選をなさるべきと存じます。

候文体で記されたものを、今、口語訳して来たが、この後に、新七は、郷士のことに触れ、近年、格式や名実不相応にとりたてられ、あるいは冷遇されている者もいるから、諸郷有志の者はとても不満に思っている、御先代様——斎彬公はじめ時代時代の藩主が定めおいた「御規格」もあるので、古代の通りに戻し、名と実とが相当するように、なさってください、今のままでは人心の和同はむずかしく、「変難到来」(この語で、久光が秘密裡に進めている一件をさす)の際、あちこちで混乱が生じるのは火の目を見るより明らかです、などと述べている。

元は郷士の出で、今は、城下の下士として勤める新七が、伊集院郷坂木の叔父や石谷郷の郷士たちの現状を見きわめて進言している部分である。

新七は、十二月十二日付で発されたこの書の控えの奥に、同じ趣旨のことを、家老喜入《きいれ》摂津殿および御側役小松帯刀にも、とくと申入れたと注記している。

十二月二十日、驚きの知らせが耳に入る。なんと去る十二月七日、江戸芝の薩摩藩邸が失火により焼失したということである。この事実を口実に、堀次郎一派は、久光の参勤を延期するように進言しているらしい。新七は、事ここまで来て延期は一切あり得ないと考え、小松帯刀にわが考えを早急に伝えに行く。

小松の返答がどうであったか、今に残す資料はない。しかし、渡邊盛衞『有馬新七先生傳記及遺稿』第二十九章に拠ると、薩摩藩の方針は、

「今遽に朝奏告幕するが如きは策の下々なるものなれば、順序を踏み君臣の名分を守り、人心を鼓舞振作して、皇室を尊び、幕府を佐け、国家萬歳の基礎を堅め、外交は遺志に遵ひ、天下の公論に則り施策すべしと、忠義・久光に伺問して之を決定せり」

と『伊地知貞馨（堀次郎）日記』に記されている通りであり、公武合体を粛々《しゆくしゆく》として進めることにあった。基本的には、以前、有馬新七が建白した第二策と同じなのであるが、勤王倒幕の長い長い歴史から、新七たちにとって、薩摩が主導するにしろ、全国の勤王の志士たちとの連動・協力は当然のことであった。ここが、藩主や堀たちとすでに相違していた。

また、久光の参勤に対して、幕府はあくまで藩主茂久の参勤を、それも即刻要求しており、それをそらすために、江戸芝藩邸焼失はしくまれた。新七は「口実」と記すが、実は、藩ぐ

るみで堀に企てさせた〝焼失〟であった。とにかくこれで時間をかせいでいる間に、朝廷や幕臣における島津久光の格を上げ、薩摩主導の公武合体世なおしを実現させるべく、根回しに全力を尽くす。その大役を任されたのが大久保利通であった。

世に〝きつねとたぬきの化《ばか》し合《あ》い〟と言われるが、同じ精忠派でも大久保が藩主側につき新七に一切情報をもらさなかったのと同様、新七もただただ〝かやの外〟に甘んじていたわけではない。自分の信念——長く積み重ねてきた勤王運動の流れから、薩摩を訪れた他藩の志士たちと旧交をあたため、あるいは、新たな交流を培っていた。

他藩の志士の一人が平野国臣《くにおみ》。元は筑前の足軽で、安政五年冬には、京からのがれて来た月照和尚とともに薩摩に入り、月照・西郷入水の現場にも居合わせていた。彼は、万延元年秋にも、高橋新八（後の村田新八）に伴われて再び薩摩に来ていたが、その際、新七の叔父坂木六郎の家に数泊している。新七や大久保利通・堀たちは伊集院で平野からいろいろ話を聞いたが、いまだ機熟せずとして、城下への案内をさしひかえている。

現在、伊集院に立つ石碑に彫《え》られた、

我が胸の燃ゆる思ひにくらぶれば
　烟はうすしさくらじまやま

という和歌は、その折のものと伝えられている。

国臣は、文久元年の春から九月まで天草に潜伏し、薩摩藩主への上書《じょうしょ》「尊攘英断録」を書きあげ、真木和泉の「建策二篇」とを携《たずさ》えて三度《みたび》薩摩に入ろうとしていた。十二月二日に真木の幽居に別れを告げ、十二月三日、高瀬の松村大成を訪ねる。そこで、清河八郎・安積五郎・伊牟田尚平（永頼）の三人に出会う。清河たちは、義挙の同志を九州一円に求めるために、中山忠愛卿の教旨と田中河内介の副書を添えていた。しかも、この時、「義挙の際には、青蓮院宮の令旨が下るはずである」と伝えたものだから、平野は更に心動かされる。史実は、青蓮院宮の件は一切真実ではなかったとするから、この時点ですでに誤った情報が伝えられたことになる。寺田屋事変も、この一件を拠り所に新七たちは最後の賭けをするのであるから、悔やまれてならない。

　国臣は、十二月十日に鹿児島城下に着くも、黒田家からの書状と称して「尊攘英断録」等の進呈を島津久光に願う手続きの途中で、当局に怪しまれてしまう。一方、一旦脱藩しているため関所を尋常の手段では抜けられない伊牟田尚平も何とか薩摩に入ったが、村人に不審を受け、通報される。生命の危機が二人を襲ったが、平野は大久保のよく知るところであり、伊牟田は、もと小松帯刀の旧臣であったので、即刻薩摩を去ることで許される。

　十二月十七日、平野と伊牟田は鹿児島を出て伊集院に至る。有馬新七、田中謙助も伊集院にやって来て、坂木六郎宅で一夕《いっせき》を設けている。柴山愛次郎と橋口壮介も、遅れて出席している。この時、新七は、幕府に廃帝の動きがあること、御降嫁のために江戸に下られた皇妹和宮が十二月初旬には江戸城に入られ、翌春早々に婚儀が行なわれる模様であることを聞かされ、驚愕する。自分は、薩摩の現状をかえりみ、一歩ゆずって公武合体という第二策を建白したが、そのもっとも危険であった部分が表立とうとしている。これでは元《もと》も子《こ》もない。倒幕挙義にすぐ立たねばならない。

渡邊盛衛氏は、先にあげた著書で、

「新七の藩主参覲随員に関する建白書は、十七日の日附で、恰も彼が平野等と伊集院に会合せし日であります。恐らく其朝提出して伊集院に行ったものと思はれます。その建白書があの通り、なほ穏健なるものありしに似ず、忽ち過激に変じたる理由は、平野等と会見の結果なりし事が明かでありませう。」（一四八頁）

と述べられているが、その通りであろう。

十二月十八日の朝、平野と伊牟田は帰路につくが、柴山と橋口の二人は、伊集院駅より八里先きの向田駅まで見送り、かつ、そこで一泊している。平野は、あの様子ではおそらく藩主の元には届かなかったであろう「尊攘英断録」の副本を示しながら、熱く二人に倒幕をうったえた。

「君たちの薩摩藩が今計画している公武合体論は、まどろっこしすぎる。その間に、幕府に根元からひっくり返される恐れがある」

平野のこの見解に、二人はしっかりうなずいた。

平野に感化された橋口壮介は、その心を漢詩に詠じている。

勿レレ言フ大業機未ダレ到ラ　精神一タビ發シテ起ルニ二皇風一

況ンヤ又大勢由ルヲヤ㆓人事ニ㆒宣シク㆘将テ㆓一死ヲ㆒先ンズ㆗群雄ニ㆖

これは、その漢詩の末尾であるが、

「大業（挙義）の機がまだ満ちてないとは言わせないぞ。私たちの勤王の精神（志）が一度爆発すると、日本全国の同志たちに連鎖して神風のごとく朝廷讃美の皇風が起こるのだ。もとより、挙義には多くの人数とか誰それが加わっているからとかに拠るのだろうか。そうではないだろう。加わる同志一人一人の心がけが問題なんだ。僕は、わが生命《いのち》をかけて、群雄に先んじようと思う。挙義の魁《さきがけ》として死ぬなんて、本望じゃないか」

という想いをこめたものである。この時、二十一歳の若者の覚悟は、翌年四月の寺田屋の変を待たずに、堅く仕上っていたことが知られる。有馬新七と何ら変わらない、ある意味では冷静な寺田屋の変への軌跡をそこに見出すことが出来る。

五　文久二年正月〜二月

誰が久光公の参勤供奉の衆に選ばれるか、上士《じょうし》・下士《かし》ともども落着かぬ年末年始であった。仲の良い同士であっても、当落が生じかねないのである。

新七は、去年十二月十七日付で藩主茂久にさしあげた上書を評価してもらえば、自分は選ばれるにちがいないと、多少の手ごたえを感じていた。しかし、自分一人選ばれても意味がない、心を一つにしてきた柴山愛次郎、橋口壮介、田中謙助たちも同時に選ばれてほしい。

ただ、自分も含めてこの四人は藩校造士館の教師であり、かつ、精忠派の中核であるから、四人が同時に選ばれないという予想が立った。そこで、そろそろ順が回って来そうであった柴山と橋口が、江戸藩邸の糾合方に行ってもよいような口ぶりを見せた。上層部は、何をしでかすかわからぬこの四人を分断する良き機会とみなしたか、柴山と橋口を江戸詰めに命じた。

新七たちは、江戸から京へはわが意志で抜けられるから、これで二人の要員は確保できたと算用する。

「それにしてっち、御小納戸の中山尚之介殿《どん》のやり方は、解《げ》せんのぅ」

「じゃっち、鈴木武五郎が御家流兵道で仕えておったのを、『日勤に及ばず』ちゅうて、追い出したげじゃ」

「あの、ようやく二十歳《はたち》になった、よか青年《にせ》じゃいなあ」

「武五郎の気象は、まこち良《よ》か。御小姓の風儀のゆるんどったのを、ぴしっと、冬の晴れた日のごと刷新したのに、どこが、いけんだったつや」

最後のことばは新七のものだが、新七は、この青年の将来を大いに買っていたのである。

誰もが、「この頃大久保殿《どん》もおかしかぞ。昔《まえ》と違《ちご》ちょる」と思っていたが、さすが、このことばは会話にのぼらなかった。

柴山と橋口が鹿児島を発《た》ったのは、正月二十三日であった。

新七は、二人を伊集院のさらにずっと先、向田まで送る。ここで川内《せんだい》川を舟渡しして、いよいよ九州路へとおもむくのである。

今日は、二十三日であったので、四・十四・二十四の日に立つ四日市もなく、人と物資でごった返している風《ふう》ではなかった。しかし、海口から上って来る舟、上流より下る舟が幾艘《いくそう》か往《ゆき》来《き》していた。その様子をじっとながめていた新七は、ついと矢立てを取り出すと、何かを走り書きしている。

「道々《みちみち》、読んでたもっせ」

と言って、新七は、その懐紙を折りたたんで手渡す。

そこには、次のような長歌・短歌が記されていた。

天雲《あまぐも》の　向伏《むかふ》す國《くに》の　丈夫《ますらを》の　思《おも》ひ充満《たらは》す　真心《まごころ》は　霞《かすみ》と共《とも》に　大空《おほぞら》に　立渡《たちわたり》ける
隼人《はやひと》の　はやくも急《いそ》き　鳥《とり》が啼《な》く　東《あづま》の國《くに》に　行向《ゆきむか》ひ　千々《ちゞ》に心《こころ》を　盡《つく》しつゝ　荒《あら》
びなす　醜《しこ》の醜臣《しこおみ》　打払《うちはら》ひ　功業《いさを》立《た》てなむ　其時《そのとき》に　我《われ》らもやがて　敷島《しきしま》の　平《たいら》の
都《みやこ》に　馳参《はせまゐ》て　錦《にしき》の御旗《みはた》　大内《おほうち》の　御山《みやま》おろしに　吹靡《ふきなび》かせ　我《わ》が大君《おほきみ》の　大御《おほみ》
心《ごゝろ》　靖奉《やすめまつ》りて　大御代《おほみよ》の　御代《みよ》の光《ひかり》を　外國《とつくに》に　彌輝《いやかゞやか》し　常《とこ》しへに　動《うご》きなく仕《つか》
奉《まつ》らむかも

〈青く晴れた空の雲が広々とおおうこの日本全土、そこに住む勇ましい男たちが胸に充《じゅう》満《まん》させている真心は、隠していても新春の霞とともに大空へと立ちのぼり広ごっていく。薩摩隼人《はやと》の名のごとく、速く急いで、〝鳥が啼く〟と枕詞《まくらことば》に言いなされた東《あずま》の国──関東（江戸）に行ってあれやこれやと心をつくして、無謀なことばかりしかける憎き敵をやっつけて、手柄を立てよう。その時には、私たちもすぐさま平安京（京都）に鹿児島からかけつけて、天皇の錦の御旗《みはた》を御所を吹きぬける風に吹きなびかせ、私たちの大君《おおきみ》である帝の御心を安堵させ申しあげ、神代より永々《えいえい》とひきついで来られた天皇家の威光を、諸外国に輝かせ、永遠に、我々は帝の元に動じることなく仕えたいと思うものである。」

外國《とつくに》も承服《まつろ》ひ奉《まつ》れ大君《おほきみ》の
　御稜《みいつ》の光《ひか》り徹《とほ》るかぎりは
〔不平等条約をふりまわす外国も、従いなさい。わが帝の御威光がゆきわたるかぎり、どんな遠くの外国であっても〕

「柴山橋口の両士が東《あづま》に行《ゆく》を送る長歌《ながうた》並《ならびに》短歌《みじかうた》」と題されたこの万葉歌を、時々、読み返しつつ、二人は、肥筑の同志と連絡をとっていく。

その間に得られた情報は、下関から、まとめて新七と田中謙助宛に書き送られている。

出発前の約束通り、肥筑の有志を尋ねていること、彼らも今回の久光の上京を〝千古の一会、此時〟（千載一遇の機会）ととらえていてくれていることが、冒頭にしたためられている。

肥後では、川上（河上）彦斎、松村父子に面会。

筑後では、牧（真木）和泉守、大鳥井敬太、淵上丹次等に面会。平野とも面会。牧和泉とは、最初互いに真意を隠して腹をさぐりあい、最後に、両者一致する方向に流れていったとある。また、平野次郎が長州に遊説する予定も記されており、長州一藩が動けなくとも、松陰門下生は必ず同意させる所存であるとも記されている。

「さて、道中、追々安藤倒れ候風説に御座候。実説に於ては誠に大慶の事に御座候。万一も打損じ候はゞ猶更仕合の事に御座候。どうしても我が掌中に御座候故、夫は御安心下さるべく候」

この文面で、柴山と橋口が言っていることは、文久二年一月十五日に登城途中の老中安藤信正が水戸浪士六人に急襲されたことが世間の噂として耳に入ったことを述べているが、「倒れ」に噂の含みがある。幕府の秘密事項だから民間には〝風説〟としてしか伝わりえないが、井伊大老の時のように〝死〟には至らず、安藤は背中に三カ所ほどの傷をこうむりながら坂下門に逃げ入っている。したがって、この文面で言うと、「万一も打損じ候はば」という仮定形の方が、現実であった。

柴山たちは、たとえ打ち損じていても、それはそれで自分たちにとっては好都合と言っている。なぜなら、いずれ、どっちにしろ、自分たちが成敗するのだから、しかも、柴山・橋口の両人は安藤の居る江戸に皆々よりも一足早く近づいているのだから、御安心下さいという意味が綴られている。

柴山たちは、偵察を終え薩摩に戻る大久保と行きちがっていた。その折、

「急いで薩摩へ戻り、京へ賊臣退治の出撃ではありもさんな」

と尋ねたところ、大久保はその問に正面からは答えず、

「此節《こんせつ》、幕府もがっち弱腰になっち、ただただこわがっておるばかりでごわっそ」

と、その話を打ち切ろうとする。そこを何とかくいさがってみても、いつも通りなまぬるい方法論しか口にせず、〝救い難き〟状態であった。

久光の意を体する大久保と、柴山・橋口ひいては有馬新七のこの距離は、縮まることなく寺田屋の変へと時を刻んでいくのである。

橋口壮助と柴山愛次郎は、二月四日付で、日向の佐土原藩士・富田猛次郎へも手紙を送っている。
和泉殿（島津久光）の上京はまちがいなく行なわれること、
西国（九州）勤王の志士が申し合わせ、将軍が権力を得た鎌倉以前の天皇の大御代《おおみよ》に戻すこと、
久光公の伏見到着以前に、勤王の志士たちで伏見において義兵をあげ、所司代酒井若狭守等を退治すること、
久光公の京到着を待って、錦の御旗《みはた》をひるがえして、〝神州〟（神国日本）の基本を確定させ、外国を全て排除し、朝廷を安泰な状態に置くこと、

など、新七たちと常に合議していた理念・作戦を述べ、この「義挙」には約七百人が必要だと書いている。

肥後には宮部鼎蔵《ていぞう》、蒲生太郎（松村深蔵の変名）、轟武兵衛、鹿子木兵助

筑後には真木和泉守父子兄弟一族

筑前には平野次郎（国臣）

秋月には海賀宮門《かいがぐもん》

豊後《ぶんご》岡には小河《おごう》彌右衛門

などの頼もしい同志がいること、それも直接盟約を得たことをつづいて述べ、貴君（富田猛次郎）も、佐土原藩の同志を募り、伏見への尽力をお願いしたいとまとめている。

二月四日時点では、安藤が軽傷であったことがわかったらしく、「我々は江戸に罷り下り、安藤を斃し彼地に於て一挙の積り」と記し、「東西気脉を通し合せ、一時両奸魁を斃し、彌々維新の功を奉せん」と結んでいる。

我々は「明治維新」という熟語に馴れきっているが、この当時の志士たちにとって、「維新」は新しい時代、新しい世界の当来であり、自己犠牲をも辞さない心意気で、それは求められていたことを知る。

柴山と橋口は、二月十五日に京に到着。十六日に、田中河内介と伊牟田尚平に会い、九州の現状を報告する。田中は、それまで考えていた中山忠愛卿を奉じて九州へ下向するという

案を止め、檄を九州と長州の同志へ発した。清河八郎も、この時、行動を共にすることを表明している。

九州での盟約もとりつけ、京での段取りも決まったということで、柴山と橋口は最終目的地の江戸へ向かう。伊牟田も同道した。

江戸藩邸には、堀次郎（伊地知貞馨）がまだ居た。造士館や糾合方で教師であったこの人に、橋口壮介は、これまでの経過を打ちあけた。新米の糾合方として、堀を尊敬すべき先輩とみなしての話であったろう。

「なに！　こん江戸より水戸へ行き、志士を説得しい、仲間に引き入れ、江戸ん城《しろ》を焼き、東西乾坤一擲《けんこんいってき》の壮挙をば成しとぐるってや」

堀は橋口のことばを、うめくように小さく、しかし、はっきり繰り返した。

橋口は、大きくはっきり頷き返した。

「そげんこつ、今、出来《でく》るはずなかど。よう、現実を見つめたもっせ。お前《まん》たちの生命《いのち》を捨《す》てっせ、薩摩もつぶすことになりもんど」

堀の説得が始まった。

堀は、実の所、頭が混乱していた。今、橋口に言えぬ自分の密命――久光公が上京後、他藩よりも優位に立ちつつ公武合体、そして、大政奉還にもっていくための地ならしをする――に、この義挙はまっこうから対立する。この義挙に、薩摩藩士が一名たりと加わっていたのでは、大久保や自分が今まで苦労して根回ししてきたことが台無しになる。薩摩藩は、朝廷からも幕府からも敵と見なされ、壊滅する。

若い橋口を何とか納得させた堀は、鮫洲《さめず》の宿に伊牟田を訪ね、同じく、説得に至らしむ。納得した証拠として、伊牟田はこの旨を九州へもち帰ることになった……

六　諸藩の同志動く

新七たちの意を承《う》けて九州の同志たちを募り成果をあげた柴山と橋口が、京そして江戸に向かった頃、盟約を結んだ各藩同志たちは、本当に薩摩が動くのか、その偵察を始めていた。口や文《ふみ》では不安であるような、そんな大挙であるからである。わが生命《いのち》さえかかっていた。

最初に動いたのが、筑後（久留米藩）の真木和泉。久留米藩は、真木一族に勝手な行動を取られると自藩の足を引っ張られることになると、一族の行動を監視し出す。そのような中、真木の弟である大鳥居理兵衛は息子の菅吉と甥の宮崎槌太郎とともに京へ出発。真木自身は二月十六日、淵上兼三（謙三）と吉武助左衛門を伴い、間道を抜けて高瀬に向かう。十七日の暁《あかつき》、高瀬の松村大成に会い、十九日、松橋より船に乗る。二十一日、阿久根で船を降り、二十七日は鹿児島城下に至っている。

二十七日に、有馬新七と田中謙助は、真木と会っている。そして、二十八日には大久保利通が、真木にじっくりと会い、話を聞いている。これは、大久保から見ると、情報収集、体《てい》の良い事情聴取である。

真木は、

「田中河内介たちが朝旨を帯して下向するので、久光公には速《すみや》かに京へ上っていただきたい。薩摩藩と久留米藩とは親戚の関係であるから、久留米藩主有馬慶頼へ勤王の義挙に後れないよう久光公よりいざなってほしい。自分は幽閉を破り脱藩した者なので、薩摩藩で保護していただき、久光公上京の際にお伴に加えてほしい」

ということを頼み込んだが、藩としては、これらを許可しないという立場を選ぶ。その結果は、三月二日、小松帯刀より真木に伝えられ、かつ、すみやかに鹿児島を去るようにとつけ加えられた。

しかたなく、真木一行は、三月六日、一旦鹿児島を立ち、日向の通山まで至るが、追いかけるように着いた薩摩藩の使者が、鹿児島に戻るように命じた。そこで、十日に再び鹿児島城下に戻る。久留米藩の追補の手が伸びて来ているようなので、こちらでお守りするということであったらしい。しかし、実は、真木一行を久しく足留めし、京での決起を不発に終わらせようとする計画であった。真木たちに出発の許しが出たのは、久光が薩摩を発《た》った十四日後の四月朔日である。日向を経て、船で大坂に向かったのである。

長州の来原《くりはら》良蔵は、産物交渉の藩命を受けて薩摩に入る。実は、薩摩藩の偵察の任務を帯びていた。平野次郎が行くはずのところを久留米藩の淵上内次が代わりに萩に至り、久坂玄瑞と土屋矢之助とじっくり語り合い、新七たちの計画を具体的に伝えたので、彼らも行動を本気に起こす前に、わが目で確かめる必要性を感じたのであった。

相前後して、長州藩士堀真五郎、豊後岡藩士小河彌右衛門・高野直右衛門・肥後藩士宮部鼎蔵・松田重助・山田十郎・堀松左衛門・松村深蔵等も薩摩に入ろうとしたが、関で入国を拒否され、一部は帰国、一部は天草に一旦渡り、そこから薩摩の市来港《いちき》にひそかに着く。市来に着いたのは、堀真五郎・小河彌右衛門・宮部鼎蔵等であった。

堀・小河らは、手紙を鹿児島城下に送り、大久保一蔵（利通）・西郷吉之助・有馬新七・田中謙助に会いたい旨を伝えた。その返事を待っている最中の八日、長州の来原良蔵がすごすごと城下から引きあげてくるのに会う。

「一日一日日延《ひの》べさせられて、ついには、『急ぎ国元へお帰り下され』となった……がっかりと城下を出ようとしたところに、大山格之助と有馬新七が『面会しよう』と言うてくれて、昨日の夕方、二人と会い、今朝、市来に来た」

そう来原は言った。

「来原殿、お疲れとは思うが、今一度、我らと城下に行って下されぬか」

宮部と相談した小河は、来原に頼んでみる。道案内にもなるし、第一、有馬新七と昨夕会っている強みを最大限生かしたかった。

腹ごしらえをしつつ、話を煮つめていると、何と、有馬新七と鈴木武五郎が馬を使って市来にやって来るではないか。

「来原殿《どん》、昨日は、いかにも失礼ごわしたな。貴殿を追い立てもしたのは、監察府の定法でごわしてなァ、いかにも、気の毒じゃったもんで、今朝、執権小松帯刀様に強く申し入れ、帯刀より藩公のお耳にも入れっち、ふつつかな取り扱いをしたことへの詫び方々、挨拶に参じもした……」

　城下よりひた駆けに駆けて来た新七の額から汗がしたたり落ちている。

「御挨拶、かたじけなくお受けいたしました。願わくは、御内情を明かし下されたらば、我らが藩も全力を尽くし皇国に報い奉らんとしておるので、城下に入り、子細をお話し下されたく」

　これが、来原・宮部・小河の意向であったので、有馬は「ようわかりもした。お伝えもんそう」と答え、再び、馬に鞭を入れた。

　十日の午後、有馬がやって来た。田中謙助と村田新八を伴っている。

「城下にお通しして、いろいろお話を伺うべきところなれど、手続きがいろいろ面倒じゃって、俺《おい》と田中を聞き役に市来まで、小松帯刀様がよこされもした。帯刀様より藩公のお耳に達し、皇国のため、御尽力の程、いたく感心されておりもした」

　八日の時より、有馬のことばが堅い。

「いや、薩摩の方から義挙するということはなかけど、今度、久光公が江戸へお行きなさるとは、近年、京都と江戸との仲が不穏に風聞されるので、亡き斉彬公が久光公に遺言されたこともあり、そのあたりのことについても、様子を見きわめつつ尽力しようということでごわす」

新七は、ことばを選びつつ、話していた。自分が立場上つかねばならぬ嘘と、真実とをことばの間《あわい》から汲み取ってくれよと念じていた。自分の話すことばは、田中謙助と村田新八も聞いているし、城下へ戻った時、彼らが尋問されるかもしれない。日頃の計画を、ここで言っては、久光公上京のお供にさえ加えてもらえない。上京のお供に加わることが、わが義挙の第一歩なら、多少の嘘もやむをえなかった。

ただし、同志の国々に義挙をあきらめさせないための情報も忘れなかった。

「表《おもて》には至って順和な上京なれど、供人《とも》数は壮士百二十人……いやもっとかのう」

「大小の飛び道具はじめ、武具もそれなりに」

「供にはずれた者《もん》はひそかに脱藩して、上方《かみがた》へ行く者もごわすとか、本当じゃろかい」

これらを、ぶつぶつと間に入れつつ、「心苦しいが、軍機は明かすことが出来ない」という表情を新七は作っていった。

「つまりは、銘々の覚悟をしておけということじゃの」

小河の結論に、新七は、ほっとした表情を見せた。

「各々、自国の用意、専一ということじゃ」

来原も宮部も、ことばを合わせた。

新七は、遠来の客たちに深々と頭を下げると、

「こん市来の浜は、夏に来《く》っと、よかごわんど。松原を抜けて、黒砂糖の上に吹いた粉《こ》の様な

砂をみしりみしり踏んで、海につかると、浮世の垢が抜けるごたぁーる」

と、歯を見せて笑った。そして、また、

「あん川の上流に、俺《おい》の生まれた家が有りもんど。神之川《かんのかわ》の大曲り、竹林の脇でごわす、いつか、案内したか」

とも、言った。

　来原も宮部も小河も、久光の立て前と、新七の本音をわかったつもりであった。その証拠に、彼らは急いで国元に戻り、三月十六日を一つの目度に、義挙の準備を始めたのである。

七　島津久光、薩摩を発つ

　延期されていた久光の上京は、三月十六日と決まった。

　二月十六日に大島への流刑より戻った西郷隆盛（当時、菊地源吾。戻った時、大島三右衛門と称する）は、今回の上京にしきりに反対した。また、藩政の中心に関わり出した中山尚之助や大久保利通に対しても不信感を抱いていた。そのため、随従を一度は断わっている。しかし、昔なじみの大久保に頼まれて、とにかく他藩の実情を見がてらということで、三月十三日、村田新八を伴《とも》に、一足先に京へ向けて発《た》った。

　中山尚之助と大久保利通は、小納戸役ながら側役を兼務することになった。この二人を軸に、上士下士合わせて千有余人が、海路と陸路に分かれて京へ向かう。新七は伍長という身分で、随員の中に加わっていた。

出発に先立ち、新七は、妻ていを離別した。母は老齢、息子は元服前の少年、娘には害が及ぶまいとして、後難を絶ったのである。生きて故里に戻れるとは考えていない。

伊集院の坂木の叔父にも、それとなく、老母のことを頼んでおく。

坂木六郎は、

「お前《まん》は、京へ行っち、何かするごと見えるが……」

と、屋敷の裏手、神之川がざあざあと音を立てて流れ下る所にいざなって、ささやく。

「やるつもりでごわす。公武合体やらでは、いつまで立ってん、王政復古など出来もさん。誰かが魁《さきがけ》にならんとすみもはんど。よか機会ごわんで、旗挙げすっつもりでおりもす。運わるく事ならんでも、源三位頼政《げんざんみよりまさ》……」

新七の声も、滝のような川音でかき消される。

「源三位頼政?」

「頼政のごと、もうちょっとという所で負けて腹かき切らんとならんごとなっても、よか。後につづく誰かが、成しとげてくるれば、死んだ甲斐もありまっしょ」

「源三位か……お前さあは、ずっと若《わか》かど」

「その機が至った時、若かか老ておるかは選べもさん」

「そっじゃいのう」

叔父は、なるほどと笑い声を立てた。

「そん覚悟ができちょるなら、俺《おい》は止めん。心残りなく、やったもんせ」
そして、二人は、しばらく、五尺ほどの段差で下り落ちる神之川《かんのかわ》の水音に揺られていた。

二月下旬から三月上旬にかけて、志士たちは続々と京を目ざす。久留米の真木和泉守一派が京都に至り、田中河内介の家に入る。ここには、すでに、伊牟田尚平や清河八郎もいた。同志の出入りの多さが、たちまち役人の目についたので、伊牟田を通して、薩摩藩邸に移らせてもらうことを願い出た。藩邸の鵜木孫兵衛は、「大坂藩邸に行け。交渉は柴山と橋口にさせろ」と言って、舟賃等三両の金を用意してくれた。ところが、大坂留守居役の松崎平左衛門は、受け入れを拒否。困った柴山と橋口は、京都に居た堀次郎に相談したところ、うまく、大坂藩邸二十八番長屋に入れてくれることになった。

河内介の家に居た同志十一人の他に、あと四人が加わって、この二十八番長屋に入る。久留米の原道太らも、ここに入って来た。入った者は、薩摩藩の比護の元に居れるから喜んでいたが、堀にとっては、まとめて軟禁しているようなものであった。堀や大久保たちの考えでは、これら急進派に暴走されては、公武合体を静かに優利に進めようとする薩摩藩にとって、大いに困るのであった。

江戸藩邸を脱けて大坂に来たのは、

橋口伝蔵（兼備）、弟子丸龍助（方行）、西田真五郎（正基）、木藤市助、町田六郎左衛門、河野四郎左衛門、伊集院直右衛門（兼寛）、永山萬齋（のちの彌一郎）、兼満新八郎

の九人であり、彼らは、柴山・橋口と一緒に大坂中之島の魚屋太平の宿に居た。佐土原藩士の富田猛次郎たちも魚屋太平にやって来た。

また、岡藩士小河彌右衛門、堀謙之助はじめ同志が続々と二十八番長屋に入って来る。福岡の平野次郎も、秋月藩海賀宮門、肥後藩の内田彌三郎らも二十八番長屋に至る。

さて、村田新八とともに京へ向かった西郷隆盛であるが、三月二十二日早朝、下関に着いていた。まだ、京へは発っていなかった平野次郎や小河彌右衛門とも会っている。この時、平野らの切羽詰《せっぱつ》まった動きを目にし、あわてて西郷は大坂に向かう。久光が下関に着くまでそこで待つように言われたのに、命《めい》を無視して大坂に向かったのは、他藩にあおりたてられるように薩摩の志士たちが動いたのでは、成るものも成らないと、西郷が判断したからである。

三月二十八日、下関に着いた久光は、道中の各藩の志士たちが京・大坂に集結しつつあること、視察のため先発させた西郷までもが彼らと軌を一にするように大坂へ向かったことを知り、大いに驚き、小松帯刀と相談して大久保を先立てて実情を探らせることにした。

下関を出《い》でた西郷が大坂に着いたのは、三月二十六日、藩邸二十八番長屋や魚屋太平の急進派たちに接触し、まずは彼らの言い分を懐《ふところ》深く聞く役につとめた。これは、現代のカウンセラーも一般にとる対処法で、追いつめられた人の感情を平常心に戻しゆく一過程である。

「じゃっなあ」「じゃっど……」など、西郷の合槌は、見聞きする反急進派の藩士にとっては、西郷こそ今回の挙義の中核と見えた。そこで堀次郎と海江田武次は、急遽、姫路まで来ていた久光にお目通りし、この旨を伝えた。四月七日のことである。

久光の激怒は想像しても余りある。久光は中山尚之助たちと話し合い、西郷を国元へ蟄居させることを決した。

大坂より兵庫に呼ばれた西郷は、再び大坂に戻され、四月十一日には船で鹿児島へ護送される。その間、朋友であった大久保利通は何をしていたかと言うと、四月六日には京入りをし、西郷と夜を徹して話し合い、西郷の真意が挙義ではなく、今は、急進派たちの頭を冷やす頃合いを見計らっていること、もし急進派が事を起こすといきりたったら我が切腹をもって止めてみせる覚悟であることを知り、安心して、播州大蔵谷にいる久光公に報告しに行った……これは四月八日のことであったが、時すでに遅く、堀と海江田の〝ご注進〟によって、西郷の処分は決していた。いかに大久保がとりなしても、久光の腹は収まらなかった。

久光は、自藩の急進派が西郷を欠いても、何事かしでかすと、自分の考えている薩摩単独主導の公武合体（そののちの朝廷親政）が頓挫するので、大坂藩邸において掟《おきて》を発令した。

一　諸藩士浪人等へ私に面会すべからざる事。
一　命《めい》を受けずして猥《みだり》に諸方に奔走《ほんそう》すべからざる事。
一　万一異変到来すとも動揺《どうよう》するなく、下知《げち》なき内《うち》に其場《そのば》に駈付《かけつ》くべからざる事。

一　酒色《しゅしょく》相慎《つつし》むべき事。
　右の趣《おもむき》先度より追々申渡《おいおいもうしわたし》候へども、以来猶《なお》又相《あい》守るべく、若此上《もしこのうえ》違背の族《やから》これあるに
　於《おい》ては用捨なく罪科に處《しょ》すべき者也。

第一則と第二則に、すでに有馬新七たちは違反している。「先度（以前）より追々（度々《たびたび》）申渡候へども」の「ども」は、いまだ命令をきかない有馬新七らがいることを憂慮した物言いである。しかし、これまではこれまでとし、「以来」――この掟があらためて出された今日以降、前よりもましてこれらの箇条を守りなさい。もし、今回掟を出したにかかわらず守らない者がいたら、用捨なく、罪科――究極は死罪に処するという内容である。

第三則は、きわめて微妙な色合いをもつ。その「異変」が、有馬新七ら急進派から起こされた場合と、久光自身から起こされた場合とを含むからである。ただし、いずれの場合も、「下知」――つまり、久光の命令がなければ現在の持ち場を離れて、異変現場に駆けつけてはならないというものである。

第四則は、薩摩という質実剛健の基風のある辺境から、華やかな大坂・京に出て、酒や女にうつつをぬかす者たちをいさめたもので、一般的道徳律の範囲であろう。ただ、遊興を隠れ蓑にした急進派の談合をも牽制した形である。

さて、これら久光よりあらためて下された掟を耳にして、有馬新七は、これらは幕府の耳に達した時に薩摩藩が疑いを受けないための、〝建て前〟ではなく、島津久光の〝本音〟であることを確信した。

今回、久光は動かない。

あの西郷を国元に護送したのも、新七たちに対する一種の見せしめである。今回は、即、死罪かもしれぬ。

従前の約束通り諸藩士浪人と面会しつづけ、事を起こそうとする自分たちは、久光に殺される。

しかし、かすかな期待も持っていた。

久光公の京入りのお伴に加えていただけたなら、まだ挽回の機会がある。

ところが、そのかすかな期待は破られる。三日大坂にとどまった久光が伏見に向かった時、新七の属する組は大坂居残り組となった。十二組中、四組だけが伴まわりとして加わったのだから、ことさら新七たちの組が残されたという意識を持たせぬような体裁はとられていた。

つまり、久光は、籤《くじ》引きで選んだのである。この方法こそ、護送直前の西郷が訴えた〝公平〟であった。「急進派をわざと大坂に残し、あるいは、国元へ護送させたりすると、さらに混乱する」「今回は、私も止めた。それでも、動く者がいたら、それは彼らの〝天命〟であって、天が天命としなければ、おのずとつぶれるであろう」「天に定めさすためにも、京入りの伴衆を人為的に選んではいけない」と言ったのである。

柴山愛次郎、橋口壮助、そして新七と田中謙助は、大坂でひそかに合議の時をもつ。

「久光公が大坂に着かれる前後の事《こつ》が、誠腑《まことふお》に落ちんごたある」

これは四人の共通した感覚であった。

「誰《だい》かが大きく画策せねゃ、こげん方向には、急には向かわんじゃっど」

「じゃっど、じゃっど」

「その誰《だい》かの穿鑿《せんさく》はやめとこや」

「うん。名指ししても、そこから何も生まれん」

「とにかく、尊王攘夷の大義を貫くことこそが、我らの眼目でごわす」

新七のことばに、皆、「じゃっど」と和す。

「そいを実現さすっ第一は、幕府の奸賊を除くことじゃ」

「じゃ！　こん御時世じゃっでん、順を追って改めていくことなど、出けん。じゃから、兵をあげて、幕府に通じて帝をお悩ませておる九条関白殿下と所司代の酒井を除く外はなか」

「このことが成功したあかつきには、天下の列藩、太平の夢が醒めて、御一新の世になるんじゃ」

「じゃっど。この今の時に当たり、非常のことをなさざれば、尊攘の道立つべからず」

新七の漢文調の物言いが、皆をシャキッとさせる。三人の顔を順ぐりに見つめつつ、新七はことばをつづける。

「久光公の命《めい》を待たずに、掟を破ってでん、奸賊を倒したならば、その時、久光公は必ず動かれる。今、動かれぬのも、そのことが失敗した時のことを憂慮されてのことごわんそう。それを、我らが、生命《いのち》にかえて、やりとげてさしあぐる！　これこそ、忠義じゃなかか。一旦は、久光公の切なる御意にそむくに似たりじゃが、その実《じつ》は、ここにあったとお知りやれば、久光公の御面目も大いに立つことになる。今、我らが立たねば、久光公の――いや、諸藩に先立つ薩摩の大功など生み出せやせん」

皆が「おーっ」という声で和した。

討幕の兵をあげるにあたって、以前からの申し合わせ通り、現在相国寺の一室に幽閉されている青蓮院宮を救い出し、宮を通じて帝の勅をいただき、晴れて錦の御旗をかかげて官軍となって動こうという作戦になっていた。

久光の出した掟の第一則・第二則は、諸藩の急進派の藩士・浪士との交流・協力を禁じたものであったが、久光が京に行った隙を利用して、長州藩士を筆頭にかなり密なる連絡がとりあわれた。

しかし、このことを、久光たちが全く計算していなかったわけではない。西郷が強制送還の前に提案した「京入り伴回りの籤引き」は、久光の内意を強く受けた者を大坂藩邸に残すことも可能にし、彼らからの逐一情報で異変が察知でき、対応がすみやかに出来ることとなった。また、有馬新七たちの動きに他藩士や浪士たちがどう対応するかで、それぞれの藩主の意向も把握できるという利点もあった。危険水域きわきわを〝泳がせておく〟という絶好の機会でもあった。

八　大坂藩邸

島津久光は四月十六日京に入り、穏やかなる政権移譲の母胎となる公武合体のさまたげとなる急進派の武頼漢たる浪士鎮撫の命令を、帝より取りつけた。こうなると、自藩から一名たりとも違反者を出すわけにはいかない。そこで、有馬新七ら以前より挙義を主張している者たちを、断固、翻意させねばならない。そのため、十八日には、奈良原喜左衛門と海江田武次（信義）を使者として大坂藩邸に送り、藩士を集めて訓諭させている。

「詳《くわ》しゅうは、内機にあたるで申されんが、久光公の御献策を恐れ多くも朝廷はことごとく採納なされ申《も》した。久光公が心を尽くされておった事《こつ》の結果は、万事良《よ》かこっなった。天下の事《こつ》、全て患《わずら》い無し。

さらに、久光公のおことばで御《ご》ざっ！

汝等《なんじら》、その我が意を体し、必ず、意を他事に介せず、わが与えられた職分をよろしく守るべし。

以上！」

平伏して聞いていた頭をもたげつつ、新七たちの脳裏には、かえって、疑問が湧いて来ていた。急進派の棟梁と見なされている新七よりも、江戸藩邸詰めで久光入京警護のため出張して来ている形の柴山龍五郎ほか数名に、探らせることにした。

柴山の密《ひそ》かな面談を、奈良原・海江田は受けた。

「やあやあ、おやっとさあ」

それぞれの役目を慰労することばで話は始まる。

「京は如何《いけん》とでごわす」

「丸山あたりは、しだれ藤が見事咲いちょった……」と奈良原が答えると、海江田は、「神泉苑たらいう池の、あいは、あやめちゅうのか、かきつばたいうのか、紫や黄の菖蒲があざやかじゃった……」と答えた。

「そいは、よかもん、見ごわしたなあ」といなしつつ、柴山は、いくら内機でももう少し具体的に久光公が成さった事を教えてくれと頼む。

「久光公が京入りされっち、朝廷に申しあぐる策がことごとくお取りあげられ、今まで心を尽くしていたことでうまくいかないことはなかでごわす。お前様《まんさぁ》ら、安心しっせい。これらは、この両人がしかとお聞きしたことでござる」

海江田は、大坂藩邸で皆の衆に訓諭した時と同じことを繰り返す。

柴山と同道していた弟子丸龍助がいくら聞いても、それ以上、会話は進まない。最後には、「弟子丸殿《どん》、お前様は、江戸藩邸の誰《たれ》に許しをもろうて、こちらにござった。そこから、聞き申《も》そか」

と、痛いところを突いて来た。

「……つまるところ、忠義の一点に帰す理由がございもす。じゃっどん、一々《いちいち》事分けて言うても、どうせ信じてもらえんけん、言いまっせん」
弟子丸は、急に涙目になってこれだけ言うと、深々と礼をなした。これを合図のように柴山ともう一人付いて来ていた義弟にあたる三島彌兵衛も踵《きびす》を返した。

柴山の報告を受けた新七たちは、さらに疑念をふくらませる。もし、従前から練られている第二策をとるにしろ、実現にあたっては人手がいるはず。この大坂藩邸への人数依頼もないし、国元へ残って待機している者たちへの呼び出しもない。これは、久光公が何も動いておられぬ証拠である。やっとこさ、浪人取り締まりの役目を勅命としていただかれただけの、か細い朝廷への取り入り方ではないか。帝をお守りし、天下を回転させるというには、余りに、弱い姿ではないか。先君斉彬公の勇猛さをこそ朝廷は求めておられるのに。

新七のこの思いを踏まえて、田中謙介は、柴山を藩邸の薬草苑に呼び出し、話をする。柴山が今まで大久保一蔵（利通）や奈良原喜左衛門寄りで行動しており、今回も、際《きわ》で心がわりする可能性が最も高かったからである。

この話で、謙介は、お側役の中山中左衛門が私欲のために久光公の言を左右していることや、大久保・奈良原・海江田が最近のらりくらりとして「時機いまだ熟せぬ」ばかり言っていることをあげ、もはや猶予ならない時機であることを告げる。そして、最後に、青蓮院宮の令旨があり、宮より錦の御旗をいただける機会なのだから、挙義はやるほかはないことを訴えた。

この最後の青蓮院宮の件だけは、後の史実は、実体の無いものとする。この件がもたらされた時点で、新七たちは挙義を最終的に決意するのであるから、嘘を――いや、言い出した者たちにとっては、かすかな可能性を吹聴しただけかもしれないが、中国地方や九州地方を情報が回されていくうち、それぞれの持つ希望や夢が色づけされ、ついには、〝真実〟のごとく受けとられていったのである。

もちろん、青蓮院宮の件、および、田中謙介の伝えた中山忠光朝臣《あそん》の檄文《げきぶん》中の、

武夫の矢たけ心の梓弓　引はなつべき時は来にけり

という和歌によって、柴山は挙義に加わることを決意した。

実の弟である当歳二十二の是枝萬助に、「やはり従来通り大久保・奈良原と志を同じくした方がよいのでは」と言われた時、かえってこれを叱責して、ついに、弟の心を情《じょう》に滾《たぎら》かせた。

大坂より京に向かう折、柴山龍五郎は、

皇の御為に死ぬは瀧津勢の水より早き我心哉

弟の是枝萬助は、

われひとり天が下には生れきて大内山の塵を拂ふぞ

同道していた義弟の三島彌兵衛は、

皇国の御代安けれと武士のあかき心をつくす今日哉

という和歌を詠み、牛皮の腹巻とともに宿に遺しているが、柴山自身、情《じょう》の〝瀧津勢《たきつせ》〟――

滝壺に落ちる寸前の急流に変化《へんげ》させねば、この挙義には参加できなかったのである。また、弟の是枝萬助の歌に見られるように、「われひとり」という自力選択の強さがなければ——兄がするから自分も加わったというだけでは死を賭した挙義に進むことは出来ない。義弟の三島彌兵衛にとっても、一種の約束の証《あかし》だけではない、この日本の未来が、自分のこの今日の真心で約束されていくのだという信仰に近い信念が燃え立たなければ、一歩を踏み出すことは出来ないのである。

鹿児島の知覧には神風特攻隊の基地があり、今も記念館では、全国の若者たちの最期の心がまえを示す手紙や和歌を偲ぶことが出来るが、柴山と三島は二十八歳、萬助は二十二歳、〝お国のために死す〟という若者の思いは、何ら変わらないことを知る。

新七たち三十六人は、来たる二十一日の夜を討ち入りのつもりで、ひそかに準備をととのえていた。ただ、この中には、清河八郎は加わっていない。越後の浪人本間精一郎と清河たちが芸者連れで安治川で舟遊びした折に幕府役人と喧嘩となり、その事で薩摩藩邸を四月十三日に追放されていたのである。

大坂の動きは、京の久光の元へ逐一報告されているから、二十一日の昼前、あわてて大久保一蔵が再三説諭すべく大坂藩邸にやって来た。まず、柴山と橋口に会い、その後田中河内介と岡藩士小河彌右衛門とも面談している。

「今が鎮静《ちんせい》の〝時《とき》〟でごわす。まだ根回しが必要な所がある故、そいは我らがしもんで、皆々、時機を待って下されということでごわす」

「今度、尊王の道が立つ時が来れば、御所の御守衛の兵士として、わが藩や御前様《おまんさあ》の岡藩にも必ずお召しがあり申《も》す」

「今度、馳せ登っし忠義の志《こころざし》深《ふか》か浪士たちは、必ず、その選びに先《まづ》もって入れられるつもりでごわす」

など、大久保は言う。

「今回、久光公の上京を機に、挙義が成されるにちがいないと信じて馳せ集まった諸浪士にとって、帝の御親兵となれることはありがたいことではありますが、そのような一身の栄辱存亡を心がけて集まって来た者はおらんでしょう。ひとえに夷狄《いてき》より受けた国属を雪《すす》ごうとして、幕府をしりぞけ朝廷の親政を願っておるのじゃ。今の天下を見ておると、皆《みいな》太平に溺《おぼ》れて旧例のまま改革をしようとせず、かたじけなくも主上が御英明なるお心をもって夷狄掃攘を深く決意されても、お公卿方はただただ動揺されるだけで、簡単には〝一新〟の大事業が行なわれにくい。だから、今日、今《いま》必要とされることは、公卿方をして古代の丈夫の気風に立ちもどらせ奉って、天下列藩の酔夢をさますことなんじゃ。そこで、お聞きするが、そのようなことについて、島津和泉殿（久光公）の実際の動きはいかがでござるか」

豊後岡藩（大分県竹田）の浪士としてここに来ている小河彌右衛門は、浪士の形はとるものの岡藩主より内偵を頼まれてもおり、かなりの理論家である。

大久保は、はかばかしく答えられない。ただ、「ゆっくりと朝廷を輔《たす》け奉って、ついに朝廷による政権を恢復《かいふく》する所存」を繰り返すのみ。

小河は、それぞれの所見に黒白のへだたりがあると見定めて、「わかった」とのみ答えて別れる。そして、挙義の準備をさらに進めるのである。


二十一日の段取りは次のようになっていた。
一　薩摩藩士と久留米藩士、および田中河内介の人数（侍）は、二十一日の朝舟で大坂を出発し、夕方伏見に着き、寺田屋にて支度をすすませ、ただちに京都へ進撃する。
二　小河彌右衛門ら岡藩士は、二十一日の昼舟で大坂を出発し、伏見にあがり、そのまま京都に新手《あらて》としてくりこみ、前軍の労を助けて奮闘する。
三　長州勢は、京都に火の手が上り次第、所司代に攻め入る。
四　吉村寅太郎らの土佐藩士および他の浪士は、臨機応変の形で動く。
これら基本線が決まったのは四月十九日。長州藩士・堀真五郎は、自分たちの役割を京の長州藩邸に伝えるため、早速京都へ駈けのぼった。

二十日の夜に入って、佐土原藩（日向国佐土原）藩士の富田猛次郎と池上隼之助が大坂にあった藩邸より武器を持ち出したため、留守居役が不審に思って薩摩大坂藩邸に知らせた。そこで、薩摩藩邸での警戒が厳しくなって、計画をしばらく延期することにした。その報を、京の長州邸へ伝えたのは、土佐藩士の宮地宣蔵。

長州藩は、浦靫負《ゆげい》や留守居役の宍戸九郎兵衛などこぞって一切の用意をととのえ、久坂玄瑞等が京都所司代に打入り次第、応援に駈けつける心がまえで、二十一日の夜を待っていたから、この延期の申し出を受け入れかねていた。

「事情は、ようわかった。ならば、明日二十二日の夜に討ち入りで手を打とう」

長州藩の内意を受けて、宮地は帰路に着くが夜舟で急いでも、大坂に着いたのは二十二日の朝。

これでは、その日の夜の討ち入りは無理で、長州藩の意見も入れて、二十三日の夜討ち入りと決する。早速、秋月藩士海賀宮門がそのことを京の長州藩邸に伝える。舟ではなく、早《はや》駕《かご》を使った。


この間の四月二十一日、真木和泉の一行四人が大坂に着いている。柴山たちはその夜遅く真木の宿を訪ねて、現状を説明した。翌日、土佐堀にある薩摩大坂藩邸二十八番長屋において、真木は柴山・橋口・田中謙助・田中河内介・小河・是枝らと会い、討ち入りの詰めを行なっている。青蓮院宮（久邇宮朝彦親王）を奉じて事を進め、倒幕の勅命を久光公へ与えてもらうという段取りを、真木は信じ、受け入れた。

九　文久二年四月二十三日、寺田屋事変

文久二年四月二十三日の未明。

薄暗がりの中を、手拭を持った男たちが、出ていく。
門番の老人に、「朝風呂行《い》っ来《き》もんで」と明るく声をかけている。
藩邸の角を回ると、急に走り出し、中之島の魚太屋を目ざす。
柴山たちが宿とする魚太屋が集合場所であった。
一番船　有馬新七・橋口壮介他
二番船　是枝萬助・吉田清右衛門・篠原冬一郎他
三番船　田中謙介・橋口伝蔵・柴山龍五郎他
四番船　柴山愛次郎・富田猛二郎他
と、四艘の船に分かれて、淀川より伏見に向かう。
真木和泉ら久留米藩士十人も少しおくれて船で伏見に向かった。田中河内介も同様であった。

同じ頃、京の薩摩藩邸より、奈良原喜左衛門と海江田武次が急進派説諭のために遣わされていた。淀川づつみを二人が早足で歩いていると、川風に乗って聞き馴れた声が耳に入って来た。

「あいは、萬助殿《どん》の声じゃなかか」

二人は、近づく船を川面ぎりぎりまで下って見つめる。

「やっぱり、萬助らでごわすな」

そう認めた二人は、大声で

「大坂に引き返せ、是非に引き返せ」

と、叫んだ。

吉田清右衛門が岸の二人に近づき、

「どげん言われても、止むるわけにはいきもさん」

と返してきた。

「返らんと、主命《しゅうめい》じゃっち、斬らねばならぬ」

奈良原は、威嚇のために刀の束《つか》に手を掛けた。

剣法を奈良原に習った萬助は、師匠のそれを自分を見くびった挑発とみた。悔やしかった。いや、それ以上に、死を賭した討ち入りを目前にして気が昂《たか》ぶっていた。二十二歳の若者である。いたしかたがない。

「奈良原殿《どん》ちゅうのは、何もない平日の事《こつ》じゃ。この期《ご》に及んで、我らの船を止めるなら、淀川に切って捨てもんそ！」

恐怖の裏返しで、大胆を通り越して無謀となり、大刀を引き抜いて、まさに岸に飛び上がろうとした。

さすがの奈良原も頭に来て、

「萬助ドン、これは聞こえん召し方でごわんな」

と、あえて敬語をまじえてはいるが、すでに刀身は空《くう》に構えられていた。

あわてて吉田や篠原が萬助を船に引きとどめる。

海江田は、その二人に黙礼をなし、

「ところで、柴山ドンと橋口ドンはどこにおじゃっな」

とやさしい声で聞いた。

「まだ、大坂におる」

この声を最後に、船は淀川を漕ぎ上る。

一方、土手の二人は、大坂を目ざす。

船中の萬助はまだ興奮さめやらず息荒く船柱にもたれていたが、吉田や篠原は土手の二人を騙《だま》せたことでニンマリとしていた。

土手の二人は、土手道の先を見つめて駆け走っていたので、川を三番船が上っていくのに気づかなかった。

船の中からこの二人を認めた田中謙助は、得意な鉄砲で撃ちとめようと、拾匁銃を手に執った。しかし、どこにまぎれたか、火縄が見つからない。「チョッ」と舌打ちすると、腰に下げた手巾《てぬぐい》を裂いて縄に綯《な》って火縄の代りとした。煙草盆《たばこぼん》から火を点じ、引き金を引こうとするが、すぐ火が消える。三度試みているうちに、もはや二人は射程距離から消えていた。

奈良原と海江田が土佐堀の藩邸に着いた時、急進派の侍たちは出発した後であった。

「何が『大坂におる』じゃと」と怒りがあらためてこみ上げてきたが、怒り狂っている場合ではなかった。

有馬新七たちの什長であった永田佐一郎が、新七たちを引き止められなかった責任を負って、切腹していたのである。これを見て、暴挙がそこに迫っていることを察し、通報のため高崎佐太郎を京都に駕籠で馳せ向かわせた。念のため、もう一人、大坂を出る道を変えて藤井良節を早駕《はやかご》をもって京に向かわせる。どちらがより早くつくかは、その時々の道路状況だからである。

淀の大橋で、一番船から三番船は落ち合って、四番船を待つべく、陸に上がり茶屋で一休みしていた。

そこへ、早駕に乗った藤井がやって来た。

「藤井ドン、こげん急いで、どこにおじゃいもすな」

藤井はとっさの嘘をつく。

「いや、弟の井上彌八郎が大病になっち、危なかという報《ほう》が入ったで、早駕やとって、京都に行き方《かた》（行っている所）よ」

橋口壮介は、弟彌八郎と親しかったので、しかも同志であったので、死に行く者の心を慰めようと、今夜やっと夢が叶うと伝えてくれと頼んだ。藤井は、「そげん伝えます。ありがとな」と言って、去って行った。

居合わせた一人が、

「おかしかなかか、あれは、藤井じゃろ。何で弟が井上なんじゃ」

と聞くと、壮介が、

「一方が養子にいったけんね。ほれ、柴山龍五郎ドンと是枝萬助ドンと同じじゃ」

と説明したので、一同、ぐいと茶を飲み干すこととなった。

「甘か団子が喰いたか」

「俺《おい》は腹もちの良《よ》か焼き餅にしよかいな」

皆々が思い思いの品を追加注文している所へ、高崎佐太郎の乗った駕籠がやって来た。

ここに至って、同志たちは、「これは怪しい。京の藩邸への密告だな」と感じ始めた。

ここで急に足を早めた駕籠を追いかけて止めたのは柴山龍五郎である。何か話しかけている。それを見て、橋口壮介が叫んでいる。

「高崎を斬れ」

「佐太郎を殺せ」

声に応じて、森山と坂本が駕籠に走り寄る。龍五郎は、両手を開いて二人を制した。

「止《よ》せ、止せ。一人高崎を殺したって、何の益がある。お前様《まんさあ》も役目があろう。早う行きなっせぇ」

龍五郎たちが茶店に立ち戻った時、じっと川面を見つめていた有馬新七は、その顔を同志たちに向けた。

「藤井、そして、今の高崎。久光公の御耳に我らの今夜のことが達するのも、時間の問題じゃな。河《かわ》は、上から下に流れていく。流れは、変えられんものでごわす」

新七のことばは、悲愴ではなかった。自然の摂理を解く教師の様であった。

再び、大坂島津藩邸。

奈良原と海江田が着いた時、小河彌右衛門に率いられた岡藩士二十余人および田中河内介父子は、まだ二十八番長屋に居た。

説得が長々とつづき、予定した出発が遅くなるので、田中河内介は目くばせして、ついと脱け出る。

残った小河一派と河内介の子左馬介を相手に、奈良原はことば和らかに事情を聞き出す。小河は嘘をつけない状況となり、ありのままを告げた。

長州藩が藩ぐるみで今夜の挙義に関わることを知り、奈良原喜左衛門と海江田武次は、「もはや制することは出来ない」と悟り、京の長州藩留守居役本田彌右衛門に万事相談されよと言って、すぐさま京へ上ることを許した。そして、二人は、急いで文《ふみ》を中山中左衛門・堀次郎・大久保一蔵に送り、「長州藩と合体として有馬新七らの起こす今夜の一挙はもはや避けられない。追付、我々も仲間に駆けつける」旨を知らせた。

ただ、時《とき》の不運と言おうか、この文が京の島津邸に届いたのは、寺田屋へ鎮撫使が出発した後となってしまった。


また、淀川大橋の場に戻ろう。

やっと柴山たちの乗った四番船も淀に着いた。四艘の屋形船は、連なって、伏見をめざす。

岸辺の柳が、みるみるとした青葉を風になわさせている。浅瀬の淀《よどみ》に菖蒲がここに一群れ、あそこに一群れと咲き匂っている。

水鳥がすまし顔で上《かみ》に向かい、あるいは、下《しも》に流れ浮いている。

新七は黙して、くい入るようにそれらを見つめていた。

伏見蓬莱橋で船を降りる。そして、田中河内介が予約していた寺田屋伊助《いすけ》の宿に入る。

時刻は、七ツ半（午後五時頃）であった。


同志が一息ついたところを見計らって、有馬新七は〝着到帳《ちゃくとうちょう》〟をつけるべく、前もって各自から出されていた名札をもとに点呼を始めた。名前をよばれて、「御座候《ござそうろう》」と答えるのは、かの源平合戦の昔《いにしえ》を復活するようで、面《おも》はゆい。

新七は、武者ぶるいを覚えたが、声がふるえるのは避けたかった。臍の下に一旦気を送りこんでから、丁寧に名を読み上げることにした。ただ、呼びつつ書き取って行くのは、思いの外、時間がかかる作業であった。見かねて、伊集院直右衛門が書記を手伝う。

「以上、めでたく着到帳を閉申《ひらきも》す。

周知のことと思い申すが、薩摩古来の戦陣編制に習い、五人組と成す。討ち入りの際、五人一組として、他《たあ》の組《くみ》とも助け合って思う存分働いてつかわさい」

それぞれ属する隊伍が決まり、皆思い思いの討入り準備に入る。

「俺《おい》は、〝腹が減っては戦《いくさ》が出来ぬ〟質《たち》じゃけん、握り飯ば沢山腰につくる」

「俺は、剣術試合で、よう喉が乾くけん、蜜柑を、ほれ、大坂の八百屋《やおや》でこげん買《こ》うて来たとよ、少し、分《わく》っても良かよ」

「ほう、お前様《まんさあ》は、鞋《わらじ》編み方《かた》か」

「ちと手貸してたもっせ。右手の籠手《こて》の紐《ひも》がうまくきびられんとよ」

「がっち、俺も同じじゃっど。交《か》わり番《ばん》こにしょじゃなかか」

「そうじゃ、お前様のごと、蝋燭《ろうそく》を串に貫かんとなあ。今夜は、闇夜《やみよ》じゃけん、要《い》る時は要《い》るじゃろ」

「そう、要《い》る時は要《い》るじゃろ。要《い》らん時は要《い》らん」

隊伍の中で、笑い声が立つ。

さて、京都の薩摩藩邸の動きを追おう。

藤井良節、高崎佐太郎は、相ついで、海江田たちの手紙を京の薩摩藩邸に届けた。申《さる》の刻（午後四時頃）のことであった。

堀次郎と中山中左衛門は、すぐさま久光公にこの旨を伝え、「いかが対処すべきか」をうかがう。

「がっつ困《こま》った者じゃらおう。じゃどん、根っからいかん考えでもないごたあるけん、まず、人をやって、首謀者をここに連れて来い。私が親しく諭《さと》してみよう」

久光は、初めは薩摩ことばまる出しで、町内の若者に小言をつける爺さんのように切り出したが、途中からは、〝殿様〟然とした口ぶりとなった。

その変化を受けて、堀は声を沈めて切り出す。

「連れて来る時に、もしも抵抗いたしました場合、いかがいたしますか」

「其時《そんとき》は、臨機の処置があろう」

短い久光の答えであった。


一間《ひとま》を下がり、堀と中山は、鎮撫使の人選に入る。

「新七にしろ、萬助にしろ、大山彌助にしろ、腕が立つから、互角の者を選らばにゃならん」

「まずは、説きなだめることが大事じゃ。有馬、田中、柴山、橋口等《らあ》に元からつきあいのあった者を選ぶのがよかなあ」

「大山彌助は、よか青年《にせ》じゃっち、こんなことで死なせられん。殿の御意《ぎょい》良しでもあるし……一族の大山格之助を入れておけばよか」

「じゃっなあ」

このような協議を経て選ばれたのが、

奈良原喜八郎（繁）・大山格之助（綱良）・森岡清左衛門（昌純）・江夏仲左衛門・鈴木勇右衛門・鈴木昌之助・道島五郎兵衛・山口金之進の八人である。

八人は久光公にお目通りをする。

「汝ら、すみやかに伏見に馳せ向かい、寺田屋に集合した面々に、予《よ》の趣旨を伝えよ。それでも聞かずに許しのない討ち入りをしようということであるなら、是非に及ばぬ。臨機の処置を下《くだ》せ」

久光の命《めい》は、堀・中山に下《くだ》した時よりも、固く冷ややかであった。それは、この八人に死を決して戦場《いくさば》に出る気概を与えるに十分であった。

一間を退いて、最後の支度をしている彼らに、お側付の侍が来て、

「今少し人数を増やそうか」

と聞いて来た。

「いや、人が多いとかえって良《よ》うなかごわんで」

「そうか。ならば、足軽を二組付けよう」

「いや、それも要《い》りもさん。この八人で充分ごわんで」

八人の意志は固かった。

八人は二手に分かれ、一手は本街道から、もう一方は、竹田街道から伏見に向かった。しばらく行った所で、上床源介（敬蔵）が鎗をかたげで追っかけて来た。鈴木勇右衛門の部下

であったため、付いて来ても構わぬということになった。

奈良原・道島・江夏・森岡の四人が寺田屋に着いたのは、その日の夜二更（午後十時頃）であった。

奈良原は、寺田屋の主人伊助を呼び、

「薩摩藩の者でごわす。同藩の有馬新七殿《どん》が宿しておるのはわかっておる。面会を申し入れ申《も》す。とりついでたもっせ」

と申し入れる。

伊助は、

「今おいやすかは、手前どもではわかりまへん。ほな、聞きにあがらしますさかい、少し、かけてお待ちやす」

と言い、手代《てだい》の肩にそっと手をかけ階段を上がらす。

これは、夕方、誰か訪ねて来ても、俺らは居ないと言うように頼まれていたからである。

「有馬新七様はどこに居《い》やはりますか」

この手代の声に応じた主《ぬし》が悪かった。大坂から伏見の船中ずっと酒を口にし、かなり酔いの回っていた橋口伝蔵が、大声で、

「有馬新七ちゅう者《もん》は、ここに居《お》らぬと言え、居らぬ」

と叫び、

「用談に来た者《もん》は、誰じゃ。ん、同じ薩摩の……知らん、知らん、何も知らん」

と、話にならない。

らちが明かぬと見て、江夏と森岡がさっと二階へ上がった。

そこには、赤穂浪士さながらの晴れの討ち入りにいざ出ようとする面々の姿があった。

江夏も森岡も、一瞬生つばをのみ、目がくらっとした。いつもの知った顔が皆変わって見えた。柴山愛次郎の顔をみとめ、声をかける。

「有馬新七殿《どん》、田中謙助殿《どん》、柴山愛次郎殿《どん》、橋口壮介殿《どん》に御用談があって罷《まか》り申《も》した。別の間で御目にかかりたい」

この「御用談」の「御」が、自分たちへの敬語ではなく、久光公の「用談」であることを示すことばであることがわかった新七は、すぐ立ちあがった。三人も、それにつづき階段を降りる。

別の間で、奈良原はすでに正座して四人を迎えた。

「我等は、久光公の御命《めい》を受けて、ここに参ってごわす」

殿の名前が出た時、新七たちは奈良原が床の間を背になるように身動きをしていった。そして、両手を畳につけ拝聴の形をとる。

「久光公がお前様《まんさぁ》らに面談すると仰しゃってごわす。すぐに、京の錦《にしき》の藩邸に出頭せよっち、仰しゃってごわす」

四人は平伏しながら、ちらと互いの顔をさぐっている様子。

「お前様《まんさぁ》らの心配することは何もなか。久光公がご尽力されたで、何もかもうもういっちょる。じゃっけん、一挙の噂が真《ほん》なら、すぐに止めてつかわさい。薩摩の国《くに》のためにも」

「どうご尽力されたのでござい申《も》すか」

「ご尽力されたと確かに聞いちょる」

「そのことはわかっちょいますが、どんな方策を講じられ、どれが明日から実施されるのですか」

「そんなこと、お前様風情《ふぜい》の知ることでなか」

「ならば、奈良原殿《どん》は知っちょって、申さんのでごわすか、それとも、知らんから、申されぬのでごわすか」

「とにかく、久光公のおことばでは、尽力の結果、全てうまくいったんじゃから、それを、お前ら、恐れ多くも疑うというのか」

奈良原は、いらだって来た。

新七は、かろうじて畳についていた両手をわが膝に置いた。そして、奈良原の眼を見つめた。

「俺《おい》どんたちも、早速、罷り出たいと思うけんど、吾等は、今、前《さき》の青蓮院宮の御召《おめし》により、京に向かおうとする所でごわす。まず宮様の方へ参って、その御用が済み次第、錦邸へ参ずることにし申《も》す」

「そいが、考えちがいじゃっど」

鎮撫使たちは声を合わせてどなった。

「何事《なんごと》考えちがいがごわすと？　先の斉彬公の御遺志は久光公にも脈々と伝わっておる、そう聞いとり申《も》すぞ。九州や長州の諸藩も、斉彬公のお考えを今《いま》の薩摩が引き継いでおっからこそ、頭領として一目《いちもく》を置いちょるのでごわんど。今日の事《こつ》は、ふって湧いた話じゃなか。あんたらも、はじめは、俺《おい》たちと同じに動いちょったじゃなかか。全くわからん仲でもなかろうもん」

新七のことばに、鎮撫使はことばに詰まった。

「主命《しゅうめい》に背くとは何事《なんごつ》よ！　殿の御命令にそむく気なら、ここで腹を切れ。お前《まん》らを逃がした責任を一人背負うて、腹かき切った永田佐一郎殿《どん》ごとな。本《ほん》に、ぐらしか（かわいそう）。お前らに殺されたようなもんたい、佐一郎殿は」

新七は、「そいは真実《ほんとう》や」と聞いた。我ながら、声のふるえを抑えられなかった。

「嘘言うて、何《なん》ぼの得《とく》になると……じゃから、お前様《まんさぁ》らも、挙義など夢ごたあることをほざけんで、錦邸に早来《はよ》い。ここに来たのも、お前らの生命《いのち》請《ご》いじゃっど。昔なじみの」

「いや、なおさら出けん」と、柴山が言う。柴山は、久光公のおことばを聞くのだからと大刀・小刀、二階にわざと置いてきていた。

「何が、出けんと」

怒《いか》れる鎮撫使たちは、柴山が刀をわざと置いてきたことも、今、脇に差していないことも目に入っていなかった。

「永田殿《どん》に申しなかけん、今夜の討ち入りはますます止められん」

「何でや」

「永田殿の死が無駄になるけん」

こう答えたのは、橋口壮介。

「じゃっど」と力強く念を押したのは、田中謙助。

「お聞きの通り、我らは、たとえ、久光公の御命令であっても、宮様の御用を済まさずしては、錦邸に行くことも、死ぬことも出来《でけ》んのでごわす」

新七は、鎮撫使の面々の顔を見すえて言い放った。

「どうしても、言うことを聞かぬと言うのじゃな。俺等《おい》は、上意討ちの君命も受けちょる。今まで、このことばは出しとうなかったが、上意討ちごわんど。ええのか」

新七はじめ四人は、「よか」と大声で答えた。

道島が、大声をあげた。

「俺らが、お前らのことを思うて、こう言うちょるのに、どうしても聞かんのか。え、聞かんのか」

田中謙助が、道島をにらみ返した。

「こげんなった以上、どう言おうが、聞かれん」

その時である。

「上意！」

大声とともに、道島は謙助の眉間に一刀をくれた。

謙助はその一打で気絶し、前に倒れる。

「何すっと！」

新七は叫び声とともに、刀を抜き、道島に向かった。

許せん、許せん、無抵抗の者をようもようも斬ったな。

新七は、こう心に叫びつづけて、道島を追いかける。

道島が謙助に手を下した時、後からかけつけた鎮撫使五人のうちの山口金之進は、ちょうど柴山愛次郎のま後《うしろ》に立っていたが、「上意」の声にはじかれたように、柴山の首から肩を右左《みぎひだり》と二刀《ふたがたな》斬りさげた。

静かに正座していた柴山の頭のみが前にのめった。

橋口壮介は、「柴山の敵《かたき》」とばかり、多くの鎮撫使相手に、それこそ死にもの狂いを始める。


道島と新七の切り合いは、部屋から廊下へとつづく。

キャアーとかいう叫びは、宿の女中たちが我先に外へ逃げて行く声なのであろう。難を避けて客たちも外へ走る様子である。

道島も新七も、そんな関わりのない人の肩に触れたら、しばし互いに息を静め体を壁ぎわに動かすから、道場での稽古にも似ていた。

木刀ではなく、真剣なので、甲高い金属音が空《くう》に響く。

カラリ
新七は、わが大刀の刃が折れて、一旦、天井に舞いあがり、下に落ちていく姿をゆっくり目に留める。

道島もあっけにとられ、動きを止めた。

どっちの刀が折れたのか見定められなかったらしい。

新七は、その隙を見落さなかった。

道島の胸もとにとびこみ、両手《もろて》で脇からかかえこみ、壁に押しつけた。

この方が、脇差を抜くよりも効果的だと思ったからである。ちょうど、橋口吉之丞が側に来ていた。

新七は、小声で、「俺《おい》ごと、刺《さ》せ」と吉之丞にささやく。

吉之丞は、「えっ」と、日頃は師とあおぐ新七の真意をつかみかね、たゆたっている。

――早うせんか。そのきわに反転して、道島だけを刺させてやるワイ。

そう新七は考えていた。

ドッキュンドッキュン
わが心の臓の音か
いや、胸合わせにした道島の心臓の音であった。死の恐怖で、爆発寸前の音。

途端、新七は、道島が哀れになった。いや、人という者の哀れさを感じた。

俺の心臓の音が聞こゆっか？

お前様《まんさあ》のよりも、落ちついた音でごわっそう。それに、何という温《あたた》かさ……眠たいほどの温かさであった。

新七に笑みがもれた。

「温《ぬく》かなあ、一所に、死にもんそ。これでケリがつくとよ。これで、しまいじゃ」

「吉之丞！　俺《おい》ごと刺せ！」

新七は、大声で叫んだ。

吉之丞は、やっと、新七が突差《とっさ》に反転しようとしていると理解した。少し後ずさって、反動をつけて、力一杯刺し通した。

ウーッという二人の男の声がした。

吉之丞は新七先生まで刺し通してしまった失態にうろたえた。ウァーッと叫ぶと、寺田屋の中庭の方に狂った様に走り去った。

階下に呼ばれた四人の戻りが遅い上、何か下が騒がしいと、弟子丸龍助が階段を走り降りて来た。

そこを、階段脇に身を隠していた大山格之助が横さまに腰を薙《な》いだ。深傷《ふかきず》であったが、気丈にもしばし応戦し、ついに倒れ伏す。

ついで、橋口伝蔵が、「何事《ないごと》？」と言いつつ、かけ降りて来た。階下の大山が、先《さっき》と同様、横さまに足を薙《な》いだ。一足になったも同然である。しかし、ピョンピョンと縦横に動き、鈴木勇右衛門の横鬢《よこびん》を払い、その耳を落とす。名刀、主水正正清《もんどのしょうまさきよ》の威力であろうか。父を助けるために、息子の昌之助は、伝蔵に何度も立ち向かいしばしの後、伝蔵を倒した。

西田直五郎も階下の騒ぎにハッとして刀を抜き身にして下へと向かう。上床敬蔵が下から長鎗で突く。直五郎はまっさかさまに転落したが、起き直り、鎮撫使数人と斬り合った末、床に伏した。

橋口壮介は、最も長く切り合っていたかもしれない。あちこちに深手を負い、もはや立ってはおられず、柱にもたれかかるようにくずおれていた。そこへ奈良原喜八郎が、肩から鮮血をほとばしらせて、坐りこむ。

「み、みず、水をくぃやぃ」

壮介がかすかな声を出した。

喜八郎は、痛む肩をかばいつつ、わが腰の瓢箪《ひょうたん》の栓を抜き、壮介の口にあてがう。

壮介は、一口、二口、飲みこむと、頭を下げた。

「俺《おい》たちは、死にもんで……これからの天下の事《こつ》は、全部《ぜえんぶ》お前様《まんさあ》らに託しもんで……うまかことお頼み申《も》す……」

二十二歳の若者の末期《まつご》の眼は、澄みに澄んでいた。

この騒ぎの少し前、森山新五左衛門は階下の厠屋に行っていた。出て来たら、新七たちが鎮撫使と斬り合っている。そこで、脇差でもって応戦にのぞんだが、数十カ所の刀傷を受け、土間に倒れ伏す。

　森山まで入れると、志士側は八人の犠牲者である。六人は即死であったが、田中謙助と森山新五左衛門は翌二十四日まで息があり、伏見の薩摩藩邸にて、切腹を命じられてその生《せい》を終えている。階上に居て乱闘をまぬがれ、奈良原の説得に応じた形の同志のうち、山本四郎は二十七日に京都にて自刃しているので、この人を加えて、今に「伏見殉難九烈士」と伝えている。九人は、ともに、伏見大黒寺に墓がある。墓に彫られたそれぞれの名前は、彼らを心より悼《いた》んだ西郷隆盛の筆になる。


　階下の乱闘、寺田屋の家族や使用人が騒いで外に逃げ出す声が、階上の同志たちの多くに気づかれなかったのは、たまたま蓬莱橋を渡る牛車の音がかまびすしく、建物をゆるがすほどであったので、それにまぎれてしまったためである。

　戸外で騒ぐ寺田屋の者たちの声を、美玉三平は、伏見奉行が気づいて召し取りに来たのかとみなし、仲間たちに「用心しろ」と叫ぶ。

　柴山龍五郎は、余りに戻りのおそい新七たちが気になり、階段を下りようとしていた。すると、肩から血を流した奈良原が、龍五郎を見て、手をパンパンと叩き、

「龍五郎、龍五郎、ちょっと待て。君命《くんめい》ごわんど。久光公の御前で、正直に話せ。殿は悪いようにはなさらぬ。俺《おい》なども、口添えする。じゃから、今夜決起などするな。天下の事、今日しくじると、二度と成《な》らんぞ。よう、考えたもっせ」

と、痛みをこらえて声を絞り出す。

龍五郎の弟の萬助は、兄の背後から下をうかがい新七たちの顔のないことに急変を悟った。兄に先んじて下に降りようとすると、階下で、鎮撫使の一人、上床敬蔵がしきりに首を振り、降りるな降りるなのしぐさを送っている。敬蔵としてみたら、下の惨事を目にした萬助が鎮撫使に刀を抜くにちがいない、そうすると、萬助が殺《や》られてしまう、それは友としていたたまれないことであった。

龍五郎は、階上より聞く。

「久光公は何を尽力されておらるるのか」

奈良原は、下より答える。

「今、尽されておるところじゃ。策はうもう行《い》っちょる」

龍五郎の背後に立つ同志面々は、その答えでは納得しなかった。

奈良原は、一度《ひとたび》瞑目すると、次の瞬間、両袖を脱ぎもろ肌を見せ、大刀、小刀を床になげ打つと、

「止まれ、止まってくんやい。頼む、頼み申《も》す」

と声をあげつつ、合掌のしぐさを取った。そして、その形のまま階上に至る。

「お前様《まんさぁ》、まんだ、俺《おい》のことばを疑《うた》ぐっちょるか。俺は、今、こん姿で来《きぃ》ちょる。どうしてすぐ和解してくれんとよ」

奈良原のことばを聞きつつ、龍五郎は考えていた。

肩からはまだ血が吹き出ている。失血で気絶してもよいぐらいだのに、こんなに必死なのは、奈良原にも天下の事を想う心があるからではないか。奈良原も、もとは、同志――勤王の志士であった……今、必死で、挙義を止めている。それなりの事情、理由があるのかも知れない。

「お前様のことばは、真《まこと》じゃっな。ならば、皆々と議《ぎ》せんとならん」

龍五郎のそのことばの終わらないうちに、「上意ならば」と西郷新吾が両刀をそこに置いて下に降りて行く。伊集院直右衛門も、次いで階段を下った。

階段のあがりには奈良原を残し、皆々一間に戻り、車座になって小声で話し出す。幸い襖は閉められていなかったので、奈良原は中に、田中河内介がまじっていることに気づき、目でこちらに呼び寄せる。

河内介は、目でわかっているとしながらも、すぐには寄って来なかった。

「事は、すでにここまで来《き》ちょる。再起は、期《き》せられもはん。ここで、切腹して、殿《との》に我らの真心《まごころ》を見せるほか無《な》かっ！」

車座の中央に坐した龍五郎に、永山彌一郎と谷元兵右衛門《たにもとひょうえもん》が詰めよる。背後で、「じゃっど！」の声もあがる。

「久光公が、幸い、我らに同情を示しくいやると言う。ならば、殿《との》の御前に出《いで》っち、ここに至ったありさまを具《つぶさ》に申し上げ、殿の元にあらためて志《こころざし》を果たすべきじゃ思う」

これにも、「じゃっど」の声がいくつかあがった。

どちらにも過半を超える賛同はなく、時が流れ行く。奈良原は、復命《ふくめい》の時が遅れるのは、これら生き残るべき人にとっても、また、鎮撫の使命を帯びて来た自分たちにとっても、まずいことになると判断した。

奈良原は、階段の一、二段に居て、事あらば攻め上ろうとしている仲間に目で「自分は部屋の中へ入る。ただし、皆はそのままで居よ」と指示した。

「御免つかわっさい。中に入りもんど」

あんな大声を出したら、また傷口から血が吹き出るのではないかと思うほどであった。

さすが、奈良原は、階段をすぐ背にして坐した。

「皆、おやっとさまじゃのう。俺《おい》どんら鎮撫使は、あの四人の外は敵《てき》と思っちょらん。あん四人は、君命にはっきり違反した。そいで、やむなく討ち果たすことになっただけごわんど。皆《みな》ん衆《しゅう》は、もとから、何の罪も無《な》か。それに、挙義の事《こつ》は、我らも賛成しちょったこと。一刻も早う久光公の御前に出《いで》っち、こん事情《さま》を申し述べてみてくれ。今、俺《おい》の伝ゆる事《こつ》で納得のいかんことあらば、錦邸に行ってから、殿様に聞いてみてくいやい。とにかく、早う御前に出ん事《こつ》には……」

奈良原のこのことばで、さらに志士たちはわが結論こそ義があるとして、喧々《けんけん》諤々《がくがく》の状態を呈す。

新たに、「斬り死にすっと!」と叫んだ者もある。

奈良原は、微動だにしなかったが、階段を二、三人あがり来る音がした。

「来んな、来んな」

奈良原は大声で制した。

それを見て、龍五郎は、

「まだ、俺《おい》どんらは俺どんらで議論せねばならんことがある。わるかが、下に降りて、もうちょっと待ってくんさい」

と頼む。

奈良原は、「わかった」と立つ際、よろける。隣に、田中河内介が動いて来ていた。その肩をかりる形で、伴ない下に行く。田中は薩摩藩士ではなく、京の公家中山忠能《ただやす》（のち明治天皇の外祖父と成る）の家司《けいし》であるので、久光の公武合体路線から見ても、寺田屋のことで関わりを持たせたくない一人であった。本来なら、階下の一室に真木和泉たちと居たのに上の者たちの様子を見がてら騒ぎの起こるほんの少し前にこの部屋に入って来ていたのである。

奈良原が居なくなると、志士たちの間に重い空気が垂《た》れこめた。「新七先生……」と声を押しころして忍《しの》び泣きする若者もいた。「荘介！」と、友の名を呼びつつ、膝をこぶしで打つ者もいた。

「弟子丸、西田が、ここに居らんど」

「謙助殿《どん》も、森山も居らんど」

「森山なら、ずっと先、厠屋《はばかり》に行く言っちょったど」

――ここに揃っていない者は、斬り合いに巻きこまれて死に至っている。

議論よりも、瞑黙して友の死を悼む方が先になっていった。

そこへ、反対側の襖を開いて、真木和泉と田中河内介が静かに入って来た。別階段を使って上って来たのである。階段の下の方、数段は、先の乱劇のため血塗られてしまっていたからである。

真木を認めて、龍五郎は、道をあけるよう大声を出し、自ら中央の座を譲った。

「拙者、真木和泉守でござる。皆様に告げることがござる。まずは、静かに坐して下され」

反対側の襖が開いたとたん、「スワ捕り手」かと、手《て》ん手《で》に武具を持った一同は、まだ立ったままであった。燭台の火を吹き消した者もおり、部屋は暗い。

龍五郎も、皆を静めた。

「今夜の挙義、薩摩侯もとより賛同なされておる。ついでをもって、大挙しようとされておる。しかし、もはや真夜中でござる。皆の衆、一たび京の錦邸《にしきやしき》に行き、久光公の御前で、まずは、勝手なる今夜の仕儀《しぎ》をお詫び申しあぐるべきでござろう。動くなという君命をそむいたるは事実。それをまず詫びて、次なる策を、久光公の御意見を聞きつつ、議すべきではないのか。とにかく、今日は、もう遅い。明日――朝が明けてから、議するべきであろう」

青蓮院宮との連絡役である田中河内介を背後に控えた、九州勤王論の大指導者と言うべき壮年者のことばは、気落ちして茫然となりかけていた志士たちの胸に、一縷《いちる》の希望を灯《とも》しながら、納得されていった。

十　挽歌

灯《あか》りのほとんどなくなった寺田屋の階段を志士たちは下る。

「気をつけさっしゃれ。下ほど、すべりもんど！」

大山格之助が下より声を掛ける。

新七たちがどこに置かれているか周りに気をつけたが、血糊と思われる黒い固りの側にも早人《はや》影はなかった。せめて、一室に集めて静かな眠りに着かせてやってくれていたと思いたい。

とにかく宿の内《なか》は暗い。

入口も開けてはいたが、闇夜《やみよ》であるので、そちらもまっ暗。

鎮撫使の一人が持つ提灯を目ざして土間を抜け、外に出る。

――戸口近くで、屍《しかばね》に突っかかった。龍五郎はその胸と覚しき所に耳を当てた。鼓動は絶えていた。「誰ぞ」「森山じゃ」「新五左衛門じゃ」答える者があった。あたら、二十歳《はたち》の若者が……小便や腹痛《はらいた》が自然の摂理と言うなら、階下に降りた森山は、不運ではなく、天命だと言わねばならんのか。奈良原に「有馬新七殿《どん》、田中謙助殿《どん》、柴山愛次郎殿《どん》、橋口壮介殿《どん》に御用談がある。別の間で会いたい」と言われた時、俺らは、なぜ、伴《とも》にダダーッと下に降りなかったのか。この人数だと鎮撫使の五人や十人、軽くやっつけられた。あの「御用談」で迷ったのだ。久光公のお召しが、あの四人にあって、我々にはなかったから、主命を守る立場から、下にはいかなかった。これは、正義だ。しかし、四人を見殺しにしたのではないか。遅いなあと思った時、なぜ皆で下に降りなかった。遅いと心配して降りた者——弟子丸龍助、橋口伝蔵、西田直五郎は、奴らに斬り殺された……結局、上に居た我らが見殺しにしたようなものだ……大坂藩邸の永田佐一郎の切腹、これも申し訳ない。もし、今夜の挙義が成功していたら、まずは、永田をねんごろに弔《とむろ》うて礼を言いたかったのに。

龍五郎は、鎮撫使に護衛されて、京への道を辿りつつ、こんなことを考えていた。人家の軒を並べる所は無理だが、田の続く所にこんもり社祠《やしろほこら》が見えたら、列をぬけ、駆け入り切腹をしようとも思っていた。あれこれ悔み苦しむより、潔《いさぎ》よいと思ったからである。しかし、後につづく是枝萬助（弟）や三島彌兵衛（義弟）が、真似をすると思うと、一度、二度、躊躇するうちに、いつしか五条の街並《まちなみ》に入ってしまっていた。

さらに、困ったことには、鎮撫使の応援として、奈良原喜左衛門、吉井幸輔、松方助左衛門（のちの松方正義）、伊地知源左衛門、志破藤九郎たちが駆けつけ、奈良原喜左衛門などは龍五郎の脇に貼りつく始末。

「何事《なんごて》、お前様《まんさあ》は、又もや、こんな事《こつ》に組したとや」

年が四つ年長なだけの喜左衛門は、叱るよりも、悔やしそうに語りかける。

「心配は、御無用ごわんど。上は朝廷と、薩摩の殿様、下は万民のため、あの大姦猾《かんかつ》の賊《やから》の首を刎《は》ね、もって、満天下の志気を高め義を引き起こそうと思っちょるのみ」

答える龍五郎《りゅうごろう》は、はて、この声の調子は、新七様《さあ》の声じゃと、我ながら不思議に感じた。

「誰を、大姦猾の賊っち言う」

「九条関白と二条所司代、これでごわす。九条関白御一派が昔ながらの姑息《こそく》な説を主張されておると聞いたが誠《まこと》じゃっと？」

こう反対に問いかけて、龍五郎は奈良原を見た。奈良原は、あわてて目を伏せ、

「そげんなこと、俺《おい》の答えられる事《こつ》じゃなか。お前様らこそ、どこかで噂を吹きこまれちょる」

そう言うと、奈良原は、黙して全体の列に目くばりを始めた。

闇夜に、鴨川のせせらぐ音のみが響く。

錦《にしき》近くなったらしい。

高瀬川は、川音さえ立てず流れが留まっているようであった。

錦邸では、門前に高張提灯《たかはりぢょうちん》が明々《あかあか》と灯《とも》され門衛がびしりと並んでいた。

龍五郎は、若いが鎮撫使の第一人者として選ばれた奈良原喜八郎に声をかける。

「喜八郎殿《どん》、さきほど兄《あに》さん（喜左衛門）にがいに叱られ申《も》した……殿様《とのさあ》の前に出る前に、今一度、俺《おい》どんらで議する場を与えたもんせ。これだけ思い切って進めたことを止めるには、それだけの心準備が要《い》りもす。久光公の前で、恥ずかしい真似はしとうはなか」

喜八郎にとって、龍五郎は一つ上の良き友であった人である。その人となりはいたいほど

わかる。

「よか。上に、そう申しあぐっ！　ただし、手短《てみじか》に願い申《も》すぞ」

藩邸の一室に同志が坐りこむ。

張りつめた糸が切れた状態で三里の夜道を歩いていたから、身体が腑抜けとなっていた。

錦邸の下侍《しもざむらい》が、温かい番茶を配る。それぞれの急須から注いだ一杯を、自らが飲んで毒味役をしているのがおかしい。

「疑《うたご》うちょらんよ。殿様《とのさあ》の心づかいじゃもの。いただき申《も》す」

誰かのことばに、一同笑う余裕が出た。

龍五郎は、先ほど喜左衛門の言ったこと――「お前様《まんさあ》らこそ、どこかで嘘を吹きこまれちょる」を、皆に伝える。

「嘘？」

「どこで嘘が入るだろ？」

「薩摩の衆《しゅう》じゃなか」

「じゃっど。京《みやこ》の情況なら、わからんたっど」

「お公家様《さあ》や宮様《さあ》のこつは、みな田中河内介様《さあ》まかせじゃっで」

「にしても、田中様が嘘を何事《ないごて》申さるる？」

「じゃから、田中様も騙《だま》されたと考えてみさい」

「じゃっど。ほれ、嘘言うつもりなかが、つい良かれと思って、ないことも少し織りまぜとったら、それが本当になって一人歩きすること、ようある事《こつ》じゃなかか」

「うん。まこち、そげんなこと、ようある」

だいたい論は尽くした。

「主命《しゅうめい》に背き、自分たちだけで決起しようとした罪は謝まり申そう。そいで、久光公に付き従《したご》うて江戸に向かうに過ぎたる道はございもはん」

これが衆議一結した内容である。口には出さなかったが、江戸であるいは、本当の挙義を久光公はお考えかもしれぬという淡い期待もあった……。

この結果は、久光に伝えられた。

しばらくして、久光から裁断が下された。

寺田屋事変に関わった者全員謹慎。その直後から、藩邸内の警護が厳しくなった。

錦邸にこんな事がなされていた頃、まだ息のかろうじてあった田中謙助と森山新五左衛門は伏見藩邸に運ばれて、そこで、主命に背いた罪で、死を命ぜられた。余多《あまた》の深傷に水の浸《し》みるのもいとわず、清冽な伏見の井の水で身心を浄《きよ》め、御所を拝し、ついで、鹿児島の方向を拝し、静かに死を受け入れた由《よし》である。

久光は、寺田屋にて薩摩の反乱分子を成敗したことを、京都所司代に報告した。同じく朝廷にも報告した。大乱を未然に防いでくれたということで、帝も大層慶《よろこ》ばれて、勅定を下された。

四月二十七日、錦邸の長屋に、奈良原喜左衛門、有村俊斎、松方助左衛門がやって来て、謹慎中の志士たちに、「帰国命令」を伝えた。

志士一同、絶句する。

「そいは、全く、聞《き》こえませぬ」

「鎮撫使の言うた事《こつ》と違うではごわせんか」

「久光公も、挙義は賛同せられちょる、俺《おい》どんらの考えちょる子細を申せば、必ず事《こと》が成《な》ると、そう鎮撫使はおっしゃりおった」

「じゃけん、俺どんたちは、あん寺田屋を出て、この薩摩藩邸に来たっち」

「殿《との》が江戸にも連れて行かれず、国にすぐ戻れとおっしゃるなら、あん寺田屋で斬り死にすっか、腹かっ切った方がましじゃった」

「じゃっど！！」

数名が大声で和《わ》した。

喜左衛門はいらだつ。

「あのなあ、お前様《まんさぁ》らは、浪士にだまされちょるのじゃど。青蓮宮さまの話、あれは、誰かの出まかせじゃっど。そんな話、殿様《とんさぁ》は御存じなか」

「殿様のとりまきが悪かけん、伝えてなかじゃなかと」

喜左衛門はぷいと去って行った。

しばらくして、山口彦五郎と有村俊斎が、再び、神妙な面持ちで来ると、高々と状をさしあげた。

「速《すみやか》に海路をもって、国に帰らるべし」

こう読みあげたのち、

「もはや、主命を変えることは出来もさん。他藩への聞こえもある。薩摩では主命をそむいてもええのかと思われる事《こつ》は、避けねばならん。よって、帰国に決し申《も》す」

と、つけ加えた。すでに帰国の段取りは着々と取られていた。

錦邸より、一旦、伏見の薩摩屋敷に護送。二条所司代の役人も辻々を警固し、護送役の薩摩藩士と労をねぎらい合っている。

――公武合体茶番劇か。そう心で苦々しく思った志士たちは多かった。

伏見より数艘の小船で、夜中《やちゅう》淀川を下る。

葦原がざわざわと騒ぎ、時折、梟《ふくろう》にでもやられたのか、鳥の金切声が響く。

大坂の港で、大船二艘に分けて乗せられる。帆が二十余反《たん》の大船である。

第一船　岩元勇助、西郷新吾、大山彌助、三島彌兵衛、木藤市助、伊集院直右衛門、篠原冬一郎、坂元彦右衛門、森新兵衛、深見久蔵、吉原彌次郎

第二船　永山彌一郎、柴山龍五郎、是枝萬助、林庄之進、谷元兵右衛門、吉田清右衛門、町田六郎左衛門、白石休八、岸良俊助、橋口吉之丞

それぞれに横目役二人、足軽数十人が乗りこんで、鹿児島を目ざす。

与《くみ》した諸藩士のうち、富田猛次郎、池上隼之助は、佐土原藩お引き渡し、吉村寅太郎、宮地宣蔵は土佐藩お引き渡し、真木和泉守一族は久留米藩お引き渡し。それぞれ国元で、刑に伏している。

田中河内介、弟・磋磨介《さまのすけ》、甥・千葉郁太郎、義弟・中村重計《かずさ》、青木頼母《たのも》、秋月藩の海賀宮門六人は、引き受け人がいないということで、薩摩送りとなった。河内介こそ、新七らの今回の挙義にあたって、青蓮院宮との強い縁《えにし》ある者のはずであったが、河内介の主人である中山家は、「九条関白様・京都所司代を討とうとした罪人を受け取るわけにはいかない」と突っぱねた。見捨てられたのである。

舟送りにあたって、

第一船　海賀宮門

第二船　田中河内介一行

を乗せて出港したが、第二船は、長州沖で颶風《つむじかぜ》（暴風雨）に会い、まさに沈没しようとする。しかも、一行は、大坂を出る頃より麻疹《はしか》を患っていた。験《げん》も悪いし、船中で失うようにとの命令を受けてもいたので、この嵐のさなかの五月九日の夜、刑を執行することにした。

その旨を伝えられた河内介は、

ながらへてかわらぬ月を見るよりも
死して払《はら》わん世々《よよ》の浮雲《うきくも》

と詠じて、右に左に揺れる舟に静かに坐した。

さすが一人で刺すのをためらったものか、護衛の役人は、左右より二人、前より一人、計三人で刺し殺したと伝えられている。

一方、第一船に乗っていた海賀宮門は、日向国の細島《ほそじま》に上陸し、これから陸路鹿児島に向かうという矢先、この砂浜で斬り殺された。

後、これを伝え聞いた西郷隆盛は、薩摩藩のやり方を激しく非難し、恥じてもいる。

薩摩に戻った寺田屋事変関係者は、それぞれ謹慎の日々を送るが、後、許されて、明治維新後、新政府や地方政治の要職についた人物もいる。大山弥助（巌）しかり、西郷隆盛の弟西郷新吾（慎吾。従道《つぐみち》）しかり。

寺田屋事変の前に、鹿児島に強制送還された西郷隆盛は大島につづく二度目の島流しに会う。つまり、六月に徳之島に流され、ついで沖永良部島へ。しかし、元治元年（一八六四）二月呼び戻され、七月禁門の変、倒幕の薩長盟約、大政奉還、王制復古、江戸城無血開城など、新七たちの夢を実現させていく。ところが、明治六年（一八七三）の征韓論に破れるや中央を離れ野に下り、十年（一八七七）一月から九月にかけての西南戦争において、大敗を喫し、九月二十四日鹿児島城山《しろやま》で自刃する。有馬新七逝きて十五年後のことである。

一方、寺田屋事変の頃は、有馬新七や西郷といささか距離をとりつつ結局制圧側に回った大久保一蔵（利通）は、元治元年以降、西郷とともに新政府樹立に協同して当たり、征韓論に至って、再び西郷と袂を分かつ。その後も明治新政府において、三条実美《さねとみ》・岩倉具視《ともみ》に次ぐ元勲としての地位を築いたが、明治十一年（一八七八）五月十四日、馬車で宮中に向かう途中、石川県士族島田一良らに襲われ生命《いのち》を落とす。齢《よわい》四十九であった。新七逝きて十六年後、西郷に後《おく》れること、たった一年……

それぞれの人生の中で、西郷も大久保も、そして大山弥助（巖）も、

「なあ、新七殿《どん》なら、どうすっと？」

と、面影《おもかげ》に問いかけた事があったろう。なぜなら、彼らの中に、義を全うしてあの時先んじて散っていったのは新七殿《どん》じゃったという想いが、清冽な玉と凝《こ》っていたであろうから。

伊集院の畦《あぜ》や坂道に、一群れ、二群れ、曼珠沙華《まんじゅしゃげ》（彼岸花）の赤い花が咲いている。

秋の陽だまりは、平和である。

お貞《てい》は、新七の墓に参る。

寺田屋事変の直後は、藩命にそむいた悪逆人として、直礫《じかつぶて》の格をもって死体埋め捨ての刑を受けたが、元治元年（一八六四）九月には大赦により墓を建てることも許されていた。京都伏見の大黒寺には、西郷隆盛の発起によって寺田屋殉難の志士の墓が建立されたと聞くが、お貞は、いまだ一度も京に上ったことはない。

このところ機織《はたお》り・縫い物仕事に忙しく、墓参りが足遠《あしどお》になっていたことをわびつつ、墓道を進むと、花筒《はなづつ》に目がゆく。

野菊が美しく生けられていた。

生けた主《ぬし》は、すぐわかる。新七の最初の妻で、小姑《こじゅうと》である姉お廣《ひろ》と折合いがわるく、離縁となったお恒《つね》にちがいない。嫁として来た時から、花生けはうまいが、水仕事や畑仕事は全く出来なかったと聞いている。

「また、来《き》たもんしたなあ。うちの御亭主《ごていどん》は、果報者《かほうもん》じゃいなぁ」

こうひとりごとを言って、お貞は手を合わせた。

「こん花は、床の間に飾りもんで……」

持って来た龍胆《りんどう》の花茎《はなぐき》に手桶の水を含ませたのち、胸に抱くように、お貞は坂を下っていく。

秋の日ざしは、背中にあたたかすぎるほどであった。


（完）

◆参考文献

山崎忠和『文久物語』（國光社、一九〇一）

渡邊盛衛『有馬新七先生傳及遺稿』（海外社、一九三二）

久保田収『有馬正義先生』（至文堂、一九四四）

友松円諦『月照』（吉川弘文館、一九六一初版・一九六六再版）

小林千草「有馬新七の日記を読む」（歴史群像シリーズ73『幕末大全』（上）学研、二〇〇四）

小林千草「幕末の『太平記』受容　有馬新七の場合」（『東海大学　日本語・日本文学　研究と注釈』第二号、二〇一二）

千　草子「尊皇意識と太平記」（歴史群像シリーズ73『幕末大全』（上）学研、二〇〇四）

安岡昭男編『幕末維新大人名事典』（上・下）（新人物往来社、二〇一〇）

『日本全史』（講談社、一九九一）

『日本歴史大事典』（小学館、二〇〇七　※カシオ電子辞書 EX-word 所収）

『国史大辞典』（吉川弘文館、一九七九～九三）

『京都市の地名』『京都府の地名』『大阪府の地名Ⅰ・Ⅱ』『奈良県の地名』『滋賀県の地名』『東京都の地名』『神奈川県の地名』『静岡県の地名』『山梨県の地名』『鹿児島県の地名』（『日本歴史地名大系』平凡社、一九七九～二〇〇五）

『週刊　日本の街道』全巻（講談社）

『東海木曽両道中懐宝図鑑』（日本橋須原屋開板、一八四二）小林千草蔵

『道中細見定宿帳』（日本橋須原屋他開板、江戸末期頃）小林千草蔵

岩波日本古典文学大系62『東海道中膝栗毛』（岩波書店、一九五八）※方言および江戸ことば参照

岩波日本古典文学大系63『浮世風呂』（岩波書店、一九五八）※江戸ことばおよび上方ことば参照

＊　＊

＊本書中の人名表記・地名表記・寺社名表記・神名等の表記は、原則として、原資料である有馬新七の遺稿の表記に基づくので、現在の慣例とは異なる場合がある。（　）を用いて、補ったところもあるが、小説としての流れを重んじて、そのままにしたものも多い。

＊普通名詞に関しても、原資料である有馬新七の表記をまずは尊重し、「石屋《いわや》」とし、「岩屋」であることを示し、以降、「岩屋」と訂して、物語を進めている。ただし、新七たちの長い討議の末の結論でもあり最終行動でもある「挙義」という語については、原資料の表記「挙儀」、類語の「義挙」も併用して生かしている。新七の原文を尊重するからにほかならない。

＊本書中の時刻に関する記載は、原資料である有馬新七の記述、そして表記に基づくが、当時の時刻は二時間の幅をもち、同じく「辰の刻」であっても午前七時～九時の間のどこに該当させるか、難しい問題を含む。新七が、正刻に鳴らされる時の鐘（「辰の刻」ならば、正刻の八時に「朝五つ」の鐘が鳴る）を聞いて、時刻を認識していると想定して、（　）内には正刻を表示しているが、原資料の本文の文脈等から推定すると、前後三〇分以上のずれをもって考えたい場面も存在する。

＊振り仮名は密につけたい思いがあったが、ルビの煩雑さにより小説としての流れがたゆたうことを懸念した編集部の意見を入れて、ある程度に留めた。また、幕末期の著名人についてはルビを打つまでもなく、一方、著名ではない人物については、その読みを確定できなかった場合もある。そのため、かえって、不均一な様相を呈したかもしれない。

強硬な尊王攘夷派で知られ、文久二年（一八六二）四月二十三日、寺田屋事変にて、同士討ちという形で薩摩藩士に討たれた有馬新七は、文政八年（一八二五）十一月四日、薩摩の国伊集院郷に生まれた。郷士坂木四郎兵衛正直を父とするが、父が城下士の有馬家を嗣《つ》いだため、加治屋町に移り住む。

文政八年頃の日本近海には異国船が度々姿を見せ、同年二月に幕府は諸大名に異国船打《うち》払《はらい》令を出している。「無二念打払令」とも言われ、異国船を見つけ次第、二念なく打ち払えというもので、のちの幕府の開国策とは正反対の方針であった。十三年間、その方針を貫いていた幕府も、天保八年（一八三七）のアメリカ船モリソン号の六月浦賀入港、七月薩摩山川沖碇泊の頃に至ると、アジア情勢を考慮し、特にオランダ船よりアヘン戦争（一八四〇年勃発）の情報に接すると、ただやみくもに打ち払うことの弊《へい》を感じ始めた。外国船への薪水《しんすい》給与令が出されるようになる。

アヘン戦争勃発は日本の年号で言うと天保十一年である。その頃、有馬新七は文武両道にはげむ少年であり元服を迎える年頃でもあった。天保十四年（一八四三）には江戸に出て、山崎闇斎の高弟であった山口菅山《かんざん》について儒学・国学をおさめている。弘化二年（一八四五）には、父が薩摩を出でて近衛邸につとめていた縁もあり、京都に遊学。その折、新嘗祭《にいなめさい》に奉仕する仁孝天皇《にんこう》を拝し、勤王思想が形と成ったとされている。仁孝天皇は、現学習院の基となる「学習所」設立に着手された方でもある。

翌年、国元に戻るも不遇であったが、島津斉彬《なりあきら》が藩主となると同時に活躍の場を見出す。順風の中、安政三年（一八五六）から六年まで、再び江戸にのぼり、各地の勤王の志士と交流を深めていく。

弘化三年（一八四六）閏《うるう》五月二十七日、浦賀にアメリカ東インド艦隊が来航し、通商を求め、オランダからは中国に停泊しているイギリス艦隊の情報がもたらされ、ついに、幕府は安政五年（一八五八）六月十九日、日米修好通商条約に調印する。これを口きりに、七月十日オランダと、十一日はロシア、十八日はイギリス、九月三日はフランスと同じ条約が締結されたが、外国領事がその国の法律に基づいて日本に在留する外国人に関する民事・刑事の裁判権をもつなど、日本にとってはきわめて不平等な条約となっていた。関税の点でも不利であった。これら不平等を知るや、当時の大老井伊直弼を標的とする反幕府運動が強まり、それは、翌々年の安政七年三月三日の桜田門外の変へと発展する。春の雪が降りしきる朝、江戸城へ駕籠で向かっていた直弼は、水戸脱藩士十七人、薩摩脱藩士一人の浪人あわせて十八人に暗殺されたのである。時に、直弼四十六歳。

実は、井伊直弼暗殺計画の初歩の段階では、有馬新七も大久保利通ら同志四十余人と同調の気運を見せていたが、藩主島津茂久《もちひさ》自筆の慰諭書を下され、ひとまずは期をあらためることになったのである。天皇の許可なく、外国と調印したこと、しかも、それが明らかな不平等条約で〝日本を売った〟も同然に思われたこと、親しく交流していた梅田雲浜《うんぴん》逮捕・獄中死、同じく親しく語り合った橋本左内刑死など安政の大獄への批判、青蓮院宮家や近衛家など京都の公家衆の家臣の一斉逮捕への批判、これらが有馬たちを一挙に倒幕運動へとつきすすませ、その最も有効な戦略が大老井伊の失脚——死による失脚——暗殺へと指向させていったものと思われるが、実行の前に冷却の時をもったことは、有馬新七伝をつむぎゆく私には幸いであった。大久保利通のためにも幸いであった。いや、何よりも、有馬新七本人のために幸せなことであった。

幕府に対する見切り、自分たちの藩における藩政改革に参加出来ない若い下級武士たちの希望の星は、尊王攘夷という熱き嵐の中で輝きを増していった。

いまだ、時の流れが日米修好通商条約締結に至る前、安政四年の初夏に話をもどそう。五月二十六日に、伊豆の下田にて奉行井上清直とアメリカ総領事タウンゼンド・ハリスが、いわゆる〝下田協約〟を結んだ。治外法権を含む不平等条約で、のちの日米修好条約の前兆のようなものであった。これも、オランダ商館長から長崎奉行にもたらされた清国のアロー号事件を重く見た幕府のやむを得ない唯一の選択肢であったのだが、幕府の秘密主義のため、西国諸藩や越前・水戸の尊王攘夷派にその切迫感・危機感は伝わっていなかった。むしろ、表面的に現われた幕府当局の弱腰が、〝腑抜け〟に見えたことだろう。

当時、二度目の江戸入りをしていた有馬新七も、ハリスとの下田協約を耳にし、ますます幕府への不信感を高めたことであろうが、六月五日、桜田にあった島津家別邸を出立《しゅったつ》し、富士登山に向かった彼の日記には、そのことは一切触れられていない。昭和六年（一九三一）四月発行され、五月一日に再版発行された渡邊盛衛著『有馬新七先生傳記及遺稿』（海外社）に所収された『富士山紀行』では、数え年三十三歳の新七は、ひたすら富士の頂上をめざし、悪天候と格闘し、そして目的を達し、下山してゆく……

何の為にのぼるとも、何の為にのぼったとも記されていないこの日記に、私は、新七の〝一途《いちず》さ〟〝純粋さ〟を見る。それだけを見る。

悲劇の主人公も、毎日が悲劇的であったわけではない。

五年先に桜と散りゆく運命にあることなど全く知らぬ有馬新七は、憂国の心を抱きつつも愉快で希望に満ちた日々を送っていた。

その一つが富士登山である。

現代人が富士山に登るよりもさらにさらに苦行の末、頂上に至った新七の晴れやかな達成感、そして胸肝《むなぎも》を吹きぬけるさわやかな風をともに体験しなければ、寺田屋の変に至る彼の深層は解けないと思う。

本書第一部「有馬新七、富士に立つ」は、新七自らが遺した『富士山紀行』を基に彼の肉声と行動を復元したものである。文語でしたためられた『富士山紀行』が、一コマ一コマの写真（画像）集であるとしたら、それを連続する映像に立体化させたのである。

京都伏見の寺田屋の説明板にある「おいごと、刺せ」という最期のことばだけでは、やはり寂しい。このセリフが有名であればあるほど、新七の〝生〟の時の実像がぼやけてしまう。そこで、富士登山より戻ったのち、西郷隆盛・月照和尚・橋本左内等と密に連絡をとりつつ、尊王攘夷運動を全国の同志とともに進めていった時に、新七が文語で綴った『都日記』上・下を現代語に翻訳しつつ、新七の素顔をドキュメントしていった。それが、第二部「都日記」である（『都日記』も渡邊盛衛著『有馬新七先生傳記及遺稿』に原文が翻刻されている）。

有馬新七自身が、ある〝想い〟をこめて著述した――当然、原本は自筆――ものを、日本語の歴史的研究に専念している分身小林千草の力をかりて、その当時の口語として再受容し、有馬新七自身の語りに耳をかたむけ、それを平成を生きる皆さまに伝えなおしたのである。

私は、歴史を、キリシタン時代のヨーロッパ人が日本にもたらした語で言うと「Hiſtoria」（イストリア）――歴史物語だと考える。その時代、その事件を見聞きした人が同時代人や次代・次々代の人々に語ったことが次々に語り伝えられて形になったのが〝歴史〟であり、歴史物語である。

十六世紀のヨーロッパ人の歴史観と同じく、実は、日本人もそれまでの歴史を『平家物語』『保元物語』『平治物語』などと、〝物語〟としてとらえてきた。だからこそ、当時二十七歳であった日本人修道士《イルマン》不干《ふかん》ハビアンが、教会長老たちの命令で編んだ『天草版《あまくさばん》平家物語』の表紙には、「日本《にほん》のことばとHiſtoriaを習い知らんと欲《ほっ》する人のために世話《せわ》に和《やわ》らげたる平家の物語」と記され、総序には「この一巻には日本《にっぽん》の平家とゆうHiſtoriaと……」と記されているのである。

『富士山紀行』『都日記』上・下は、有馬新七自身の語りであり、私は素直な伝達者に徹すればよかった。しかし、本書第三部「寺田屋事変」は、有馬新七の死の現場を描くものなので、すでに〝再話された〟資料に拠らざるを得ない。寺田屋事変に深く関わり当日現場に居たが死をまぬがれた柴山龍五郎（景綱）［一八三五〜一九一一］からの聞書を中心とし、明治三十四年（一九〇一）二月に発行された山崎忠和著『文久物語』（國光社）を主資料に、前掲の『有馬新七先生傳記及遺稿』を合わせ、私なりに読み込んで語りなおすことにした。

歴史《イストリア》（フランス語ならイストワール）は、その事、その物、その人を伝えたいと思う人が、肉声で責任をもって語り伝えていくものである。可能なかぎり伝える人の個人的な考えや好みが入らないに越したことはない。しかし、たとえそれらが温もりある人間《ひと》の業《わざ》の常として若干まざり入っても、歴史とは語り伝えられた物語であると理解する人々は、必要があれば原資料（史料）に戻り、その〝ゆがみ〟をとりのぞくことが出来る。そして、また、新たな肉声で語り伝えていくのである。

＊　＊

京都伏見にある寺田屋……京都観光で清水寺、金閣銀閣寺、大徳寺など御所の放射線状に点在する名刹古刹を一応見おわった方が伏見方面に足をのばした時、必ず訪れる場所である。

現在、酒蔵が美しいフォルムを見せて立ち並ぶ高瀬川の土手を川下に向かって歩みを運ぶと、一度左へ大きく旋回する。そこより土手を直線方向に歩いていくと、船どまりがあり、右手に寺田屋の二階がのぞめる。

寺田屋が船宿、旅籠《はたご》として機能していた幕末から明治にかけては、川に面した専用の船つき場をもっていたであろうし、まわりにも同種の船宿が立ち並んでいたことであろう。寺田屋の地の利は、伏見街道を使ってやってきた牛や人力による荷車がかまびすしき音を立てて渡る蓬莱橋がきわにあり、水運だけでなく、陸運による人々の利用も可能だったことである。

伏見に御仮屋（藩邸の別邸）をもった薩摩藩は、大坂藩邸と京都錦にある藩邸とを行き来する際の中継地として、この寺田屋を活用していた。藩邸内に泊まれる人数やその地位身分に限りがあるので、薩摩から京へ上った多くの侍や商人はここを定宿とした。

宿の主人は伊助《いすけ》、おかみはお登勢《とせ》。主人の名前より「お登勢」と聞いた時、幕末史にくわしい読者は、坂本龍馬、あるいはその妻であったお龍《りょう》を思いうかべられたであろう。

そう、ここは、今まで私が語りきた薩摩藩士有馬新七より、土佐藩の坂本龍馬で有名な史跡となってしまった。

『寺田屋異聞　有馬新七、富士に立つ』で私が語った寺田屋事変は、ここ寺田屋で文久二年（一八六二）四月二十三日の夕方から夜にかけて起こった惨劇である。この事変以降、新しい日本を切り開こうとする動きの主流は長州藩に移ったが、歴史はぶっちぎられて存在するわけではない。それ以前の薩摩藩の動向――島津斉彬、島津久光の動きがあって、その中での長州藩や他藩との連繋、そして、寺田屋事変以降の薩摩藩の公武合体路線がおし進められる中での表面上の（あるいは、実質上の）停滞、それらに耐えきれず土佐藩の若き人々の尊王攘夷運動が火をはくのであるから、薩摩藩の情報が最も入手しやすいこの寺田屋は、〝炎〟と化した坂本龍馬たちの利用する所となったのである。そして、新撰組に行動をあやしまれた龍馬が夜中密偵の探索を受けた時、そこに働くお龍の機転で屋根づたいに逃れ一命を拾った話が、お龍と龍馬の恋物語もからみ、人々に寺田屋＝坂本龍馬というイメージを与えている。また、近代日本の扉をひらく明治維新を木戸孝允《たかよし》らと実現する間際で、龍馬が暗殺された現場が京都三条河原町の近江屋であったため、人々の記憶上の混同もたまたま生じたりして、伏見寺田屋のイメージはさらに龍馬色が強くなってしまった。

「寺田屋事変」を「寺田屋事件」「寺田屋騒動」として立項する歴史事典諸本の記述でも明らかなように、一八六二年に起こった寺田屋事変のリーダーが有馬新七であったことは、歴史研究の現場でもゆるぎがない。しかしながら、尊王攘夷運動の急進派であり、皇国思想の色彩が前面に打ち出され、龍馬のような〝新しい日本〟への理性的構想が今まで目立たなかったため、歴史的研究のみならず、評伝や文学の面でも中心的にとり扱われることが余りなかった。今回、有馬新七自らが書きのこした『富士山紀行』『都日記』上・下という貴重な資料（史料）をもとに、本人の肉声を再話することにより、幕末から近代日本への動向の一面が伝えられたならば、ことばに基づく歴史研究者としても作家としても、また、鹿児島県伊集院を郷里とする母をもつ個人としても、こんな幸せなことはない。

今は亡き母大内山ナミが、鹿児島で体験した太平洋戦争の悲惨さとともに常に語っていた有馬新七翁《おう》（「翁」とは、神之川《かんのかわ》の岸、坂木家の前にあった自然石を利用した大きな石碑に彫られた敬称に拠る。小学生の頃の母は、おじいさんぐらいの人かと思っていた由）のことは、物心ついた頃より今まで、私の心に深く刻まれていった。その刻印の一つ、「有馬新七」のことをやっと形に出来たのは、東海教育研究所『望星』編集部寺田幹太氏の御支援のおかげである。

本書を型づくった「有馬新七、富士に立つ」「都日記」については、「Ｗｅｂ望星」において二〇一一年五月から二〇一三年三月にかけて連載配信されたものを基にしており、新たに書きおろした「寺田屋事変」についても、寺田氏より常にはげましのことばをいただいた。ここに厚くお礼申しあげます。東海教育研究所としては異色の小説形式の本の刊行に向けて、御理解と御力添えを賜った『望星』石井靖彦編集長、原田邦彦社長にも深甚なる感謝をささげたいと思います。

有馬新七に関するイストリア（イストワール）が、より多くの方々に届きますように……

二〇一五年七月吉日

千　草子

千 草子（せん そうこ）
一九四六年生まれ、京都育ち。日本文藝家協会会員。本名・小林千草。東京教育大学大学院文学研究科修士課程修了。東海大学元教授。博士（文学）。一九八五年に佐伯国語学賞、二〇〇二年に新村出賞を受賞。著書に『ハビアン平家物語夜話』（平凡社）、『翠子　清原宣賢の妻』（講談社）、『南蛮屏風の女と岩佐又兵衛』（清文堂出版）など、国語学者・小林千草と千 草子の共著名義に、『絵入簡訳 源氏物語』（平凡社・全三巻）など。著書多数がある。

寺田屋異聞　有馬新七、富士に立つ
二〇一五年九月九日　第一刷発行

著者　千 草子
発行者　原田邦彦
発行所　東海教育研究所
〒一六〇-〇〇二三　東京都新宿区西新宿七-四-三　升本ビル
電話　〇三（三二二七）三七〇〇
ファクス　〇三（三二二七）三七〇一
eigyo@tokaiedu.co.jp
発売所　東海大学出版部
〒二五七-〇〇〇三　神奈川県秦野市南矢名三-一〇-三五
東海大学同窓会館内
電話　〇四六三-七九-三九二一
ブックデザイン　上野かおる（鷺草デザイン事務所）
印刷・製本　モリモト印刷株式会社

定価はカバーに表示してあります。

ISBN 978-4-486-03792-7 ／ Printed in Japan ／